Christine Brinkforth

Bleib

Verhüllt

Liebesroman

Impressum

Bibliografische Information der Deutschen Nationalbibliothek:
Die Deutsche Nationalbibliothek verzeichnet diese Publikation in der
Deutschen Nationalbibliografie; detaillierte bibliografische Daten sind
im Internet über http://dnb.dnb.de abrufbar.

© 2022 Christine Brinkforth

Coverdesign und Umschlaggestaltung: Florin Sayer-Gabor -
www.100covers4you.com

Bild: ©PantherMedia/ Wenzel Fickert

Herstellung und Verlag: BoD – Books on Demand, Norderstedt

ISBN: 978-3-7562-1142-5

DANKSAGUNG

Seufzend schaue ich auf die roten Ziffern meines Radioweckers
4:15.

Auf leisen Pfoten verlässt Pauli, unser großes Herz auf vier Pfoten, zur gewohnten Zeit das Schlafzimmer. Er versteht nicht, dass es vorbei ist. Dass er keinen Grund mehr hat, weiterhin früh morgens aufzustehen um im Arbeitszimmer neben seinem schreibenden Frauchen weiter zu schlafen. Und ganz ehrlich, ich kann es auch nicht fassen. Wann wird sich unser innerer Timer eingestehen, dass er überflüssig geworden ist? Vorsichtig, damit mein persönlicher Superman nicht geweckt wird, drehe ich mich um. Wie schon in den letzten Wochen, seit Bleib - verhüllt beendet ist, versuche ich, noch einmal einzuschlafen.

4:45

Vielleicht sollte ich mir erneut Hilfe bei Svenja Kabbe und Vanessa Wedekind holen. In den letzten Monaten waren sie immer für mich da. Standen mit guten Ratschlägen, liebevollen Aufmunterungen und ehrlicher Kritik an meiner Seite. Klaubten sich aus ihrem übervollen Alltag genügend Zeit, um mich zu unterstützen. Nein, anstatt meine beiden Lieblingsmenschen erneut zu belästigen, sollte ich ihnen lieber zum hundertsten Mal danken.

5:03

Ziellos schleiche ich durch das stille Haus. Im Büro sieht mich Pauli von seiner Decke aufmunternd an. Dann fällt mein Blick auf meinen eingestaubten Laptop. Und wenn ich ...?

Vor mir an der Wand klebt eine unfassbare Erinnerung. Sie ist siebzehn Jahre alt und trotzdem so frisch wie ein gerade geborenes Baby. Seit etlichen Stunden starre ich sie nun an. Sehe nicht den designten, farblich abgestimmte Putz, sondern nur Horror. Gefesselt an einen Stuhl, bringt selbst das kleinste Geräusch einen Blick auf diesen längst vergangenen Tag zu mir zurück. Die muffige Feuchtigkeit eines alten Kellers. Das Knarren der Holzstufen die ich als Kind langsam herabstieg, um meine Mutter zu suchen. Mein hektisches, ängstliches Atmen. In meinem Körper macht sich der gleiche Schock breit, den ich vor so langer Zeit bei ihrem Anblick erlitt. Ich weiß nicht wie das hier enden wird, doch über eines bin ich mir im Klaren: Ich hätte niemals „Ja" sagen sollen. Damals mit acht Jahren nicht, als meine Mutter mich mit glänzenden Augen fragte, ob ich einverstanden wäre, wenn sie den Antrag von Lucian annehmen würde. Und vor etlichen Wochen nicht, nachdem Alexander mich bat bleiben zu dürfen.

EINS

Alexander

Ich parke mein Auto direkt vor der großen Halle, in der die begehrten Harmann-Motorräder gebaut werden. Oft bin ich nicht mehr hier. Hannah lebte schon vor ihrer Heirat mit Finn in Clinton. Bis letztes Jahr kamen die beiden noch alle sechs Monate für ein paar Wochen nach Deutschland, obwohl das Fliegen als Rollstuhlfahrerin immer ein Abenteuer ist. Doch jetzt ist die kleine Cloe da. Mindestens einmal im Jahr ist es nun an uns, nach Kanada zu fliegen. Gerade gestern erst sind meine Eltern und ich von dort zurückgekehrt. Meine Schwester ist noch immer Besitzerin des Unternehmens. Nicht eine Minute hat sie darüber nachgedacht zu verkaufen. Na ja, außer als sie vor sechs Jahren durch Finns Ex-Freundin im Rollstuhl landete. Das war für uns alle eine harte Zeit. Ich bin dankbar, dass Hannah wieder die Alte ist. Obwohl nein, vor ihrer Behinderung war sie ein positiver Mensch. Jetzt, mit dem Mann an ihrer Seite, in den sie schon als Teenager verliebt war, ist sie glücklich. Bei jedem Telefongespräch und WhatsApp Chat in der Familiengruppe spürt man es. Ich sehe rüber zu der Gruppe, die um den qualmenden Grill steht. Sergey ist zum zweiten Mal Opa geworden. Der Russe gehört neben Liam und Andreas zum harten Kern der Angestellten und seit vielen Jahren zur Familie. Sie haben sich in der Zeit, in der sich Hannah nach der Rückenverletzung in Selbstmitleid verlor, nicht von der Seite meiner Schwester bewegt. Etwas abseits, aber nicht zu weit entfernt von den drei Männern, steht Frauke. Kurz bevor Hannah vor fünf Jahren nach Winnipeg flog, um Finn beizustehen, dessen Vater bei einem Verkehrsunfall schwer verletzt wurde, hatte sie Frauke eingestellt. Erst Monate später erfuhr ich von ihr. Hannah hatte mir wohlweislich nichts von der Neuen erzählt. Ich gebe zu, dass mein Ruf, was Frauen anbelangte, damals nicht der Beste war. Aber es ist nicht so einfach „Nein" zu sagen, wenn ein „Ja" erwartet wird. Ich weiß, dass ich gut aussehe. Sonst würde ich keine Werbeverträge von verschiedenen Sport- und Modefirmen haben. Eigentlich war geplant, dass ich nach meinem Abitur, wie meine Eltern, zur Polizei gehe. Doch schon in der zehnten Klasse wurde ich von der Mutter eines Klassenkameraden angesprochen, die für eine Modelagentur arbeitete. Es gab ernste Gespräche zwischen meinen Eltern, mir und der Agentur, dann durfte ich ein paar kleine Aufträge im Jahr annehmen. Schnell wurde mir klar, dass ich dort nicht nur viel Geld verdienen könnte, sondern dass es mir wirklich Spaß machte. Kaum hatte ich das Abi in der Tasche, startete ich meine professionelle Karriere. Heute bin ich eines der gefragtesten Models Europas und nächstes Jahr soll es Richtung Amerika gehen. Meine Arbeit macht mir viel Spaß, aber sie ist auch knüppelhart. Es vergeht kaum ein Tag, an dem ich nicht vor der Kamera stehe. Manchmal dauert es nur ein paar Stunden, meistens aber den ganzen Tag und den halben Abend. Oft ist die Stimmung laut und angespannt, vor allem wenn Neulinge dabei sind. Oder bestimmte Fotografen. Es gibt nämlich nicht nur Halbgötter in Weiß, sondern außerdem welche mit einer Kamera. Die Zeit, die ich nicht bei der Arbeit verbringe, bereite ich mich darauf vor. Joggen, Fitnessstudio, Schwimmen, gesunde Ernährung. Und Frauen. Wegen meiner Frauengeschichten habe ich mir schon einiges von meiner Familie anhören müssen. Nicht, dass ich je eine mit nach Hause gebracht hätte. Selbst jetzt, wo ich eine schöne Eigentumswohnung habe, kommt keine Frau in meine vier Wände. Doch durch Nachfragen wurde ihnen bald klar, dass ich oft nicht einmal mehr den Namen der Frau wusste, mit der ich das Wochenende verbracht hatte. Der beste Weg, um mit dem Druck in meinem Job fertig zu werden ist für mich Sex. Mehr ist es für mich nicht. Ein Mittel zum Zweck. In den letzten drei Jahren habe ich auf One Night Stands verzichtet. Meine Agentur hatte von zwei, drei Frauen Anrufe bekommen, die sich darüber beschwerten, dass sie sich von mir benutzt gefühlt hätten. Ich wurde daraufhin noch einmal auf Paragraf 12 meines Arbeitsvertrages aufmerksam gemacht: Eine negative Presse kann zur Kündigung vonseiten der Agentur führen.

Jetzt habe ich Affären mit Frauen aus meinem Business. Wir sind Kollegen mit gewissen Vorzügen. Es ist absolut unverbindlich und ungefährlich. Die Frau fürs Leben habe ich noch nicht gefunden. Ich suche auch nicht nach ihr. Meine Freizeit ist mir dafür zu kostbar.

Außerdem erzählt mir meine Familie ständig, dass mich die Liebe wie ein Blitz treffen wird. Bis jetzt laufe ich noch völlig unbeschadet durch die Weltgeschichte.

Z W E I

Alexander

Andreas winkt mir zu, also steige ich aus meinem schwarzen Porsche Taycan und schlendere grinsend auf die Männer zu. Ich versuche keinen Blick Richtung Frauke zu werfen, die mit Kai, ein weiterer Angestellter, zusammen steht. Mit den männlichen Angestellten meiner Schwester will ich es mir nicht verderben. Sie beschützen ihr Mädchen nämlich vor jedem bösen Wolf und ihrer Meinung nach, bin ich der Schlimmste.

„Warum quetscht du dich in so ein kleines Auto, verdienst du nicht genug für ein richtiges?", fragt Liam. Ja, Liam, der witzige Ire.

„Ich dachte, ich fange klein an", antworte ich auf seinen Spruch. Nur um ihn zu ärgern, wende ich mich nun doch der einzigen Frau in der Gruppe zu. Frauke ist …seltsam. Das erste, was einem sofort ins Auge sticht, im wahrsten Sinne des Wortes, sind ihre grünen, schlecht geschnittenen, strubbeligen Haare. Da sie zum Glück ihre Augenbrauen nicht färbt, weiß ich, dass sich unter diesem grässlichen Grün ein Blond versteckt. Frauke ist nicht besonders groß, nicht einmal einen Meter siebzig. Nur leicht brauche ich daher den Unterarm anzuwinkeln, um ihn um ihre schmale Hüfte zu legen. Wie von selbst wird meine Stimme weicher, das Lächeln breiter und die Augen strahlender. Dass ich in Flirtmodus gehe, ist schon ein Automatismus. Es ist völlig egal, wer vor mir steht. Ob die übergewichtige

Verkäuferin im Biomarkt, die ältere Dame vor mir an der Kasse oder meine Kolleginnen am Set. Selbst vor Kai, der mich mit roten Ohren und schüchternem Lächeln anhimmelt, macht diese Gewohnheit nicht halt. Doch bevor ich aus meinem Repertoire bezaubernder Sprüche, *wie bekomme ich eine Frau ins Bett*, den passenden aussuchen kann, verspannt sich das grünhaarige Wesen in meinem Arm. Die Art der Verspannung, die ich aus eigener Erfahrung kenne. Augenblicklich nehme ich den Arm von ihr und bringe etwas Abstand zwischen uns. Ohne auf Fraukes Unbehagen einzugehen, wende ich mich an Kai.

„Irgendwelche Beschwerden über die drei alten Kerle da drüben? Ich telefoniere heute mit Hannah, vielleicht feuert sie sie endlich." Röte verteilt sich blitzartig über Kais neunzehnjähriges Gesicht und macht auch nicht vor seinem Hals halt, während er mich immer noch anstrahlt.

„Nein, nein, alles super", sagt er etwas verunsichert.

„Okay, aber wenn mal irgendetwas sein sollte, sag Bescheid. Ich bin für dich da." Mit einem kurzen Nicken verabschiede ich mich von den beiden und nehme den Weg zu den drei Chefmechanikern wieder auf.

„Mann, musst du den armen Jungen ständig neue Hoffnung machen?", fragt mich Andreas leise, nachdem wir uns alle mit einer Gettofaust begrüßt haben. Ich zucke mit den Schultern und greife nach der einzigen Wasserflasche, die wahrscheinlich nur für mich hier steht.

„Er ist alt genug und nicht blöd." Mehr fällt mir nicht ein, denn meine Gedanken gehen unbeabsichtigt wieder zu Frauke. Ich frage mich, was ihr passiert ist, dass sich ihr Körper vor Angst so verspannt hat. Obwohl die Berührung nur einen Augenblick gedauert hat, habe ich das Zittern, das nichts Gutes besagt, gespürt.

Als ich mit dem Modeln anfing, war ich sechzehn Jahre alt. Entweder mein Vater oder meine Mutter begleiteten mich zu den wenigen Terminen, die ich zu dem Zeitpunkt hatte. Zu Beginn war mir das unangenehm und peinlich mit meinen Eltern im Schlepptau zu erscheinen. Thomas, einer meiner Kollegen, mit dem ich schon ein paar Mal zusammen vor der Kamera stand, setzte sich in einer kurzen Pause zu mir und meiner Mutter. Er ist in meinem Alter, damals allerdings etwas kleiner und schmaler. Noch heute bin ich mit ihm eng befreundet.

„Toll, dass Sie ihren Sohn immer begleiten", sagte er mit einem leicht verkrampften Lächeln.

„Das sieht Alex leider anders, also danke, dass wenigstens einer es wertschätzt." Ich rollte über die Antwort meiner Mutter nur mit den Augen.

„Mein Dad wollte ebenfalls kommen, aber er hat gerade geschrieben, dass er länger arbeiten muss. Er ist Arzt, da kommt das schon mal vor", sagte Thomas und nahm einen kleinen Schluck aus der Flasche mit dem Energydrink. Wir saßen auf Stühlen mit Blick auf das Set. Ich sah zu, wie die Assistenten des Fotografen die Beleuchtung für die nächsten Fotos umstellten. In Gedanken überlegte ich gerade wie lange wir ungefähr noch arbeiten müssen, als mein Blick zufällig auf Mario, den Fotografen, fiel. Meine Eltern sind beide Polizisten. Manchmal, wenn die Fälle, die meine Eltern bearbeiteten, sie zu sehr aufwühlten, wurden Hannah und ich immer sehr nachdrücklich ermahnt, aufmerksam und vorsichtig zu sein. Als Jugendlicher nervte es schon, wenn die Eltern hinter jedem Baum einen Verbrecher sahen. Doch die Tatsache, dass meine Tante Cloe einmal Opfer eines Gewaltverbrechens und ein guter Freund der Familie bei ihrer Rettung getötet wurde, ließ mich immer nachsichtig sein.

An diesem Tag im Studio war ich das erste Mal dankbar, dass meine Eltern stets darauf bestanden, mich zu begleiten. Selbst meine Tante Susanne sprang gelegentlich ein, wenn ihr Bruder oder ihre Schwägerin keine Zeit hatten. Diesen gierigen Ausdruck in Marios alten Augen, als sie auf Thomas fielen, werde ich nie vergessen. Vorsichtig lugte ich zu meiner Mutter. Sie hatte ihre Lippen fest zusammengepresst, als sie mich ansah. Sie wusste Bescheid. Ein paar Minuten später ging es weiter. Es waren Fotos für ein großes Versandhaus und es schien ewig zu dauern. Nach jedem Umziehen mussten die Haare wieder gestylt, das Make-up aufgefrischt und gelegentlich der Hintergrund geändert werden. Irgendwann kam das Ersehnte: „Schluss für heute!"

Thomas und ich waren gerade auf dem Weg zur Umkleide, als Marios Stimme uns stoppte.

„Thomas, ich will dich gleich noch sprechen", rief er mit strenger Stimme. Der Angesprochene neben mir verspannte sich augenblicklich. Blinzelnd sah er in die Gesichter der Anwesenden. Doch einer nach dem anderen drehte sich um und kümmerte sich um seine eigene Angelegenheit.

„Heute nicht, Mario", ordnete meine Mutter mit fester Stimme an. „Thomas kommt mit uns." Sie nickte uns zu und wand sich zu einer Stylistin, von der sie sicher wieder einige Tipps haben wollte, während sie auf mich wartete.

„Ich warte im Büro", informierte der Fotograf Thomas, ohne sich nur einen Hauch um den Einwand meiner Mutter zu kümmern. Langsam blickte meine Mutter wieder zu uns. Ein Lächeln erschien auf ihrem Gesicht, als sie sich auf den Weg zu Mario machte. Sie drückte mir die Schlüssel für ihr Auto in die Hand und sagte ruhig: „Zieht euch um und wartet im Auto, duschen könnt ihr zu Hause." Ohne anzuhalten, ging sie zielstrebig auf den Mann zu, der gerade den Koffer, in dem seine Kamera verstaut war, schloss.

Meine Mutter ist nicht sehr groß. Mit gerade Mal einem Meter sechzig sah sie schon damals neben mir eher klein aus. Doch jeder der sie unterschätzte, bereute es in kürzester Zeit. Ich stieß Thomas mit der Schulter an, als er neugierig meiner Mutter nachsah.

„Los", forderte ich ihn auf, der Anordnung meiner Mutter nachzukommen. „Der kann froh sein, wenn er in fünf Minuten noch seinen Namen weiß."

Eine viertel Stunde später traten wir aus dem kleinen Raum hinaus. Meine Mutter stand allein in der großen Halle und wartete auf uns.

„Mario ist etwas dazwischen gekommen", klärte sie uns auf. „Er redet das nächste Mal mit dir. Wenn dein Vater mit dabei ist." Wir fuhren meinen Freund nach Hause, obwohl es einen Umweg von einer Stunde bedeutete. Während der Fahrt sprachen wir nicht über Mario. Überhaupt war es bedrückend still im Wagen.

„Danke, Frau Harmann, dass Sie mich nach Hause gefahren haben." An Thomas Stimme war zu hören, dass er sich nicht nur für die Fahrt bedankte. Meine Mutter drehte sich im Sitz um und sah ihn ernst an. Einen Augenblick später reichte sie ihm einen Zettel, den sie von der Mittelkonsole genommen hatte.

„Sollte deinem Vater mal wieder etwas dazwischen kommen, rufst du eine dieser beiden Nummern an. Die obere ist meine, die andere gehört meiner Schwägerin. Eine von uns hat auf jeden Fall Zeit, dich nach Hause zu bringen." Sie sah ihn mit einem aufmunternden Lächeln an. „Egal, von wo auch immer. Okay?" Thomas sah auf den Zettel hinab und nickte einige Male. Dann stieg er ohne ein weiteres Wort aus und ging zu dem großen Haus, das mit einem hohen Zaun umgeben war.

Bevor sie den Wagen wieder startete, war ihr Blick fest auf mich gerichtet. Sagen brauchte sie nichts. In ihrem Gesicht stand alles, was sie nicht aussprach. *Verstehst du jetzt, warum wir dich dort nicht allein lassen? Wir kennen die Welt! Wir werden dich immer beschützen.* In diesem Moment war ich dankbar, dass meine Eltern so sind wie sie sind. Ich nahm mir fest vor, mich öfter an den heutigen Tag zu erinnern.

Ich wende mich dem Grill zu und sehe, dass hier ebenso an mich gedacht wurde. Neben Rindersteaks, liegen auf dem hinteren Teil des Rostes Fleisch von Hähnchen oder Pute.

„Wie geht es der Chefin?", fragt mich Sergey, während er das Fleisch wendet.

„Gut. Sie sieht toll aus. Seit der Schwangerschaft ist sie auch nicht mehr so dünn. Eine klassische Schönheit, wird meine Schwester nie sein. Doch jetzt ist sie …", einen Augenblick überlege ich, „sehr gut aussehend."

„Ja, das macht die Liebe", sagt er lächelnd. Erstaunt hebe ich meine rechte Augenbraue.

„Ich dachte, du liebst deine Frau?", frage ich den Russen. Einen Augenblick sieht er mich an. Sein erhobener Mittelfinger, der kurz vor meinem Gesicht auftaucht, zeigt mir, dass er mich verstanden hat. Grinsend drehe ich mich wieder um. Mein Ziel sind die beiden anderen Männer. Doch mein Blick trifft den von Frauke. Ich bin verwundert, dass sie überhaupt in meine Richtung sieht. In ihrem Gesicht erkenne ich das erste Mal so etwas wie scheue Neugier. Ohne mich davon abhalten zu können, erscheint dieses schelmische Lächeln auf meinen Lippen. Ein Lächeln, das gewährleistet, dass ich zum Zuge kommen werde. Um alles noch schlimmer zu machen, zwinkere ich ihr auch noch zu. Super. Ihre Antwort ist eine gekräuselte Stirn und ein fast unmerkliches Schütteln ihres Kopfes. Eine Sekunde später hat sie mir ihren Rücken zugewandt.

„Du kannst es einfach nicht lassen, oder?" Liam hat die Interaktion zwischen Frauke und mir offensichtlich bemerkt. Seiner Stimme ist die Resignation deutlich anzuhören. Und die Empörung.

„Anscheinend nicht. Sorry", gebe ich kleinlaut zu. Ich bin von mir selbst erschrocken. Gerade denke ich darüber nach, ob Frauke etwas Schreckliches zugestoßen sein könnte und dann zwinkere ich ihr lüstern zu. Doch so viele Gedanken will ich mir nicht über die grünhaarige, junge Frau machen.

„Vielleicht spielt sie für die andere Mannschaft", versuche ich daher, ihre kategorische Ablehnung an meiner Person zu erklären.

„Nein, das glaube ich nicht", mischt sich nun gleichfalls Andreas ein. Fragend sehe ich in sein bärtiges Gesicht. Er hat, wie Liam und Sergey, schon seit einiger Zeit die fünfzig überschritten.

„Woher willst du denn das wissen?" Skepsis schwingt in Liams Stimme mit.

„Wir haben doch erst neulich darüber gesprochen, dass das Mädchen nie Besuch bekommt. In dieser Hütte hat sie nicht einmal Internet." Mit der Hütte ist das kleine Haus gemeint, das auf dem hiesigen Grundstück steht. Hannah hatte selbst eine Zeit lang darin gewohnt. Es war praktischer für sie, so entfiel der Weg zur Arbeit. Meine Schwester vermisste das Haus sehr, als sie es aufgrund ihrer Behinderung nicht mehr bewohnen konnte.

„Es gibt da so einen Typen."

„Was für einen Typen?" Liam, der aufgrund seiner strahlend blauen Augen nur „Blue" genannt wird, hört sich etwas gereizt an.

„Das interessiert mich jetzt aber auch." Sergeys Stimme ist fordernd. Ein hartes Los für eine Frau, drei Väter zu haben. Andreas windet sich ein wenig. Anscheinend will er Frauke, oder den erwähnten Typen, nicht in Schwierigkeiten bringen.

„Hey, kommt mal wieder runter", verlangt Andreas und sieht unauffällig zu der einzigen Frau hinüber. „Er ist ein netter Kerl, aber er steht nicht auf sie."

„Idiot", nuschelt sich Sergey, der Schreckliche, erleichtert in seinen Bart.

„Vollidiot", grummelt Blue ebenfalls beruhigt vor sich hin.

„Ist wahrscheinlich besser so. Wäre doch schade, wenn ihr drei infolge eines gegangenen Mordes den Rest eures Lebens im Knast sitzen würdet, nur weil so ein Kerl, Frauke das Herz gebrochen hat."

„Halt die Klappe, Schönling."

„Genau, kauf dir lieber ein richtiges Auto."

„Oder iss wenigstens mal ein echtes Steak", verbünden sich die drei tätowierten, bärtigen, alten Männer gegen mich. Grinsend nehme ich einen Schluck aus der Wasserflasche. Mein Blick fällt auf Fraukes ansehnliches Hinterteil. Zum Glück bin ich heute Abend mit Ilka verabredet.

Zwei Wochen Clinton waren, was Frauen angeht, ziemlich anstrengend. Hannah hatte mir schon bei meinem ersten Besuch mit Kastration gedroht, sollte ich nur eine Frau anfassen. Nicht nur die Androhung, körperlich Schaden zu nehmen, hielt mich von einer kurzen Affäre ab. Es war vielmehr die Erinnerung an das schreckliche Verbrechen, dem Hannah in Clinton zum Opfer gefallen war. Ich weiß, dass meine Schwester viele Freunde in der Kleinstadt hat. Mir ist ebenso bewusst, dass sie dort sehr glücklich und sicher ist. Doch bin ich dem innerlichen Druck, der mich dort erfüllt, kaum gewachsen. Wahrscheinlich ist das der Grund, warum ich weiter zu Frauke sehe.

DREI

Frauke

Muss er mich so ansehen? Schlimm genug, dass er mich vorhin beim Starren erwischt hat. Peinlicher geht es wohl nicht mehr. Ich bin wirklich niemand, der andere Leute länger als nötig ansieht. Ach, was mach ich mir Gedanken? Sicher wird er ständig von allen Menschen angestarrt. Selbst Kai, der einen festen Freund hat, nutzt jede Sekunde, um den Schönling anzusehen.

„Sklaven!", ruft Liam zu mir und Kai. „Essen ist fertig. Los, ran an das Fleisch, damit ihr uns weiter dienen könnt." Ich habe es schon vor Wochen aufgegeben mich über den Titel Sklave aufzuregen. Es ist nur wieder ein Beweis dafür, in der Nähe unserer Chefs, vorsichtig mit Worten zu sein. Irgendwann hatte Kai Liam leichtfertig „Sklaventreiber" genannt. Und das ist nun das Ergebnis. Aber was soll's! Jeder hat hier einen Rufnamen. Kai und ich sind das Sklavenmädchen und –Junge. Sergey heißt „der Schreckliche". Liam wird wegen seiner blauen Augen nur „Blue" gerufen. Wenn jemand Andreas sucht, wird nur „Dieter" gebrüllt. Ich bin noch nicht dahintergekommen, warum. Das Wichtigste ist, dass wir eine Familie sind. Eine, die zusammen durch dick und dünn geht. Damals war ich froh, dass Hannah mir die Möglichkeit gegeben hatte, in ihrem Team zu arbeiten. In dem kleinen Haus wohnen zu dürfen, erfüllte mich zusätzlich mit Dankbarkeit. Schnell habe ich mich hier sicher gefühlt. So sicher, wie noch nie in meinem Leben. Heute bin ich glücklich. Die drei Chefmechaniker haben mich viel gelehrt. Nicht nur was Motorräder angeht. Das erste, was sie mir beibrachten, war, dass ich Respekt verdiene. Natürlich machten sie sich ihre Späße mit mir. Doch die machten sie mit allen anderen ebenso. Nie machten sie Witze über mein Handicap. Keine Demütigungen.

Stattdessen: Aufforderungen, Zuspruch, Motivation und Geduld. Kais Bewerbungsgespräch endete mit der Aufgabe, mit mir ein *kurzes* Gespräch über die Sicherheitsbestimmung in der Halle zu führen. Seitdem sind wir Freunde.

Mit einem leeren Teller stehe ich vor Sergey. Kritisch sieht er an mir herab. Bei einer Größe von einem Meter achtundsechzig, bin ich mit zweiundsechzig Kilo gut dabei. Kein Grund, mich so anzusehen. Ich räuspere mich laut.

„Rind, Schwein oder jämmerliches Federvieh?", fragt mich der zweifache Opa mit einem Grinsen. Er weiß genau, dass ich, wenn ich Fleisch esse, nur Geflügel wähle. Schnaufend halte ich ihm erneut meinen Teller hin.

„Also gut", gibt er mit Augenrollen nach. „Pute oder Hähnchen?" Bevor ich antworten kann, erscheint ein weiterer Teller neben meinem.

„Gute Frage. Ich nehme Pute." Alexander steht neben mir. Mist! Neben dem Schönling verliere ich augenblicklich meine Sprache. Sergey benötigt nur eine Sekunde um zu erkennen, was los ist. Er dreht sich zum Grill, nimmt mit der Grillzange ein Stück Putenfleisch herunter und legt es auf Alex' Teller.

„Danke", höre ich ihn neben mir sagen. Sergey lächelt ihn kurz an und wendet sich dann wieder mir zu. Alexander steht immer noch da. Warum geht er nicht? Ich atme tief durch. Konzentriere mich. Ärger über mich selbst, macht sich in mir breit. Schon ewig habe ich nicht mehr so lange für ein blödes Wort gebraucht.

„Schwere Entscheidung?", fragt Hannahs Bruder freundlich und macht damit alles noch schlimmer. Ich will nicht, dass er sich über mich lustig macht. Oder schlimmer noch, mich bemitleidet.

Ein Schweißtropfen läuft an meinem Rücken hinab. Das auch noch. Mein Körper fährt das ganze Programm auf. Wut überkommt mich.

„J-ja", stoß ich laut genug aus, dass es jeder hört, „ist es." Überrascht zieht mein Gegenüber die Brauen hoch. Ich sehe verzweifelt zu dem Mann am Grill. Doch er lächelt nur und sieht mich weiterhin abwartend an.

„Also", höre ich wieder Alexander neben mir, „mir persönlich ist Hähnchen meistens ein wenig zu trocken." Und ich kotze gleich. Beginnt der Kerl jetzt wirklich einen Vortrag über Fleisch? Meine Schultern sacken runter. Warum geht er nicht einfach zum Tisch hinüber?

„Gib mir b-bitte ein Stück Hähn-chen", gebe ich mich schließlich geschlagen.

„Gute Wahl", sagt der Mann am Grill. Ich glaube, er meint nicht nur das Fleisch, das er mir auf den Teller legt. „Und, es ist kein bisschen trocken." Mit gesenktem Kopf gehe ich zu Kai. Sofort rutscht er ein Stück, damit ich mich neben ihn, auf der schmalen Bank der Bierzeltgarnitur, setzen kann. Kaum sitze ich, rubble ich mir mit beiden Händen das verschwitzte Gesicht. Tief atme ich durch. Ich habe es überstanden. Hier bin ich unter Freunden. Alle wissen Bescheid. Niemand wird mich nachäffen. Ich halte inne, mein Besteck aus der

Servierte zu rollen, als Alexander sich mir gegenüber setzt. Am liebsten würde ich ihn fragen, was das soll. Ihn auffordern, sich woanders hinzusetzen. Natürlich lasse ich es. Wie lange soll das auch dauern? Der Schönling beginnt ein Gespräch mit Kai. Nur einzelne Worte dringen zu mir durch. Schon lange habe ich mich nicht mehr so minderwertig gefühlt. Kai stößt mich leicht an. Ich sehe von meinem Teller, den ich die letzten Minuten fest fixiert habe, auf. Mein Arbeitskollege lächelt aufmunternd und nickt zu Alexander. Also reiße ich mich zusammen und sehe zu dem Bruder meiner Chefin. Unfassbar, dass die beiden miteinander verwandt sind. Hannahs blassgrüne Augen sind nicht zu vergleichen mit diesem strahlenden, kräftigen Grün ihres Bruders. Ich finde überhaupt keine Ähnlichkeit. Hannahs Schönheit kommt von innen, daran ist nicht zu zweifeln. Ihr Lächeln ist eher ein Strahlen. Es lässt jeden über alles hinweg sehen, das vielleicht nicht so passend an ihr ist. Doch diesen Mann vor mir, kann man nur als schön bezeichnen. Sein dichtes, dunkelbraunes Haar ist mit verschiedenen, natürlichen Farbnuancen durchzogen. Die Gesichtszüge sind weich, nur am Kinn etwas kantig. Die Nase ist gerade und hat genau die richtige Länge, um dem Gesicht die perfekte Symmetrie zu geben. Der Mund mit den nicht zu vollen Lippen wird gerade mit einer Gabel voll grünem Salat gefüllt, als ich mit meiner Begutachtung fertig bin.

„Ich habe gerade erwähnt, dass der Salat aus deinem Garten kommt", erklärt Kai. Nickend und schulterzuckend bestätige ich den Hinweis.

„Ich wusste gar nicht, dass am Haus ein Garten ist." Es war auch keiner da, als ich einzog. Mit Hannahs Erlaubnis habe ich die Betonplatten, die hinter dem Haus verlegt waren, hochgenommen. Zum Glück waren es nur kleine Platten. Solche, die man früher für Gehwege benutzte. Doch für die gefühlten vierhundert Stück hatte ich ein ganzes Wochenende benötigt. Auf meine für den Job benötigte Feinmotorik, musste ich die kommenden Tage dann verzichten. Doch es hat sich gelohnt. Jede freie Minute verbringe ich dort.

„Was hast du denn alles angepflanzt?" Merkt er denn nicht, dass ich nicht reden will? Kai erhebt sich.

„Ich hol mir noch ein Stück Fleisch. Soll ich dir etwas mitbringen?"
Ich schüttle nur den Kopf. Super, jetzt bin ich auch noch alleine mit
dem Schönling.

„Also", richtet sich dieser sogleich wieder an mich, „was gibt es
alles in deinem Garten?" Prüfend sehe ich wieder in sein Gesicht.
Häme ist nicht zu erkennen. Selbst kein Flirten mehr. Nur
Freundlichkeit. Schnell konzentriere ich mich wieder auf meine
Atmung. Und meinen Mut.

„B-Beeren, Salat, Gem-üse, Pilze", stoße ich hervor. Herrgott.
Schlimmer geht es kaum. Ohne Unterbrechung sehe ich auf meinen
Teller und zerpflücke das Stück Fleisch. Wahrscheinlich bleibt es mir
im Hals stecken, sollte ich versuchen es zu schlucken. Zumindest fühlt
sich mein Hals wie zugeschnürt an.

VIER

Alexander

Keine Ahnung, warum ich hier bin. Ich sollte zu Hause sein. Nicht
einmal die Ausrede: Es lag auf dem Weg, entspricht der Wahrheit. Von
Ilkas kleiner Wohnung nach Eimsbüttel benötige ich an einem
Sonntagmorgen, höchstens anderthalb Stunden. Um auf das große,
geschlossene Tor vor mir zu sehen, benötigte ich schon zwei Stunden.
Ich fahre nicht gern Auto. Also, dass Fahren selber ist schon in
Ordnung. Vor allem mit meinem Kleinen hier. Es ist die Zeit. Man
kann sich in der Zeit nicht die Gegend anschauen, oder ein Buch lesen.
Man befindet sich in einem, wenn auch sehr komfortablen Sitz und
fährt von einem Ort zum anderen. Die Zeit scheint mir oft verloren.
Weder kann ich ein gutes Essen genießen, noch mich sportlich
betätigen.

Ich öffne die Autotür, denn ein Tor anzustarren ist in gleicher Weise Zeitverschwendung. Es ist ein herrliches Wetter. Viel zu schade, um sich in einem Gewerbegebiet aufzuhalten. Mit dem strahlend weißen T-Shirt, der hellen Jeans und den Baumwollslippen passe ich nicht richtig in diese Umgebung.

Nachdem ich den Code eingegeben habe, gleitet das stabile Metall wie von Zauberhand zur Seite. Ich drücke auf den Knopf mit dem Hinweis Schließen. Unentschlossen sehe ich zur großen Halle. Was mache ich hier? Die Werkstatt, in der die Motorräder repariert werden, interessiert mich nicht die Bohne. Die letzten vierundzwanzig Stunden habe ich mental viel Zeit an diesem Ort verbracht. Oder besser gesagt, ich habe an Frauke gedacht. Unfassbar. Ein superschönes Model im Bett zu haben reicht offenbar nicht aus, um eine grünhaarige Mechanikerin aus meinem Kopf zu vertreiben. Ich wende mich dem alten Wohnhaus zu. Ein Pilzomelett zum Abendessen. Ja, das ist eine gute Idee. Fehlen nur noch die Pilze. Okay, einen Grund habe ich jetzt schon mal, um mal kurz bei Frauke reinzuschneien. Wenn auch einen bescheuerten.

Den kleinen Platz, der abends von einer einzelnen Lampe beleuchtet wird, lasse ich schnell hinter mir. Vier Stufen und ich stehe vor der mittelalterlich aussehenden Haustür. Ein altes, zerkratztes Holzding, an dem die unbestimmbare Farbe abblättert. In der Mitte der Tür ist ein Fenster, das mit einem schmiedeeisernen Gitter verziert ist. Durch das Glas erkenne ich einen kleinen Flur und den Anfang einer Treppe. Ich weiß, dass rechts eine kleine Küche abgeht und links ein Wohnzimmer. Ein winziges Gäste-WC gibt es noch hier unten, Schlafzimmer und Badezimmer befinden sich oben. Einer der Gründe warum Hannah nach ihrer Rückenverletzung wieder bei uns einziehen musste.

Ich drücke auf den Klingelknopf und kann immer noch nicht glauben, dass ich wirklich hier bin. Was zieht mich hierher? Zu einer grünhaarigen, stotternden Frau? Nachdem ich die Nacht mit Ilka verbracht habe, trifft der einzige Grund warum ich hier stehen könnte, nicht zu. Die Sekunden vergehen und im Haus rührt sich nichts. Vielleicht ist sie in dem Garten, von dessen Existenz ich bisher nichts wusste. Ich gehe um das Haus herum, und tatsächlich hockt sie, mit dem Rücken zu mir, in einem Blumenbeet. Der Garten ist recht groß. Es gibt neben verschiedenen Gemüsebeeten auch ein kleines Gewächshaus, in dem offensichtlich Tomaten wachsen. Unter dem großen Baum steht eine Bank auf der einige Kisten mit Plastikhauben stehen. Unbemerkt von Frauke beobachte ich das seltsame Bild, das sie abgibt. Ihre leuchtend grünen Haare zwischen den bunten Blumen. Fast bekommt man den Eindruck, ein Gartenkobold buddelt in dem Beet.

„Hi", rufe ich ihr grinsend zu. Erschrocken schreit sie auf und im gleichen Moment wie sie sich zu mir umdreht, fliegt auch ihr Gartenhelfer in meine Richtung. Es geht alles sehr schnell. Trotzdem bemerke ich, dass das Werkzeug mit voller Absicht und großer Wucht zu meinem Standort geworfen wird. Mir bleibt keine Zeit mehr, mich in Sicherheit zu bringen. Reflexartig reiße ich meinen Arm hoch und eine halbe Sekunde später spüre ich einen fiesen Schmerz am Unterarm.

„Oh, m-mein Gott", stößt Frauke entsetzt hervor. Mein Blick wandert zu dem metallischen Scheppern neben mir. Eine kleine rote Schaufel wackelt noch einmal hin und her, bevor sie ganz unschuldig auf der Steinfliese zum Stillstand kommt. Unfassbar.

„Sag mal, spinnst du?" Wut steigt in mir auf. Ohne hinsehen zu müssen weiß ich, dass Blut an meinem Arm entlang läuft. Nicht auszumalen, wie ich jetzt aussähe, hätte ich ihn nicht schützend hochgerissen.

„Es t-tut m-mir L-leid." Eilig hüpft sie aus dem Beet. Ihre Augen sind immer noch vor Entsetzen geweitet. Auf dem Weg zu mir greift sie von einem kleinen Tisch nach einem Tuch. Als sie vor mir steht, reicht mir ihre rechte Hand das Stoffteil, und ihre linke presst sich auf ihren Mund. Etwas unwirsch entreiße ich ihr den grauen, nicht gerade antibakteriell aussehenden Lappen.

„Wird jeder Besuch so empfangen? Vielleicht bringst du mal ein Warnschild draußen an." Ich zögere, das Ding in meiner Hand auf die blutende Wunde zu legen. Die Verletzung ist nicht groß, aber tief.

„D-das Tuch ist sauber. Fr-isch ge-waschen", presst das grüne Ungeheuer hervor. Ich sehe erst sie und dann den Lappen prüfend an. Mit schüttelndem Kopf drücke ich schließlich den Fetzen auf die

Wunde. Nachdem das Brennen etwas nachgelassen hat, sehe ich wieder zu Frauke. Meine Wut verraucht augenblicklich, bei dem fassungslosen Ausdruck in ihrem Gesicht.

„So ernst ist es nicht", seufze ich. Ihre blauen Augen, die immer noch auf die betroffene Stelle starrten, schwimmen in Tränen. Mein Gott, wie würde sie reagieren, wenn ich jetzt ein Loch im Kopf hätte? „Hast du vielleicht etwas zum desinfizieren?", frage ich mit nachsichtiger Stimme. Anscheinend bemerkt sie erst jetzt, dass an dem blutenden Arm noch jemand dran hängt. Sie sieht zu mir auf, blinzelt ein paar Mal, sodass von den beinahe Tränen nichts mehr zu sehen ist. Frauke strafft die Schultern, greift nach dem Tuch und entreißt es mir. Mit ihren schmutzigen Händen fasst sie nach meinem Arm und guckt sich die Wunde genau an. Gekonnt wickelt sie den Lappen dann wieder um meine Verletzung.

„I-ich ha-be n-nichts im Haus. Ist auch nicht sch-limm", sagt sie und nickt zu meinem Arm. Dann hebt sie ihre blöde Schaufel auf und wendet sich mit einem „Tsch- üss" von mir ab. Also… Ich… Das gibt es doch nicht! So habe ich mir das nicht vorgestellt. Na ja, um ehrlich zu sein, habe ich mir gar nichts vorgestellt. Zumal ich immer noch nicht weiß, warum ich eigentlich hier bin. Aber… ich will noch nicht gehen.

„Hast du wenigstens ein Glas Wasser?" Etwas Besseres fällt mir nicht ein. Wasser hat jeder im Haus. Sie bleibt stehen und lässt ihren grünhaarigen Kopf nach vorn fallen. Ich höre ihr genervtes Schnauben, als sie zu dem Tisch zeigt, an dem zwei Stühle stehen. Ohne mich anzusehen, verschwindet sie durch eine geöffnete Tür ins Haus. Mit einem siegessicheren Grinsen überbrücke ich den kurzen Weg zur Sitzgelegenheit. Gerade sitze ich und habe meinen ramponierten Arm vorsichtig angewinkelt, da wird ein Glas Wasser vor mir abgestellt.

„Danke." Ohne ein Wort oder Blick geht Frauke weiter in Richtung Blumenbeet. Noch deutlicher kann sie nicht zeigen, dass ich hier nicht erwünscht bin. Aber in meiner Branche muss man hartnäckig sein und ein dickes Fell haben. Ich sehe auf die Uhr an meinem Handgelenk. 11:34 Uhr. Zehn Minuten, dann sitzt sie hier bei mir am Tisch.

„Das ist ein toller Garten." Keine Reaktion. „Meine Eltern haben auch einen, aber der ist nicht so…" Mein Blick wandert noch einmal zu dem Teil des Grundstücks, in dem nur Gemüse wächst. „Nützlich", füge ich noch beeindruckt hinterher. Unbeeindruckt buddelt Frauke indes weiter in dem Beet. Freudiges Kribbeln überkommt mich. Noch acht Minuten.

„Wo wachsen denn deine Pilze?" Ohne den Kopf zu heben, zeigt sie mit der roten Schaufel in Richtung der Bank. „Ich habe mir für heute Abend vorgenommen ein Omelett zu machen. Ob du mir mit ein paar Pilzen aushelfen könntest?" Wieder zeigt sie zu den Kisten. Ist wohl eine Aufforderung mich zu bedienen. Nein nein meine Liebe, so einfach wird das nicht für dich. Noch sechs Minuten. Ich habe Zeit.

„Ich hatte mir mal überlegt, ein oder zwei Tomatenpflanzen auf den Balkon zu stellen. Tomaten sind gesund und ich mag vor allem diese kleinen…?" Kein Wort kommt von ihr, aber sie zeigt jetzt mit ihrem Wurfgeschoss zum Gewächshaus. „Na, mein Balkon ist auf jeden Fall zu klein, um da noch Gemüse zu ziehen. Außerdem bin ich zu oft unterwegs, um mich um sie zu kümmern." Noch vier Minuten. Dann wollen wir mal.

„Dein Garten ist wirklich beachtlich", sage ich ehrlich. „Hannah hat in ihrem Garten ebenfalls Obst und Gemüse." Aha, Fraukes Kopf erhebt sich aus dem Blumenmeer. „Finn hat ihr einige Hochbeete gebaut, damit sie mit dem Rollstuhl überall rankommt." Das grünhaarige Wesen erhebt sich. An dem abklopfen der Erde von ihrer Jeans gehe ich davon aus, dass die Arbeit vorerst beendet ist. Noch zwei Minuten. Sie sieht zu mir, seufzt einmal und macht sich in meine Richtung auf.

„Könntest du mir gleich zwei oder drei Pilze mitbringen?" Zwar rollt sie mit den Augen, kommt meiner Bitte aber nach. 11:44 Uhr. Frauke sitzt mit mir am Tisch. Es war mir klar, dass sie nicht widerstehen könnte, wenn ich von meiner Schwester zu erzählen beginne. Ich weiß nicht, was die beiden verbindet, aber ihr Interesse an dem jeweils anderen ist hoch. So wie Hannah immer fragt wie es Frauke geht, erkundigt diese sich jetzt nach ihrer Chefin. Die Neugier meiner Schwester kann ich immer nur mit einem Schulterzucken beantworten. Schließlich bin ich nicht oft hier. Außerdem geht Frauke mir derart aus dem Weg, dass ich ihre Existenz gelegentlich vergesse.

Allerdings ist mir aufgefallen, dass sobald Hannahs Name fällt, Frauke immer aufmerksam wird.

„I-ich h-abe B-bilder ge-sehen. V-vom G-Garten." Sie ist nervös. Nach einem Blick auf ihre Hände gibt sie mir ein Zeichen, dass sie sich diese waschen geht.

Ein paar Minuten später hat sie wieder an dem kleinen Tisch Platz genommen. Von Entspannung keine Spur. Nur selten sieht sie zu mir, bevor ihr Blick wieder in ihren Garten flüchtet. Sie möchte mehr über Hannah erfahren. Und ich tue ihr den Gefallen. Ich öffne auf meinem Handy das Familienalbum mit dem Namen „Hannah" und schiebe es ihr herüber.

„Hier, das sind aktuelle Fotos von den letzten Wochen." Während sie Bilder von Hannah, Finn und Cloe ansieht, erzähle ich, wie es meiner Schwester in Clinton ergeht.

Sie ist so in dem Betrachten der Aufnahmen vertieft, dass ich sie ungeniert beobachten kann. Ihr Lächeln, Schmunzeln, erstauntes Schnauben und hochziehen der Brauen lenkt mich von ihren grünen Haaren ab. Sie ist eine hübsche Frau. Lange nicht so perfekt wie die, die einen Platz neben mir im Bett bekommen, aber hübsch. Die Ausrufe über meine kleine Nichte: „Oh, ist sie süß!", „Dieses Lächeln!", „Sie hat die Augen von ihrem Papa!", und noch einige mehr kommen ohne Stottern über ihre Lippen. Das liegt wahrscheinlich daran, dass sie meine Anwesenheit vergessen hat. Deutlich entspannter bekomme ich einige Zeit später mein Smartphone wieder.

„Danke", sagt sie, ohne sich groß anzustrengen.

„Gerne." Wir sehen uns einen Moment an, dann wird es Zeit für mich zu gehen. Ich möchte nicht riskieren, dass es wieder unangenehm für sie wird.

„Kann ich das Tuch mitnehmen? Wäre schade um die hellen Sitze in meinem Auto", frage ich grinsend, während ich vom Stuhl aufstehe.

„Ja, n-natürlich." Sie steht vom Tisch auf und geht eilig ins Haus. Einen Augenblick später steht sie mit einer kleinen Pappschachtel wieder vor mir und legt die vier mittelgroßen Champignons hinein. Ein kleines Nicken und dann wendet sie sich wieder ihrem Garten zu.

„Frauke", rufe ich, ohne nachzudenken. Sie dreht sich zu mir um. Ihr Blick ist skeptisch. Kein Lächeln. „Das Grün ist schrecklich", weise

ich sie mit einem Blick auf ihre Haare hin, „versuch es mal mit Blond."
Sie macht nicht einmal Anstalten etwas zu sagen. Sie geht einfach.

FÜNF

Frauke

„Das Grün ist schrecklich, versuch es mal mit Blond." Ja, ja, wie
witzig! Ich hätte mit der Schaufel besser zielen sollen. Wobei, ich habe
überhaupt nicht gezielt. Es war ein Reflex. Dass ich nach all den Jahren
noch so reagiere. Im Bruchteil einer Sekunde verfalle ich in einen
Überlebensmodus. Ich war entsetzt von mir selber. Mir war nicht
bewusst, dass die Angst noch so nahe unter der Oberfläche sitzt. Das
Grün ist schrecklich. Soll es auch sein. Feuerwehrrot, Blau und selbst
Gelb haben nicht die gleiche Wirkung wie dieses Grün. Alle starren
nur auf meine Haare. Niemand in mein Gesicht. Es gibt mir Zeit. Zeit
zu entscheiden, ob von dem Menschen vor mir Gefahr ausgeht. Ich
versuche dieses Urteil so wenig wie möglich treffen zu müssen. Ich
verlasse das Gelände nicht oft. Kai bringt mir einmal die Woche meine
benötigten Lebensmittel. Er hat mir das schon vor sehr langer Zeit
angeboten, da ich kein Auto habe. Das nächste Geschäft ist einige
Kilometer entfernt. Alle paar Wochen fahre ich mit dem Fahrrad los
und kaufe dann in ausreichender Menge Frauensachen ein. Einmal
hatte ich Tampons mit auf den Zettel geschrieben, aber da wurde mir
mit roten Ohren erzählt, dass sie aus waren. Ich war noch nie in der
Hamburger Innenstadt oder bin an der Alster spazieren gegangen. Die
wenigen Kleidungsstücke, die gelegentlich erneuert werden müssen,
lasse ich mir schicken. Kai hat mich einmal gefragt, ob ich mich hier
nicht wie eine Gefangene fühlen würde. Ich habe nur gelächelt und
mit dem Kopf geschüttelt. Um ihm verständlich zu machen, wie richtig

sich das hier für mich anfühlt, müsste ich ihm sagen, wer ich wirklich bin. Und das ist unmöglich.

SECHS

Alexander

Ich sollte bei Ilka oder Anne oder Yvonne sein aber bestimmt nicht hier. Vielleicht fahre ich später noch zu einer der Frauen. Jetzt klemme ich mir meine Mitbringsel unter den Arm und drücke erst einmal wieder diesen Knopf zum Öffnen des Tores. Es ist Samstag. Nicht einmal eine ganze Woche ist vergangen, seit ich das letzte Mal hier war. Dabei kann man diesen Ort, für meine jetzige Verfassung, nur als unpassend beschreiben. Meinen Wagen lasse ich vor dem Tor zurück und nach einigen Metern stehe ich abermals vor der hässlichen Haustür. Auf mein Klingeln wird einmal mehr nicht reagiert. Zwar gehe ich die vier Stufen wieder hinunter, doch dann nehme ich meine Hände trichterförmig vor dem Mund und rufe laut in Richtung Garten: „Achtung, Achtung! Der gut aussehende und freundliche Alexander Harmann möchte von Frauke Schneider am Eingang abgeholt werden." Es vergehen einige Minuten. Ich lege mir gerade Gründe zurecht, warum Frauke mich noch nicht abgeholt hat, als sie um die Ecke kommt. Wieder trägt sie ihre Gartenjeans und ein schwarzes T-Shirt. In ihrer rechten Hand hält sie die berüchtigte kleine rote Schaufel und schlägt damit rhythmisch in ihre offene, linke Hand.

„Was?", presst sie verärgert hervor. Ich unterdrücke das Lachen, das aus mir heraus will. Stattdessen reiche ich ihr das frischgewaschene Tuch von letzter Woche und die kleine Pappschale. Sie sieht zweifelnd auf die ihr dargebotenen Gaben.

„Echt?" Als Antwort zucke ich nur mit den Schultern. Mit einem Kopfschütteln nimmt sie mir die Sachen ab und dreht sich wieder um. Ich räuspere mich vornehmlich.

„Hättest du vielleicht ein Glas Wasser?" Ich hüstle erneut. „Ich habe so einen fiesen Frosch im Hals." Sie dreht sich wieder zu mir um. Ihr Blick mit den hochgezogenen Brauen sagt eigentlich schon alles. Sie will, dass ich gehe. Aber … ich kann nicht. Frauke kommt näher. Ihr Blick verändert sich, wird so intensiv, dass meine innere Unruhe, mein Zweifel, sich immer mehr verdichtet. Mein Lächeln kommt hoffentlich nicht so verkrampft rüber, wie es sich anfühlt. Der Augenblick zieht sich unangenehm in die Länge. Mein ganzer Körper beginnt zu kribbeln. Sekunden, bevor ich mich zurückziehe, nickt sie zustimmend. Die Erleichterung darüber ist meiner unwürdig. Ein paar Minuten später sitzen wir wieder an demselben kleinen Gartentisch. In ihren Händen dreht sie schmunzelnd die Pappschale. Mir ist schon klar, dass sie eigentlich in die Altpapiertonne gehört. Beinahe wäre sie dort auch gelandet. Meine Haushaltshilfe wollte sie schon mit nach unten nehmen, im letzten Moment konnte ich sie davon abhalten.

„Nächste Woche habe ich einen Gastauftritt in Blue Haven", sage ich einen Augenblick später in das Schweigen. „Blue Haven! Die Arztserie im Vorabendprogramm vom Zweiten!", erkläre ich bei ihrem fragenden Blick. Sie holt ein paar Mal tief Luft. Ich habe mittlerweile festgestellt, dass sie sich so darauf vorbereitet zu sprechen.

„Was sollst du denn mimen?", ihre Worte kommen langsam, aber ohne stottern.

„Na was schon? Ein Model, das von einer roten Gartenschaufel beinahe massakriert wird."

„Sch-schauspielerische Fähigkeiten hast du auf j-jeden Fall", stößt sie mit einem Blick auf meinen Arm hervor. Ich grinse breit in das Glas, das ich in meinen Händen drehe. Mit den Gedanken an den Trip in die Schauspielerei wird mein Mund trocken und mein Rücken verspannt sich. Mit zusammengepresstem Kiefer versuche ich das Lächeln beizubehalten.

„Du hast schon eine K-Karriere. Wenn du dich nicht wohlfühlst vor der l-laufenden K-Kamera, dann lässt du es eben." Meine Eltern haben das gleiche gesagt, aber dieses: *Es wäre eine riesige Chance für dich* hing über dem ersten Satz wie eine Aufforderung. Aus Fraukes Mund hört es sich anders an. Leichter, nebensächlicher, unwichtiger. Also, der Inhalt, nicht die Aussprache. Obwohl, es wird anscheinend wirklich einfacher für sie, mit mir zu reden.

„Vielleicht solltest du nicht einmal v-vorsprechen. Du bist jetzt schon a-arrogant genug. Nicht auszudenken, wenn du außerdem noch Sch-Schauspieler bist."

„Dann kaufe ich mir ein Motorrad und bring es immer zu dir, wenn es gewaschen und betüdelt werden muss", gehe ich auf ihren Scherz ein. Sie schnauft und lächelt zugleich. Mein Blick verweilt nur eine Sekunde auf ihr. So ist sie also mit ihren Chefs und Kai. Keine Wut, Frust oder Schamgefühl. Sie steht vom Tisch auf und geht mit der Pappschale ins Haus. Nach ein paar Minuten kommt sie zurück. Die Schale in ihren Händen ist gefüllt mit Cherrytomaten.

„S-sorry, ich muss weiter machen", sagt sie mit einem kurzen Blick zum Himmel. Gleichzeitig mit ihren herausgepressten Worten verdunkelt sich die Sonne.

SIEBEN

Frauke

Ich kenne ihn nicht. Und das soll auch so bleiben! Warum kommt er jetzt schon das zweite Mal hierher? Bescheuert, dass ein kleiner Teil in mir sich freut. Na ja, er sieht ziemlich gut aus. Aber das sollte mich nicht interessieren. Ich verstehe nicht, warum er seine Zweifel bezüglich dieses Rollenangebotes nicht mit seiner Familie oder seiner Freundin bespricht. Was soll ich ihm schon sagen? Ausgerechnet ich, die froh ist, wenn niemand sie sieht oder bemerkt. Ich denke ohnehin viel zu oft an ihn, seit er letzte Woche hier aufgetaucht ist. Liegt wahrscheinlich an meinem kleinen Kosmos, in dem ich lebe. Ich hoffe, er fährt jetzt zu jemandem, der ihm wirklich einen guten Ratschlag geben kann. Hm, ich mach mir doch jetzt nicht noch Sorgen um diesen Sunny Boy? So einsam kann ich gar nicht sein, oder? Ich grüble schon wieder, dabei habe ich noch genug zu tun. Der Salat ruft nämlich um Hilfe, das Unkraut kommt ihm zu nah. Hoffentlich kann ich die Gedanken an den Schönling genauso schnell entfernen wie das lästige Wildkraut.

ACHT

Alexander

Fünf Tage waren für die kleine Rolle in Blue Haven eingeplant. Natürlich bin nicht ich es, der im Krankenhaus landen soll, sondern ein erfahrener Schauspieler. Ich mime nur den Bruder. Dabei bin ich im richtigen Leben sein Freund. Thomas Friese hatte kurz nachdem meine Mutter ihn damals nach Hause gefahren und außerdem mit seinem Vater telefoniert hatte, die Schauspielerei für sich entdeckt. Er musste einen harten Kampf mit seinen Eltern ausfechten. Wie sich herausstellte hatte Mario, unser damaliger Fotograf, ihn schon einmal bedrängt. Für seine Eltern war das Thema Model- und Schauspielkarriere damit beendet. Thomas bat meine Mutter damals um Beistand und so kam es, dass er und ich wirklich gute Freunde wurden und ich jetzt die Rolle seines Bruders spiele. Denn ihm verdanke ich es, dass es zu einer Anfrage an mein Management kam.

„Das war mit Sicherheit nicht deine letzte Rolle. Du warst echt super!" Mit seiner großen Faust boxt Thomas mir gegen die Schulter. Das war ich wirklich. Allerdings nur, weil die Leute hier total locker waren und es mir wirklich Spaß gemacht hat. Dabei hatte ich gleich bei meinem ersten Auftritt meinen Text vergessen. Thomas in einem Krankenbett zu sehen, so überzeugend zurechtgemacht, hat mir die Stimme beziehungsweise die Worte verschlagen. Mir vorzustellen, meinen besten Freund aufgrund einer Krebserkrankung in wenigen Tagen zu verlieren, hat mir fast den Boden unter den Füßen weggezogen. Aber anscheinend war mein Entsetzen besser als jeder Text.

Die restlichen Tage habe ich dann ohne Ausrutscher hinter mich gebracht. Zwischendurch wurde mir sogar immer mehr Text zum auswendig lernen gebracht. Jeden Abend saß ich mit Thomas und ein oder zwei der anderen Darsteller zusammen, um die Szenen für den nächsten Tag zu lernen. Schwierig ist die Entscheidung, ob Schauspielerinnen auch Kolleginnen mit gewissen Vorzügen waren oder nicht. Das Angebot der kleinen Regieassistentin war eine Überlegung wert. Außerdem erhöhte sich mein innerer Druck, trotz der entspannten Atmosphäre, von Tag zu Tag. Dieses Gefühl, dass ich meine Arbeit hätte wirkungsvoller machen müssen. Die Worte im letzten Text wären mit einer anderen Betonung viel glaubwürdiger geworden; eine bessere Körperhaltung hier und da, vorteilhafter; wie viele Chancen habe ich vertan, weil ich nicht aufmerksam genug war? Ich musste noch sorgfältiger, kritischer und konzentrierter sein!

Wir sitzen das letzte Mal zusammen in dem kleinen Raum, der als *Maske* betitelt wird. Claudia hat bereits diese Totenfarbe von meinem besten Freund entfernt. Ich glaube, es ist ihr nicht recht, dass er weiterhin neben mir steht. Immer wenn ich meine Augen öffnen kann, ohne dass ein Entferner hineinläuft, lächelt sie mich vielsagend an. Es ist nicht üblich, dass wir abgeschminkt werden. Diese Tätigkeiten gehören wie Kaffeeholen zur Eigenregie. Claudia ist Praktikantin, daher kommen wir heute zu diesem Luxus.

„So, fertig", sagt sie, während ihre Hände noch zärtlich Creme in meinem Gesicht verteilen. Tief blickt sie mir in die Augen. Ich bin froh, dass Thomas bei mir geblieben ist und sich nicht nach Claudias: „Du bist fertig und kannst jetzt zu den anderen feiern gehen", veranlasst sah, mich alleine zu lassen. Er kennt mich viel zu gut. Jetzt mit ihr hier alleine zu sein …? Keine Chance, ihr zu widerstehen. Selbst mit ihm an meiner Seite muss ich die Armlehnen fest umfassen.

„Alles klar. Danke Claudia. Los Alex, auf geht's zum Abschiedstrunk und dann ab nach Hause." Ich habe noch nicht das Tuch von meinem Hals, da spüre ich schon die Visitenkarte in meiner Hand.

„Auf der Rückseite steht meine Nummer. Falls du heute noch Lust … auf etwas Schönes hast", haucht sie. Schon am ersten Tag hat Thomas mich davor gewarnt etwas mit der Praktikantin anzufangen. Sie sei ein Groupie und nur dank der verwandtschaftlichen Beziehung mit dem Hauptdarsteller, Guido Thurau, überhaupt noch hier. Dennoch gibt es Menschen, die trotz Tornadowarnung nach draußen gehen. Jetzt gerade eben bin ich kurz davor mich einfach ins Auge des Sturmes zu begeben. Nicht weil ich die Frau vor mir so attraktiv finde, sondern weil sie das Gleiche will wie ich. Nur die Motivation ist nicht dieselbe. Thomas spürt mein Zögern. Sein Griff um meinen Arm wird fester. Umständlich bugsiert er mich aus dem kleinen Raum und knallt die Tür hinter uns zu.

„Sag mal, wie bescheuert bist du eigentlich? Die macht ein Foto von euch wie du sie gerade vernaschst und postet es bei Instagram. Deswegen sind schon Karrieren den Bach runter gegangen. Reiß dich zusammen, verdammt noch mal!", zischt er mich wütend an.

„Ja, schon gut", gebe ich genauso gereizt zurück. Er hat ja recht. Aber die Substanz um mich herum wird dünner. Die letzten zwei Nächte habe ich schlecht geschlafen. Albträume, wie ich Treppen und Abgründe hinunterfalle, ließen mich ständig von meinem Kissen hochfahren. Der Gedanke, jetzt noch einmal zu dieser Verabschiedung zu gehen, macht mir einen Knoten im Bauch. Doch Unsicherheit in meinem Job ist der Tod. Als Model musst du selbstbewusst, frech, am besten arrogant sein. Niemals darf ein Zweifel aufkommen, dass du der Beste für das Produkt bist, für das du engagiert wurdest. Bei diesem Projekt musste ich nicht nur gut aussehen, sondern neue Aufgaben ebenso perfekt handhaben.

„Dir geht es nicht sonderlich gut, was?" Ich muss gar nicht antworten. Thomas ist seit zehn Jahren mein bester Freund. Er kennt mich genau. „Na los", er wendet sich zur Treppe, die uns aus diesem Teil des Gebäudes herausführt, „verabschieden wir uns schnell und dann ab die Post. In eineinhalb Stunden geht mein Zug und du musst mich noch zum Bahnhof fahren. Hast du dich schon bei Yvonne gemeldet? Die liegt doch auf dem Weg, oder?" Thomas bleibt stehen und dreht sich zu mir. Im gleichen Moment fangen wir an zu lachen. „Blöde Wortwahl, sorry."

„Hast ja recht", gebe ich noch immer schmunzelnd zu. Es gibt nur zwei Gründe warum ich bei ihr die Nacht verbringen werde. Ihre Wohnung liegt zwischen Düsseldorf und Hamburg, und sie muss dafür herhalten, dass ich endlich wieder schlafen kann.

Noch fünf Kilometer, dann muss ich von der A2 auf die B442. Yvonne wohnt in der Nähe von Hannover. Zum Glück hat Thomas dafür gesorgt, dass wir schnell von den Kollegen wegkamen. Dabei sind das wirklich nette und freundliche Leute. Doch wer weiß, wie sie sich verhalten, wenn sie eine Schwäche bemerken.

Noch vier Kilometer, dann kommt die Abfahrt. Yvonne hat sich gefreut, als ich mich gestern bei ihr gemeldet habe. Sie ist ein nettes und sehr hübsches Mädchen. Model für Haarshampoos und Make-up. Die junge Frau hatte vorgeschlagen gemeinsam in einen Club zu gehen, doch ich habe nur „Nein" gesagt. Dafür fahre ich nicht zu ihr und das weiß sie auch.

Noch drei Kilometer. Warum denke ich nun an grüne Haare? Das glaub ich jetzt nicht!

Noch zwei Kilometer. Yvonne. Yvonne. Yvonne! Dunkles wunderschönes langes Haar, kleine feste Brüste, toller Hintern.

Noch einen Kilometer. Ich hasse Geschwindigkeitsbegrenzungen.

NEUN

Frauke

Ich sehe auf meine kleinen, schmerzhaft ineinander gefalteten Hände. Vier Männer und eine Frau sitzen mit mir in einem großen Raum. Mit dem Kugelschreiber erzeugt der dicke Mann, der neben Lucian sitzt, das rhythmische Tik, Tik, Tik. Er wartet genauso ungeduldig auf meine Antwort wie der Rest der Anwesenden. Ich muss mich konzentrieren. Wie war die Frage noch? Ach ja. Ob ich mir sicher bin, dass es der Mann mit den Handschellen ist, den ich an dem schrecklichsten Tag meines Lebens an mir vorbei aus dem Haus laufen sah. Die Frau neben mir streicht mir beruhigend über den Rücken. Sie ist vom Jugendamt und wird mich, wenn ich die Aussage beendet habe, wieder mitnehmen. Ich sehe nach vorn, zu dem Herrn, der fast hinter seinem großen Tisch verschwindet. Er lächelt aufmunternd und deshalb beantworte ich die Frage mit einem Nicken.

„Herrgott!", ruft der Mann neben meinem Stiefvater, „Herr Richter, würden Sie die Zeugin noch einmal belehren, dass sie sprechen soll?"

„Jetzt halten Sie mal den Ball flach, Herr Kollege. Das Mädchen ist traumatisiert und mir reicht ein Nicken durchaus", antwortet der schlanke Mann, der ihm auf der anderen Seite des Raumes gegenüber sitzt.

„Traumatisiert ist aber nicht stumm, Herr Staatsanwalt", argumentiert der dicke Mann hämisch. Mit ruhiger und freundlicher Stimme wendet sich der Richter wieder an mich.

„Isabella, hast du den Mann erkannt, der an dem Tag, an dem deine Mutter gestorben ist, an dir vorbei lief?" Ich atme einmal tief ein, um zu antworten, da räuspert sich Lucian laut. Reflexartig schaue ich zu ihm. Er öffnet den Mund und ein lautes unmenschliches Geräusch quillt hervor.

Mit einem Satz bin ich hoch. Mein Buch fällt vom Sofa. Das Glas Wein hält die Erschütterung durch mein Gerumpel nicht stand, und ergießt seinen Inhalt über den Tisch. Ich muss eingeschlafen sein. Jetzt weiß ich, warum ich mich so erschreckt habe, es klingelt erneut. Irritiert und mit klopfendem Herzen blicke ich auf meine Uhr: 22.15 In Sekundenschnelle gehen meine Gedanken mit mir durch. Er hat mich gefunden. Muss über den Zaun geklettert sein. Was mache ich jetzt? Wo kann ich mich verstecken? Wer kann mir helfen? Ich wusste, dass das irgendwann passieren würde!

Es klopft an der Scheibe der Haustür. „Frauke, ich bin es, Alexander." Mit einem Schlag scheint die Welt um mich herum zum Stillstand zu kommen. Tränen der Erleichterung schießen mir in die Augen. Zum Glück stehe ich neben dem Sofa, denn meine Beine geben unter mir nach. Einen Augenblick später bin ich aber wieder hoch und eile zur Tür.

„W-was w-willst du hier, v-verdammt?", brülle ich den Mann vor mir an, sobald ich die Tür aufgerissen habe. Aus seinem erfreulichen Lächeln wird eine erschrockene Miene.

„Hast du geweint? Was ist los? Ist irgendwas passiert?"

„D-du b-bist p-passiert. W-weißt d-du wie sch-pät es ist?" Ich muss mich wieder beruhigen, sonst versteht der blöde Kerl vor mir gleich gar nichts mehr.

„Oh. Okay. Sorry, ich wollte dich nicht ängstigen." Er sieht wirklich zerknirscht aus. Wahrscheinlich nimmt er jetzt Schauspielunterricht. Ich sehe ihn auffordernd an.

„Ja, also", druckst er herum, „hättest du vielleicht ein Glas Wasser?" Fassungslos sehe ich in seine grünen Augen. Selbst wenn ich ohne Gestammel sprechen könnte, wäre ich sprachlos. Wasser? Echt? Ich presse ein verächtliches Schnauben heraus und gehe ins Haus.

„Und könnte ich mal dein Bad benutzen?" Ergeben zeige ich in Richtung des Gäste-WCs.

Ich bin gerade dabei den verschütteten Wein aufzuwischen, als Alexander ins Wohnzimmer kommt. Ohne aufzusehen, zeige ich zu dem kleinen Beistelltisch, der neben dem Ohrensessel steht. Doch statt zu seinem Glas Wasser hinüber zu gehen, hebt er das Buch auf, das vorhin zu Boden gegangen ist. „Ah, jetzt verstehe ich, warum du so schockiert warst. Vielleicht solltest du keine Bücher über Massenmörder lesen." Ohne ihn zu beachten, sammle ich die mit Wein durchtränkten Zeitschriften ein und bringe sie in die kleine Küche. Als ich wieder zurückkomme, sitzt mein Gast in dem ihm zugeteilten Sessel und trinkt gerade sein Glas leer. Ein letztes Mal wische ich den Tisch mit einem sauberen Tuch trocken und dann liegt nur noch ein leichter Geruch von Wein in der Luft.

„Ein Glas Wein wäre jetzt nicht schlecht." Seine Stimme klingt müde, erschöpft. Zum ersten Mal, seit er hier ist, sehe ich ihn genau an. Dunkle Ringe zeigen sich unter seinen Augen.

„Du b-bist mit dem Auto hier. Du k-kannst eine Tasse Tee bekommen", biete ich nach zwei tiefen Atemzügen an. Keine Ahnung, warum ich ihn nicht einfach rausschmeiße. Vielleicht ist es sein Lächeln, das kein bisschen flirtend ist, eher dankbar. Er nickt und ich mach mich erneut auf den Weg in die Küche. Während ich den Wasserkocher anstelle, überlege ich Alexander zu fragen, ob er überhaupt Pfefferminztee mag. Doch da es die einzige Sorte ist die ich im Haus habe, wird er wohl damit zufrieden sein müssen.

Gott, ich bin total fertig von dem Schreck. Meine Hände zittern immer noch. Wann hört das endlich auf? Werde ich niemals ein normales Leben führen können? Meine Gedanken wandern zu dem Mann, der nebenan auf eine Tasse Tee wartet. Warum ist er schon wieder hier? Es gibt nicht den kleinsten Grund, hier mitten in der Nacht zu erscheinen. Das *Klack* des Wasserkochers, der sich ausschaltet, beendet meine Grübelei.

Zurück ins Wohnzimmer glaube ich zuerst Alexander liest in dem Buch, das er an sich genommen hat. Beim näher kommen ist allerdings offensichtlich, dass er schläft. Ich räuspere mich und stelle die Tasse auf das kleine Tischchen. Doch keine Reaktion von der schlafenden Schönheit. Wie kann er so schnell, so fest eingeschlafen sein? Warum ist er nicht nach Hause gefahren, oder bei einer seiner Freundinnen geblieben, wenn er so müde war? Ich sollte ihn wecken und genauso hinauswerfen, wie er hier in mein Haus immer einfällt. Ich setze mich wieder auf das Sofa und starre ihn an. Er sieht wirklich ziemlich fertig aus. Sein Gesicht, das jetzt nicht mit dem *Lächeln für jedermann* ausgestattet ist, zeigt deutliche Spuren von Erschöpfung und Sorge. Aber warum? Ob irgendetwas mit seiner Familie passiert ist? Nein, dann hätte er nicht mit diesem doofen Lächeln vor der Tür gestanden. Ist ihm das Spielen vor der Kamera doch nicht so leicht gefallen? Hat er es eventuell sogar richtig vergeigt? Würde ihm wahrscheinlich ganz guttun, nicht immer der König der Welt zu sein.

Ich greife nach der Decke neben mir und gehe wieder zu ihm rüber. So nahe wie jetzt war ich ihm noch nie. Das Licht der Deckenbeleuchtung spiegelt sich in den Brauntönen seines dichten Haares. Vorsichtig nehme ich ihm das Buch aus seinen perfekt manikürten Fingern. Sein Gesicht ist unfassbar gepflegt. Die gezupften Augenbrauen, die langen Wimpern und seine nach Creme riechende, tadellose Haut treibt mir die Schamesröte ins Gesicht. Ich kann mich nicht erinnern, wann ich das letzte Mal einen *jetzt geht es an die Körperbehaarung* - Tag eingelegt habe. Während ich Alexander zudecke wird mir klar, dass ich nicht möchte, dass es ihm schlecht geht.

ZEHN

Alexander

Ich werde von einem Blubbern aus der Küche geweckt und einen Augenblick später weht ein Kaffeeduft zu mir herüber. Es ist definitiv kein teures Aroma, das mir in die Nase steigt und es bringt mich nicht dazu, die Augen zu öffnen. Ich will noch nicht von dem Sofa aufstehen. Hierher bin ich nämlich umgezogen, als ich irgendwann in der Nacht wach wurde. Nur eine Sekunde war ich erstaunt noch in Fraukes Haus zu sein, dann hatte ich es mir auf der Couch gemütlich gemacht. Vielleicht hätte ich nach Hause fahren sollen, doch ich war so müde und entspannt. Wie spät es wohl ist? Nur noch eine Minute, dann stehe ich auf.

Diesmal werde ich von Essensdüften und Hunger wach. Und einer vollen Blase. Also ist die Entscheidung diesmal leicht. Ich schiebe meine etwas zu langen Beine vom Sofa und strecke ausgiebig meinen steifen Rücken. Nach dem Besuch im Gäste-WC lehne ich jetzt am Türrahmen der kleinen Küche. Hier hat sich nichts geändert. Selbst das Geschirr, Töpfe und Besteck konnte Frauke übernehmen, als sie das Haus von meiner Schwester übernahm. Hannahs Freunde und natürlich die Familie hatten für die *Erstausstattung* gesorgt.

„Guten Morgen", grüße ich freundlich und dann fällt mein Blick auf die Uhr an der Wand. Oh, es ist schon kurz vor halb sechs. Ich habe den ganzen Tag verschlafen!

Frauke sitzt an dem kleinen Tisch und löffelt etwas, das aussieht und duftet wie Gulaschsuppe. Mein leerer Magen macht sich sofort bemerkbar.

„Guten Morgen", sagt sie mit hochgezogenen Brauen.

„Das sieht gut aus", bemerke ich mit einem Blick auf ihren Teller und erneut knurrt es in meiner Körpermitte. Einen Augenblick sieht sie mich an, dann steht sie auf und geht zum Schrank. Voller Vorfreude setze ich mich auf den zweiten Stuhl am Tisch. Eine halbe Minute später steht ein Glas Wasser und ein ziemlich trocken aussehender Keks vor mir. Verwirrt sehe ich sie an.

„Ich hatte auf einen Teller Suppe gehofft."

„Streuner soll man nicht füttern, sonst kommen sie immer wieder." Okay, das habe ich wohl verdient, nachdem ich gestern Abend hier eingefallen bin. Murrend stopfe ich mir das mürbe Gebäck in den Mund und bekomme es tatsächlich nur hinunter, weil ich mit Wasser nachspüle.

„Warum bist du hier?" Ihre Aussprache ist überraschend flüssig. Nur leicht muss sie die Silben herauspressen. Ich zucke mit den Schultern und es ist die Wahrheit, mir fällt kein vernünftiger Grund ein.

„Ich war plötzlich müde und fand es besser, irgendwo Pause zu machen", antworte ich ausweichend.

„Yvonne war keine Alternative?" Überrascht sehe ich in ihre blauen, mich fixierenden Augen, während sie sich wieder einen Löffel Suppe in den Mund schiebt. „Du hast gestern Abend ein paar Mal ihren Namen genuschelt", klärt sie mich auf und löffelt erneut einen Esslöffel Suppe.

„Anscheinend nicht, sonst wäre ich jetzt nicht hier. Könnte ich noch einen dieser köstlichen Kekse bekommen?", versuche ich das Thema zu wechseln.

„Nein, das war der letzte." Was ist nur los mit mir? Wieviel deutlicher muss sie es noch machen, dass ich gehen und nicht wiederkommen soll? Warum will ich unbedingt bleiben?

„Der Dreh hat übrigens gut geklappt", informiere ich sie unaufgefordert. Sie löffelt mit einem angedeuteten Lächeln ihre Suppe weiter. „Obwohl ich die erste Szene schon versaut habe. Mir ist der Text entfallen." Ich spiele mit den Kekskrümeln und vor mir erscheint das Bild von Thomas im Krankenbett. „Ich habe in dem Bett nicht meinen Freund gesehen, der den sterbenden Bruder mimt, sondern Hannah. Damals in Winnipeg, nach unserer Odyssee, bei der wir nicht wussten, ob meine Schwester ihre Verletzungen überleben wird." Fraukes Blick trifft auf meinen, als ich von dem Mehl, zu dem ich die Krümel verarbeitet habe, hochsehe. „Ich habe die Woche nicht gut geschlafen. Gestern wollte ich nur noch nach Hause. Doch auf dem Weg dorthin war mir, bei dem Gedanken allein in der Wohnung zu sein, nicht wohl. Zu irgendwelchen Freunden, die feiern wollten, zog es mich auch nicht." Etwas hilflos zucke ich mit den Schultern. „Deshalb bin ich hier gelandet." Einen Augenblick später atmet sie tief durch, steht auf und füllt einen Teller mit Suppe, den sie vor mir abstellt.

„Danke", sage ich und hoffe inständig, dass sie Yvonne nicht noch einmal erwähnt.

„Du kannst nicht, nur weil dir gerade danach ist, hierher kommen. Ich bin das nicht gewohnt", sagt sie und bringt ihren Teller zur Spüle.

„Ich könnte dich vorher anrufen", schlage ich zwischen zwei Löffeln mit Suppe vor. Obwohl ich meine Stimme leicht klingen lasse, ist es mir verdammt ernst. Ich habe fast achtzehn Stunden geschlafen. Durchgeschlafen, ohne dieses verdammte Hochschrecken, das mich mit rasendem Herzen und schweißnasser Stirn zurücklässt. Lauernd und hoffend warte ich auf ihre Antwort. Von Frauen bekomme ich immer die gewünschte Reaktion, selbst wenn es nach einem kleinen Zögern ist. Ich sehe ihr zu, wie sie mit dem Rücken zu mir, ihren Teller abwäscht. Erst als ich meine Suppe schon vertilgt habe, kommt sie wieder an den Tisch und setzt sich auf ihren Stuhl. Ich sehe von ihren grünen Haaren zu ihren blauen Augen. Das Weiß darin ist gerötet, so als wäre Frauke müde oder hätte Kopfschmerzen.

„Ich denke, deine Welt ist groß genug, dass du jederzeit woanders unterkommen kannst. Meine hingegen ist zu klein", sagt sie ruhig. Ich lehne mich zurück, versuche weiterhin unbeeindruckt zu wirken.

„Es ist das Kleine, was mich hierher zieht", versuche ich zu erklären. Ihr Blick fällt auf meinen leeren Teller. Beim Aufstehen nimmt sie ihn, stellt ihn auf den Küchenschrank und verlässt für einen Augenblick den Raum. In ihrer Hand befindet sich eine Zeitschrift, als sie wieder vor mir steht. Ihre Finger haben schon die passende Seite von den anderen getrennt. Zum Vorschein komme ich in Lederklamotten und Sonnenbrille auf einem Harmann Motorrad. Die Überschrift lautet:

Topmodel Alexander Harmann auf dem neusten Top Harmann Motorrad. Darunter ein Bericht über das neue Design, sowie die technischen Daten des Zweirades. Ein paar Zeilen werden auch mir, Cloe und Hannah gewidmet. *Die berühmten Harmanns.*

„Ich möchte nicht, dass unsere Welten zusammentreffen", sagt sie mit nur wenig Anstrengung. Bevor ich antworten kann, läuft aus ihren geröteten Augen eine Träne. Entsetzt, dass es ihr so nahe geht, unerwünschten Kontakt mit mir zu haben, erhebe ich mich augenblicklich.

„Sorry, ich wusste nicht, dass es so schlimm ist, mich zu ertragen." Bevor ich Richtung Küchentür gehen kann, höre ich sie verbittert auflachen.

„Wenn ich gewusst hätte, dass ein bisschen Tränenvergießen reicht, um dich loszuwerden, hätte ich das schon eher gemacht." Ich drehe mich zu ihr um und sehe, wie sie sich verärgert über das Gesicht wischt. „Ich wollte ohne dieses stundenlange Gestotter mit dir reden, deshalb habe ich ein Medikament eingenommen, mit dem das Sprechen besser klappt. Leider vertrage ich es nicht gut, als Nebenwirkung bekomme ich entsetzliche Kopfschmerzen, von denen zusätzlich meine Augen tränen." Mein Eindruck grade eben hat mich also nicht getäuscht. Ich wende mich um und gehe die zwei Schritte die uns trennen zurück. Frauke ist einen Kopf kleiner als ich. Ihre grünen Zotteln sind zum Davonlaufen und trotzdem fasse ich nach ihrer Hand, weil ich sie endlich einmal berühren muss. „Erstens stört mich dein Gestotter kein bisschen", sage ich leise, „und zweitens tut es mir leid, dass ich dich belästigt habe. Ich verspreche dir, ich werde versuchen, mich von deiner kleinen Welt fernzuhalten. Gute Besserung", wünsche ich ihr, beuge ich mich zu ihr hinunter und lege meine Lippen nur ganz kurz auf ihre Wange. Der übliche Duft eines teuren Parfums bleibt aus, stattdessen rieche ich nur Seife und Shampoo mit Apfelaroma

E L F

Frauke

Mein Kopf scheint mit aller Macht explodieren zu wollen. Zu dem Medikament, das ich eingenommen habe, um wenigstens halbwegs normal mit Alex reden zu können, kann ich kein Schmerzmittel nehmen. Also werde ich viel trinken und mich ins Bett verziehen. Fast bin ich dankbar um den Schmerz, denn damit kann man unmöglich nachdenken. Doch ich befürchte, dass ich es später nachholen werde.

ZWÖLF

Alexander

Es ist das eingetreten, was ich halb erhofft und halb befürchtet habe. Vier Wochen nach den Filmaufnahmen für Blue Haven gibt es ein Angebot für eine Rolle in einer Krimireihe, die ebenfalls im Vorabendprogramm läuft. Mein Management ist genau wie meine Eltern total aus dem Häuschen. Allein Hannah ist kritisch. „Muss das sein? Du bist doch schon genug unterwegs. Überleg dir das ganz genau! Fang lieber wieder mit dem Malen an." Mir blieb keine Zeit zum Überlegen. Die Termine waren schon zwischen meinem Team und den Fernsehfritzen fertig abgestimmt. Ich habe nur noch unterschrieben.

„Du hättest es mir wirklich erzählen können", mault Ilka. Wir sitzen an ihrem Frühstückstisch und jeder blickt auf sein Handy. Sie ist ein bisschen angefressen, weil sie gerade erst auf Twitter erfahren hat, dass ich demnächst wieder vor der Kamera stehen werde. Ich gehe gar nicht auf ihren Protest ein, denn die Bilder auf Instagram von uns beiden schnüren mir den Hals zu. Jeder muss denken, dass wir ein Paar sind. Ilka hatte mich schon vor zwei Wochen zu ihrem Geburtstag eingeladen und da ich kein Arsch sein wollte, habe ich schließlich zugesagt. Die Fotos sind von ihren Freundinnen und ihr gemacht worden. Sie zeigen mich im Flirtmodus. Das ganze Programm: lächelnd, tiefe Blicke und eng umschlungen tanzend. Natürlich sieht man nicht, dass es nur aus einem Grund passiert, nämlich dass ich die Nacht mit Ilka verbringen will. Hier hat man den Eindruck als wären wir rettungslos ineinander verliebt. Ich sehe von dem Handy auf und direkt in die blauen Augen meiner Bettgenossin. Aber es ist das falsche Blau. Hier ist alles falsch. Meine Anspannung, die mir schon wieder den Schlaf raubt, ist nach der Nacht mit ihr nur wenig besser geworden. Mein Blick schweift durch ihren offenen Wohn- Ess- und Kochbereich. Fotografien von ihr und ihren Freunden beanspruchen viel Platz an den Wänden, Regalen, Fensterbänken und Beistelltischen. Zu meinem Entsetzen erkenne ich mich auf den meisten wieder. Auf ein paar der Bilder ist aber noch jemand, den ich gut kenne. Ich verlasse meinen Platz am Esstisch und gehe zielstrebig zu den Fotos hinüber.

„Ich wusste gar nicht, dass du Thomas kennst." Erstaunt sehe ich zu Ilka.

„Schon einige Monate. Ich habe ihn auf einer Geburtstagsfeier eines Fotografen kennengelernt. Er ist ein netter Typ." Ihr verschmitztes Lächeln in meine Richtung bedeutet nichts anderes, als dass sie ebenfalls mit meinem Freund im Bett war. Mit wem Ilka sich abgibt, ist mir ehrlich gesagt ziemlich gleichgültig, dass Thomas nach Yvonne und Anne nun auch mit Ilka zusammen war, finde ich hingegen schon eigenartig. Ich schiebe das seltsame Gefühl in meinem Bauch beiseite und begutachte die anderen Bilder. Ja, auf den meisten sind tatsächlich Ilka und ich zusehen. Während ich die Reihe der Fotos entlang gehe, nehme ich mir vor, mit der hübschen Frau Schluss zu machen. Das wird mir alles viel zu eng. Ein Karton steht unter dem Küchenfenster in dem offensichtlich Altpapier gesammelt wird. Obenauf liegt eine kleine viereckige Pappschale auf der Gemüse abgebildet ist. Ich sehe mir das Pappding genau an und mit einem Lächeln frage ich Ilka: „Kann ich das mitnehmen?"

DREIZEHN

Frauke

Das große Tor schließt sich vor meinen Augen. Ich bin zu Hause. Ein Glück. Am Montag werde ich Kai umbringen. In den letzten zwei Stunden sind mir sage und schreibe zehn verschiedene Arten eingefallen, um ihn zu massakrieren. Denn es ist allein seine Schuld, dass ich einhundertzwanzig Minuten vergeudet habe. Okay, keiner hat mich gezwungen, mich mit Constantin zu treffen. Aber nach dem ich zwei Wochen durch meinen Freund und Kollegen weich gekocht wurde, habe ich leider nachgegeben. Doch er hätte mich wenigstens vorwarnen können. Ich hatte Constantin nur zwei Mal für wenige Minuten in der Werkstatt getroffen und da machte er einen ganz normalen Eindruck. Etwas älter, größer und besser aussehender als ich. Kai machte ihn mir schmackhaft mit der Tatsache, dass er sich ebenso für Pflanzen interessierte und gern Motorrad fuhr. Auch sei Constantin eher der ruhige Typ, der lieber zuhause blieb oder spazieren ging. Also eigentlich genau das, was zu mir passte. Nicht, dass ich jemanden suchte. Aber … obwohl Alexander nur eine Nacht hier verbracht hat, zudem noch auf dem Sofa, war es überraschend schön, nicht allein zu sein. Ich schüttle, mittlerweile schmunzelnd, den Kopf bei der Erinnerung als Constantin sich das erste Mal nach einem Gänseblümchen bückte. Ich bekam nicht nur einen Vortrag über das Tausendschön, sondern zusätzlich eine genaue Beschreibung über dessen Geschmack und die Verwertung von der kleinen Pflanze in der Küche. Er sammelte noch viele Gänseblümchen. Als wir an seinem Auto ankamen, legte er mir seine Lieblingspflänzchen, die er zu einer Kette verknüpft hatte, mit einem Lächeln um den Hals. Mein „Danke" kam genauso anstandslos wie die anderen Worte, meist einsilbig, ganz ohne stottern über meine Lippen. Das ist das Gute, wenn man nur zuhören muss.

Gerade sehe ich von meiner *Halskette* hoch, als ich jemanden auf der Treppe vor meiner Tür sitzen sehe. Augenblicklich beginnt mein Herz so fest zu schlagen, dass ich es sogar in den Füßen spüre. Einen Moment später erkenne ich den Mann der sich mit irgendetwas in seiner Hand beschäftigt. Es ist Alexander. Er sieht mich erst, kurz bevor ich bei ihm ankomme. Ein breites Lächeln verziert sein schönes Gesicht und ich sollte mich nicht freuen, dass er da ist.

„Wo ist dein Auto?", frage ich, ohne große Anstrengung, als ich zu ihm hochsehe.

„Hallo Frauke. Danke, gut. Und dir?" Er erhebt sich etwas schwerfällig von der Stufe und hält in der rechten Hand eine Papiertüte mit dem Aufdruck einer Bäckerei hoch.

„Ich dachte, ich bringe im Austausch für Pilze und Tomaten ein bisschen Gebäck mit." Ich presse meine Zähne fest aufeinander. Zum einen, weil ich sein Grinsen nicht erwidern will und zum anderen, um mich an meine Atemübungen zu erinnern. Als ich nach ein paar Sekunden immer noch nicht reagiere, seufzt er und beantwortet mir meine Frage.

„Ich habe ihn in die Halle gefahren, damit niemand bemerkt, dass ich hier bin. Zufrieden? Könnte ich jetzt einen Kaffee bekommen?"

Alexander verteilt die mitgebrachten Berliner Ballen auf zwei Teller, die ich auf den Küchentisch stelle. Keiner sagt ein Wort, während die Kaffeemaschine arbeitet. Zwar werfe ich keinen direkten Blick auf ihn, dennoch bemerke ich, wie verspannt er ist. Ihm geht es nicht ganz so schlecht wie vor drei Wochen, als er das letzte Mal hier war, doch viel fehlt nicht.

Kaum sitzen wir uns am Tisch gegenüber, fällt mir sein unterdrücktes Grinsen auf.

„Was?", frage ich skeptisch. Er schüttelt schnell den Kopf, doch sein feixen kann er nicht mehr verheimlichen, als sein Blick auf meinen Hals fällt. Ich folge genervt seinem Blick. Oh Mann, ich habe noch diese blöde Gänseblümchenkette um. Selbst als ich bemerke, wie meine Ohren warm werden, drapiere ich übertrieben die Kette neu.

„Warst du gerade Blumen pflücken", fragt Alexander und beißt in seinen Pfannkuchen.

„Die hat jemand für mich g-gepflückt", antworte ich, bevor ich mich ebenfalls an das Gebäck gütlich tue. Kurz sehe ich zu ihm, werfe dann aber schnell einen Blick auf die Wanduhr hinter ihm, die die Form eines Motorrads hat. Keine Ahnung was Hannah an diesem Ding gefunden hat.

„Mir war gar nicht bewusst, dass auch Kinder hier wohnen." Er lässt nicht locker. Ich zucke nur teilnahmslos die Schultern und versuche, mich mit den Gedanken an den Erwerb einer neuen Küchenuhr abzulenken. Klappt nicht. Plötzlich sehe ich nämlich wieder Constantin vor mir, wie er mit gesenktem Kopf über die Wiesen des Alsterparks läuft und sich lautstark über jedes gefundene Gänseblümchen freut. Vor einer Stunde war mir das noch sehr unangenehm, schließlich waren wir nicht allein dort, viele Leute sahen ihn überrascht an. Doch jetzt finde ich es schon witzig. Ich muss das Thema wechseln. Ärgerlich, dass ich mich in Alexanders Gegenwart vor dem sprechen ständig konzentrieren muss, um nicht los zu stottern. Diesen Augenblick nutzt er nämlich sofort aus.

„Du hattest ein Date!" Ich hasse ihn. „Und er hat dir eine Kette aus Gänseblümchen gemacht?" Jetzt ist Schluss mit Selbstbeherrschung. Alexander legt seinen Kopf nach hinten und lacht laut los. Trotz des Spottes auf meine Kosten ist es ein angenehmes Geräusch. Um ganz ehrlich zu sein, es war tatsächlich lächerlich, Constantin wie ein Kind die Blümchen pflücken zu sehen.

„Ach ja, w-was hättest du denn für dein Date g-gemacht?", fragte ich langsam und mit unterdrücktem Grinsen. Alexander nimmt einen Schluck Kaffee aus seiner Tasse. Der Blick aus seinen grünen Augen ist so intensiv und fest auf mich gerichtet, dass mir fast das Stück Kuchen im Hals stecken bleibt. Mit der Servierte putzt er sich die Hände und den Mund ab. Sein gerade noch vorhandenes Lächeln ist fort.

„Ich habe nie Dates. Und ganz sicher würde ich dich nicht um eines bitten." Ich sehe hinunter zu meinem Teller, auf dem jede Menge Puderzucker liegt. Warum sind seine Worte wie ein Stich? Niemals würde ich ihn nur bis zum nächsten Bäcker begleiten und trotzdem muss ich meine Zähne fest zusammenbeißen, um mich nicht ironisch zu bedanken.

„Ich kann mit Ablehnung nicht gut umgehen", sagt er leise, „und von dir würde ich sicher einen riesigen Korb bekommen." Die Atmosphäre am Tisch ändert sich, genau wie Alexanders Blick. In seinen strahlend grünen Augen ist nichts mehr von dem erfolgreichen Model und angehenden Schauspieler zu sehen. Hier sitzt nur ein Mann, dem es offensichtlich nicht gut geht.

„Das würdest du doch, oder? Mir einen Korb geben." Das Gleiche frage ich mich auch gerade. Würde ich Alexander abweisen? Vorsichtig sehe ich in sein Gesicht. Er erwartet eine Antwort. Doch die wird er nicht bekommen. Ich erlaube mir keine Spekulation über ein Date mit dem Mann vor mir. Wenn er nicht der wäre, der er nun mal ist, könnte ich wenigstens darüber nachdenken. Aber Alexanders Welt, mit ihrer Multipräsenz ist für mich lebensgefährlich. Seit Jahren lebe ich alleine, zurückgezogen und … ja einsam, damit ich unsichtbar bleibe. Und mal ehrlich, was würde ein Mann wie er schon an mir finden? Ich lebe in einem alten kleinen Haus. Hier gibt es weder einen Fernseher noch ein Handy geschweige denn Internet. Ich begnüge mich mit einem guten Buch und meinem Garten. Mir ist es nicht möglich ihm zu erklären, warum ich wie ein ängstliches Kaninchen in der unmittelbaren Nähe meines Baues bleibe. Denn er sieht nicht die großen, schattenwerfenden Schwingen der Vergangenheit, die nur darauf warten, mich mit ihren scharfen Fängen zu ergreifen.

„Ist die F-folge von *Blue Haven* schon a-ausgestrahlt worden?", frage ich um das Thema *Date* vom Tisch zu bekommen. Er schnaubt leise und sein Mund verzieht sich zu einem angedeuteten Lächeln.

„Nein, erst in drei Wochen", antwortet er einen Augenblick später. „Letzte Woche habe ich allerdings ein neues Angebot vom Sender bekommen. Diesmal in einer Krimireihe." Er erwähnt es ohne die geringste Spur von Freude oder Stolz. Sein Blick ist auf den Teller vor ihm gerichtet und mit seinem Zeigefinger schiebt er den Puderzucker zusammen. Ich nutze den Moment, um ihn genauer zu begutachten. Trotz der langen Wimpern sind die dunklen Ringe unter seinen Augen deutlich zu erkennen. Ich kenne ihn nicht gut genug, um zu verstehen, was in ihm vorgeht. Doch ich möchte ihm gerne helfen.

„Willst du darüber reden?" Kaum habe ich die Frage recht gut über meine Lippen gebracht, möchte ich sie wieder zurücknehmen. Wer bin ich, dass ich jemandem wie Alexander ein Ohr anbiete. Anscheinend sieht er es ähnlich, denn er verschließt sein schönes Gesicht. Es ist nicht zu erkennen, was er von meinem Angebot hält.

„Worüber soll ich reden, mir geht es gut." Nach dieser Lüge nicke ich kurz und deute ein Lächeln an. Doch ich will noch nicht aufgeben. Ich erhebe mich vom Tisch und gehe in das angrenzende Wohnzimmer. Mit dem Buch, bei dem er vor einigen Wochen eingeschlafen ist, betrete ich wieder die Küche. Alexander stellt gerade die zwei Teller auf die Spüle, als ich ihm den Roman von Ethan Cross hinhalte. Ich bin zu nervös, um die beiden Sätze ohne stottern herauszubekommen.

„Ich m-muss noch ein b-bisschen in den Garten. Wenn du magst k-kannst du das Buch w-weiterlesen."

V I E R Z E H N

Alexander

Willst du darüber reden? Nein! Genau das will ich nicht. Ich bin hier, um nicht *darüber* zu reden oder auch nur zu denken. Frauke steht auf und verlässt die Küche. Wird wohl Zeit nach Hause zu fahren. Mit beiden Tellern gehe ich zur Spüle. Gerade habe ich mir den Puderzucker von den Händen gewaschen, steht sie schon wieder vor mir. Frauke hält mir den Thriller von einem meiner Lieblingsautoren hin. Ich bin erstaunt, dass sie mir anbietet, das Buch weiterzulesen. Selbst wenn ich nur noch auf Reserve laufe und sie mich anscheinend nicht rausschmeißt, möchte ich noch etwas Zeit mit ihr verbringen. Schmunzelnd und mit dem Buch in der Hand folge ich ihr in den

Garten. Während ich es mir in dem Gartenstuhl bequem mache, fängt mein grüner Kobold wieder an, in den Beeten zu buddeln. Erst nach mehrmaligem Nachfragen über ihre Handlung bekomme ich schließlich ganze und entspannte Sätze. Ihr kleines Referat über das Aussähen einer bestimmten Möhrenart bis zur Ernte höre ich allerdings nicht zu Ende. Irgendwann schlafe ich mit dem Buch in meinem Schoß ein.

Ich werde von klapperndem Geschirr geweckt. Als ich die Augen öffne, bemerke ich irritiert, dass die Sonne langsam untergeht. Der Blick auf meine Armbanduhr erklärt meinen leicht verspannten Nacken. Zwei Stunden habe ich tief und fest geschlafen. Dennoch bin ich hundemüde und darüber hinaus hungrig. Einen Augenblick gebe ich mir noch, um richtig wach zu werden. Zumindest versuche ich es. Frauke finde ich in der Küche. Sie hat den kleinen Tisch mit Brot, Käse und Quark gedeckt.

Schulterzuckend zeigt sie auf den Tisch. „Ich habe keine große Auswahl da. War nicht auf d-deinen …“, mit hochgezogenen Brauen überlegt sie kurz, „*Besuch* vorbereitet.“

Obwohl es weiß Gott nicht die Qualität meines sonst bevorzugten Essens ist, verschlinge ich wahrscheinlich die Hälfte ihrer Vorräte. Während ich meinen Hunger an der recht einfachen Mahlzeit stille, frage ich sie, ob die Möhren nun von dem Unkraut befreit sind. Als Antwort bekomme ich ein Nicken. Auf meine Erkundigung nach den mir schon bekannten Tomaten und Pilzen bekomme ich nur einen erhobenen Daumen. Ganz plötzlich liegt mir das Essen schwer im Magen.

Es wird Zeit zu gehen.

Selbst das kleine Stück Brot vor mir bekomme ich nicht mehr herunter. Anstatt dankbar zu sein, dass sie mir überhaupt Zutritt zu ihrem Heim gewährt hat, geht meine Laune in den Keller. Ich fühle mich wie der letzte Arsch. Frauke hat ausdrücklich darum gebeten, dass ich nicht mehr hierher komme. Doch statt mich verärgert fortzujagen, gibt sie mir die Möglichkeit meinen dringend benötigten Schlaf zu bekommen und teilt auch noch ihr Essen mit mir. Trotzdem kann ich nichts gegen das Grummeln in meinem Bauch tun. Mit

Schwung stehe ich vom Tisch auf und bringe meinen Teller zur Spüle. Ihr erstaunter Blick trifft mich, als ich mich wieder umdrehe.

„Sag doch, dass ich endlich gehen soll", fordere ich sie so ruhig wie möglich auf. Sie presst ihre Lippen aufeinander und verschränkt die Arme vor der Brust. Sie ist mit Recht sauer. Doch ich kann ihr nicht sagen, warum ich hierbleiben will.

„Davon mal abgesehen, dass ich es schon einmal g-gesagt habe, hatte ich nicht vor dich rauszuschmeißen." Ihrer kurzen konzentrierten Atemübung ist es wahrscheinlich zu verdanken, dass sie fast mühelos die Worte herausbringt.

Mit einem aufgesetzten Lächeln gebe ich ein „nicht nötig" von mir und verlasse die Küche. Zum Glück habe ich ihn wiedergefunden. Meinen Stolz. Angekommen an der Haustüre schlüpfe ich in meine Schuhe. Ich will nur noch weg. Das Gefühl, jemand wichtigen verloren zu haben, überkommt mich.

„Alexander." Fraukes leise Stimme hält mich auf. Es ist das erste Mal, dass sie meinen Namen sagt, und es macht komische Sachen mit mir. Ein kribbeliges Gefühl macht sich in mir breit. Es ist seltsam und ich kann nicht einmal sagen, ob es angenehm ist. Die geöffnete Tür schon in der Hand, drehe ich mich zu ihr um. Da steht sie mit ihren grünen Haaren, großen blauen Augen und einem genervten Gesichtsausdruck. Sie hält mir *unser* Buch hin.

„Falls du noch etwas lesen möchtest, habe ich dir das Gästezimmer oben fertiggemacht."

Ich warte, bis sich das große Tor hinter mir schließt. Es ist Sonntagmittag und höchste Zeit nach Hause zu fahren. Warum kann ich in diesem alten Haus besser schlafen und mich entspannen als in meiner modernen, hellen Eigentumswohnung? Während ich mich auf den Weg zur besagten Unterkunft mache, grüble ich über diese Frage. Vielleicht liegt es an dem Haus selbst? Das Wissen, dass meine große Schwester hier eine Zeitlang gewohnt hat und ich ihr damit näher bin, hilft mir eventuell. Schließlich ist sogar das Gästebett, in dem ich letzte Nacht schlief, noch von Hannah. Die Küche und das Wohnzimmer haben ebenfalls keine neuen Möbel. Dazu kommt noch, dass Hannah die Einzige zu sein scheint, die nicht begeistert von meiner zweiten

Karriere ist. Und sie erzählt von ihrem Leben. Von Finn, Cloe, Ben und den Einwohnern von Clinton. Ich kann aus meiner Welt abtauchen, loslassen, wenn auch nur kurz.

Möglicherweise liegt es aber an Frauke. Mir ist klar, dass ich dieses grünhaarige Geschöpf nervös mache. Das erkennt man nicht nur an dem unterschiedlich starken Stottern, sondern ebenso an ihrem gelegentlichen Erröten. Doch ich bin mir sicher, ebenso Alexander der Mechatroniker oder Maler und Lackierer würde das erreichen. Es ist so leicht mit Frauke. Sie ist so wenig an meinem Leben interessiert, dass sie schon fast ein Anti-Fan ist. Hier kann ich sein, wie ich will. Muss nicht darauf achten, wie ich aussehe, was ich sage. Keine fremden Menschen, die ohne Hemmungen einen Arm um mich schlingen und ein Selfie mit mir machen. Niemand stellt Fragen, die ich schon hunderte Male beantwortet habe. Frauke legt es nicht darauf an, mit mir gesehen zu werden, um irgendwelche Gerüchte in die Welt zu setzen oder selbst entdeckt zu werden.

Wenn ich bloß hin und wieder mit meinem kleinen Kobold telefonieren könnte. Es war ein richtiger Schock, als sie mir heute Morgen mitteilte, dass sie weder einen Fernseher noch ein Handy besitzt. Gestern Abend saßen wir noch im Wohnzimmer, um ein wenig über Hannah zu reden, als ich plötzlich eine Berührung an der Schulter spürte. Überrascht blickte ich auf, direkt in das missbilligende Gesicht meiner Gastgeberin. Ich war schon wieder eingenickt. Gerade wollte ich mich mit einem verlegenden Lächeln entschuldigen, als sie schon zu sprechen begann: „Du bist hier um zu schlafen, dann geh jetzt auch nach oben. Gute Nacht!" Mit einem kleinen Lächeln verschwand sie selbst in den ersten Stock. Trotz meiner Müdigkeit lief ich noch kurz zu meinem Auto, um aus der Reisetasche meine Toilettensachen herauszukramen.

Doch jetzt sollte ich mich wieder auf die Welt außerhalb meines Habitats konzentrieren. Mein Flugzeug nach London geht in sechs Stunden. Die nächsten Wochen muss ich wieder voll funktionieren und von der wenigen Zeit mit Frauke zehren.

FÜNFZEHN

Frauke

Alexander ist schon seit einer Stunde fort und trotzdem ist er noch hier. Der kurze Abschiedskuss und ein gehauchtes „Dankeschön" auf meiner Wange sind noch präsent. Selbst mein kleines Badezimmer riecht immer noch nach seinem sicherlich teuren Deo. Er hat sein Duschgel hinter dem einfachen Duschvorhang vergessen und die getrockneten Wasserspritzer am Spiegel sind nicht von mir. Ich grinse vor mich hin bei dem Gedanken, dass er das Duschgel vielleicht mit Absicht hat stehen lassen. Sein schönes Gesicht von heute Morgen schiebt sich vor mein inneres Auge. Unrasiert, aber ausgeruht und erholt saß er mit mir am Tisch. Keine Beschwerde über die magere Auswahl, dafür etwas zu viel Interesse an meiner Person. Als er nach meiner Familie fragte, ist mir fast die Wahrheit herausgerutscht. Etwas irritiert über meinen beinahe Fehltritt ist mir schnell wieder eingefallen, wer ich sein muss. Alexander gehört nicht zu dem Kreis der Eingeweihten. Seine Schwester Hannah sehr wohl.

SECHZEHN

Frauke

Es ist 19.15 Uhr und ich sitze vor dem kleinen Fernseher in unserem Aufenthaltsraum in der Werkstatt. Heute wird die Folge von *Blue*

Haven gesendet, in der auch Alexander mitspielt. Das wurde heute einige Male im Radio erwähnt und sorgte für etwas Aufregung bei Kai. Wenn er wüsste, dass sein Schwarm schon zweimal bei mir übernachtet hat, würde er wohl vor meiner Haustür dauercampieren.

Vom ersten Moment in dem Alexander auf dem Bildschirm erscheint, bin ich überzeugt von seinem Talent. Am Schluss kullern mir sogar einige Tränen über die Wangen, weil Alexander das emotionale Ende so wirkungsvoll spielt. Noch während der Abspann läuft, klingelt das Telefon im Büro, das an diesen Raum angrenzt. Schnell sammle ich mich, um dann rüber zu gehen und das Gespräch anzunehmen.

„Motorradwerk …“

„Du hast dir die Folge angesehen!“ Alexanders Stimme bringt mich etwas aus dem Takt.

„Ich. Äh.“ Super, besser als stottern.

„Hey, das muss dir nicht peinlich sein“, sagt er mit ruhiger Stimme. „Wie fällt dein Urteil aus?“ Keine Ahnung warum ihm meine Meinung wichtig ist.

„Es h-hat mir gut g-gefallen“, gebe ich leise aber viel zu schnell zu.

„Wirklich? Ich …“, bevor er weitersprechen kann, wird er von einer weiblichen, französisch sprechenden Stimme unterbrochen. Er antwortet ebenfalls in der Sprache, aber nicht so einschmeichelnd wie die Dame zuvor.

„Entschuldige, ich bin mit Freunden unterwegs. Ich dachte, wenn du dir die Folge ansiehst, erwische ich dich vielleicht im Büro und kann gleich ein bisschen mit dir reden.“ Wieder sind laute weibliche Stimmen zu hören. Anscheinend rufen sie im Chor seinen Namen.

„Lass d-deine Freude nicht warten.“

Bevor er weiterspricht, höre ich ihn resigniert schnauben. „Okay. Sehen wir uns am Freitag?“ Ohne nachzudenken, antworte ich mit „Ja“.

S I E B Z E H N

Alexander

Es ist wieder so spät. Gleich neun Uhr. Ich drücke auf den Klingelknopf und bete schon die ganze Zeit ihren Namen vor mich hin. Frauke, Frauke, Frauke. Es scheint eine Ewigkeit zu vergehen, bis sie die Tür öffnet. Endlich steht sie vor mir und es gibt kein Halten mehr. Ich lasse meinen Rucksack einfach los und schließe die Arme um meinen grünhaarigen Kobold. Schon die Fahrt hierher hat mich ein bisschen entspannt, doch das ist nichts gegen das, was jetzt mit mir passiert. Die Verspannungen, gegen die ich mittlerweile Tabletten nehme, fallen vollständig von mir ab. Von Kopf bis Fuß lassen die Schmerzen nach. Ich habe das Gefühl, als würde ich von einer Streckbank befreit. Fast habe ich Angst zusammenzubrechen, so erlöst fühle ich mich. Seit Tagen kann ich das erste Mal wieder tief durchatmen. Die Frau in meinen Armen scheint zu spüren, wie es mir geht. Ihre Hand streicht beruhigend über meinen Rücken. Fraukes Duft nach Seife steigt mir in die Nase. Die Frage, ob es an ihr oder dem Haus liegt, dass dieser immer größer werdende Druck von mir abfällt, brauche ich mir nicht mehr zu stellen. Leicht lehne ich mich zurück und die Frau mit den grünen Haaren sieht zu mir auf. Der Blick ihrer großen blauen Augen trifft kurz auf meinen, bevor er besorgt weiter über mein restliches Gesicht huscht. Ich weiß, wie ich aussehe. Einige blöde Sprüche von den Kollegen und Fotografen musste ich mir schon anhören. Zum Glück kann man mit genug Make-up nicht nur aus lebenden Menschen tote machen, sondern auch anders herum. Immer noch euphorisch, dass es mir sofort besser geht, nur weil ich bei ihr bin, beuge ich mich zu Frauke vor und drücke leicht meine Lippen auf ihre Wange.

„Hallo", ist das einzige, was ich heraus bekomme. Mit einem letzten Streichen über meinen Rücken schiebt sie mich sacht von sich.

„Möchtest du noch etwas essen oder gleich oben dein …", sie lächelt bevor sie weiterspricht, „Buch weiter lesen?" Kaum erwähnt sie unser Codewort für Schlafen, drückt mich die Erschöpfung wie ein riesiges schweres Kettenhemd nieder. Aber ich will noch etwas Zeit mit Frauke verbringen. Ich möchte ihre Stimme hören und sie noch ein wenig länger ansehen. Außerdem bin ich neugierig, wie ihre letzten Wochen waren. Am liebsten würde ich sie wieder in die Arme ziehen, oder zumindest ihre Hand halten.

„Einen kleinen Happen könnte ich schon vertragen", antworte ich, bevor ich der Müdigkeit nachgebe.

Auf der Arbeitsfläche der Küche steht eine Glasschüssel, in der offensichtlich ein gemischter Salat angerichtet ist. Auf dem Tisch befinden sich verschiedene Käsesorten und ein Ciabatta Brot.

„Ich dachte, wenn du schon meine T-tomaten magst, dann auch das andere Gemüse. Oder vielleicht etwas Käse?" Frauke ist kein bisschen verunsichert, spricht fast normal. Sie ist nicht darauf aus mir alles recht zu machen. Entweder, ich esse was da ist, oder ich muss mir selbst etwas mitbringen. Weißbrot steht eigentlich nicht auf meinem Speiseplan, aber zur Zeit läuft so einiges nicht rund.

„Zu einem Teller Salat werde ich bestimmt nicht Nein sagen."

Zu dem Salat esse ich außerdem noch einige Scheiben des leckeren Ciabatta mit verschiedenen Käsesorten. Wir sitzen einige Momente schweigend am Tisch. Es ist nicht direkt unangenehm, aber … ich möchte gern Fraukes Stimme hören. Also bitte ich sie, mir etwas von ihren letzten Wochen zu erzählen. Mit einem Seufzer kommt sie meiner Bitte nach und erzählt mir langweilige Geschichten aus der Werkstatt und ihrem Garten. Nach zwanzig Minuten bin ich pappsatt. Mit vor der Brust verschränkten Armen höre ich ihr weiter zu.

Ich spüre, wie ich an der Schulter leicht gerüttelt werde. Als ich aufblicke, steht Frauke vor mir. Überrascht stelle ich fest, dass der Tisch schon abgeräumt ist. Ich bin schon wieder eingenickt.

„Geh hoch zu deinem Buch", fordert sie mich auf. Ich müsste mich für mein schlechtes Benehmen entschuldigen, aber selbst das schaffe ich nicht mehr. Wie ein alter Mann erhebe ich mich vom Stuhl. Ganz kurz fasse ich nach ihrer Hand, nicke dankbar und dann erklimme ich mit meinem Rucksack die Stufen in das obere Stockwerk.

A C H T Z E H N

Frauke

Es ist Samstag Mittag na ja, schon fast Nachmittag. Mitten in der Sonne benötige ich keinen Pullover und ich genieße die intensive Wärme auf meinen Armen und Gesicht. Einige alte Garten- und Motorradzeitschriften liegen neben mir auf dem Gartentisch. Beim Rumbuddeln in den Beeten konnte ich zwischenzeitlich vergessen, dass Alexander überhaupt hier ist, beim Durchblättern der Illustrierten allerdings nicht. Wenn der Bruder meiner Chefin ein alter Mann wäre, hätte ich schon nach ihm gesehen. Seit sechzehn Stunden habe ich ihn weder gesehen noch gehört. So leise wie möglich habe ich das Geschirr von gestern Abend und die Backutensilien von dem Apfelkuchen, den ich im Schweiße meines Angesichtes hergestellt habe, gespült. Meine Zähne putzte ich hier unten im Gästebad, weil das Zimmer, in dem Alexander schläft, genau neben dem Badezimmer liegt.

„Guten Morgen." Obwohl ich mit den Gedanken gerade bei meinem Gast bin, zucke ich doch zusammen, als er mich von der Terrassentür aus gut gelaunt begrüßt. Ich sehe zu ihm herüber und das Erste, was mir auffällt, sind seine noch feuchten Haare. Er hat also schon geduscht. Wie meistens trägt er ein einfaches weißes T-Shirt und eine schwarze Jeans. Nur eine Sekunde erlaube ich mir diesen schönen Mann von Kopf bis Fuß zu begutachten. Okay, vielleicht zwei. Doch dann interessiert mich nur noch, wie es ihm geht.

„Du hast sicher Hunger. Frühstück, Mittagessen oder Kuchen?", frage ich ziemlich flüssig, während ich auf ihn zugehe, um in die

Küche zu gelangen. Als ich vor ihm stehe und zu ihm hochsehe, ist plötzlich jemand da, den ich nicht hier haben möchte: Alexander, das gefragteste Model Europas. Er sieht mich mit diesem unwiderstehlichen Lächeln an und seine grünen Augen strahlen. Mein ganzer Körper fühlt sich zu diesem Wesen vor mir hingezogen. Doch meine Angst, in sein Licht gezogen zu werden, ist größer.

„Oder m-möchtest du deine Sachen nehmen und g-gehen?", frage ich

den Mann vor mir etwas brüsk. Es dauert einen Augenblick bis Alexander versteht was ich meine, aber dann bekomme ich *ihn* wieder. Den Alexander, der mein Herz wirklich schneller schlagen lässt. Leider.

„Kuchen wäre toll", sagt er und tritt beiseite.

„Der Kuchen ist super. Backst du gerne?" Mein Gast versucht schon eine ganze Weile mich ein wenig zum Reden zu bringen.

„Nein", gebe ich ehrlich zu, „es war ein Experiment." Ich werde aber nicht zugeben, dass ich fast die ganze Zeit neben dem Ofen gestanden habe, damit das gute Stück nicht verbrennt.

„Was macht denn dein Gänseblümchenfreund?", fragt Alexander, nachdem er sein zweites Stück Kuchen verputzt hat. Ich blicke zu ihm hinüber und sehe ihn schmunzeln.

„Hm", mache ich und zucke leicht mit den Schultern, „ich mag keine gepflückten Gänseblümchen."

„Du kommst nicht aus dem schönen Norden unseres Landes, oder?", wechselt der Mann neben mir das Thema, nachdem er zufrieden genickt hat.

„Ich, äh." Mein Kopf ist mit einem Mal leer. Einen Augenblick später kann ich zumindest wieder atmen. Woher weiß er das? Hat Hannah etwa …? Nein, sie weiß wie gefährlich es ist wenn nur eine Person mehr als überhaupt nötig von damals weiß. Und ihr Bruder muss, nein, darf nichts erfahren. Nicht auszudenken wenn er jemandem davon erzählt! Ich wage gar nicht zu ihm rüber zu sehen. Stattdessen trinke ich den Rest Tee aus meiner Tasse.

„Frauke", seine leise eindringliche Stimme fordert meine Aufmerksamkeit. Ich sehe zu ihm und unsere Blicke treffen sich. Wie gern würde ich es ihm sagen. Alles! Das ganze Drama. Jede schreckliche Einzelheit. Doch nicht einmal meine drei Ersatzväter oder Kai wissen Bescheid. Es ist überlebenswichtig, dass nur die Menschen von meiner Vergangenheit erfahren, die mit der Tatsache umgehen können. Alexander gehört nicht zu denen. Seine Probleme vereinnahmen ihn über alle Maßen, da werde ich ihn nicht noch mit meinen belasten. Doch was würde er sagen, wenn ich ihm von dem Geräusch des knarzenden Seiles berichte, das ständig in meinem Hinterkopf herumschwirrt? Das Seil, an dem meine Mutter hing und mich in den letzten Sekunden ihres Lebens anstarrte, als ich sie im Keller fand. Ich verstehe nicht, warum ich auch nur eine Sekunde daran denke es ihm zu erzählen. Vielleicht, weil ich anfange ihm zu vertrauen? Eventuell möchte ich etwas mehr als dieses, für uns beide sichere Haus?

Als würde eine Faust auf den Tisch schlagen, zucke ich beim Geräusch des Telefons zusammen. Es ist mein Festnetzanschluss, der Hörer liegt hinter mir auf dem Küchenschrank. Beim zweiten Bimmeln erhebe ich mich und greife mir das lärmende Teil. Meine Chefs oder Kai rufen gelegentlich am Wochenende an, um mich zum Essen zu sich einzuladen, oder sich für einen Besuch bei mir anzumelden. Ersteres lehne ich oft genug ab, als dass es auffallen würde. Letzteres wäre mir jetzt nicht so recht.

In der Erwartung, eine mir bekannte männliche Stimme zu hören, melde ich mich nur mit einem freundlichen „Hallo“.

„Hallo Frauke, hier ist Agnes. Wir müssen reden.“

Frauke

Ich schüttle über mich selber den Kopf. Nicht nur, weil ich meine dreckige Gartenjeans und die alten Clogs noch trage, sondern außerdem noch wie von der Tarantel gestochen aus dem Haus gelaufen bin. Agnes Stimme beschert mir immer einen Schock. Jedes Mal verfalle ich für einen Moment in Angst und Panik. Deshalb ist ihr erster Satz normalerweise ein beruhigendes: „Es ist alles in Ordnung." Doch heute war es nicht so. Nachdem ich mich mit Agnes an der gewohnten Stelle verabredete, verließ ich ziemlich kopflos das Haus. Ich rannte praktisch bis zu dem Bäcker, der sich am Anfang des Gewerbegebietes, in dem ich wohne, befindet.

Ich bin viel zu früh. Mindestens zwanzig Minuten muss ich noch warten. Alexander hat mir irgendetwas hinterher gerufen, nachdem ich mich zielstrebig Richtung Haustür begeben habe.

Aber in diesem Augenblick hatte ich ihn total vergessen.

Still bete ich vor mich hin, dass meine schlimmste Befürchtung nicht eintritt. Doch irgendwann musste es so kommen. Meine Zeit in Sicherheit ist um. Meine Gedanken fangen an, Geschwindigkeit aufzunehmen. Fahren über mich hinweg wie ein Bus. Was, wenn ich wieder umziehen muss? Nein! Ich will hier nicht weg. Die Gesichter von Liam, Andreas, Sergey und Kai tauchen in meinem Kopf auf. Sie sind in den letzten Jahren meine Familie geworden. Meine Sicht verschwimmt und einen Augenblick später laufen die ersten Tränen über mein Gesicht. Es ist Samstagnachmittag und die Straßen leer. Niemandem fällt meine Verzweiflung auf. Trotzdem muss ich mich zusammenreißen. Agnes wird gleich hier sein. Mit den gleichen Atemübungen, die ich vor dem Sprechen benutze, gelingt es mir, mich zu beruhigen. Und mit der Hoffnung, dass Agnes mir wieder helfen wird, versiegen auch die letzten Tränen.

Einige Male wandere ich vor der geschlossenen Bäckerei auf und ab und dann höre ich ein Auto. Ein weißer Duster kommt in Sicht. Scheint ein zuverlässiges Fahrzeug zu sein, Agnes fährt ihn seit mehr als zehn Jahren. Ich achte darauf, ob ein weiterer Wagen in die Straße einbiegt. Nein, zum Glück nicht. Wie immer hält sie auf dem Parkplatz vor der Bäckerei. Kaum ist der Motor aus, nehme ich schon auf dem Beifahrersitz platz. Nicht nur das Auto ist dasselbe. Auf den ersten Blick scheint an Agnes alles wie immer. Ihre grauen, etwas strähnigen zusammengebundenen Haare, das blumige Parfum, ihre rosafarbene Oberbekleidung, diesmal ein dünner fadenscheiniger Pulli.

„Hallo Frauke", sagt die Frau, die sich die letzten siebzehn Jahre um mich gekümmert hat. Die in den schwersten Stunden meines Lebens für mich da war. Agnes, die alles daran setzte, dass ich bis zum heutigen Tag in Sicherheit war. Sie hat, zusammen mit ihrem Freund von der Staatsanwaltschaft, dafür gesorgt, dass ich einen neuen Namen und eine neue Familie bekam. Sogar umgezogen ist sie mit mir. Aus dem beschaulichen Celtertal, mitten im Schwarzwald, hinein in die Anonymität der Großstadt Hamburg. Nach jedem Termin zur Traumabewältigung erwartete sie mich hinter der Tür des Therapeuten, um mich wieder zurück zu meiner Pflegefamilie zu bringen.

Heute ist Agnes verändert. Ihr Blick ist neu. Ich erkenne Sorge und Unsicherheit. Augenblicklich verliere ich den Boden unter den Füßen und die Sicht vor mir. Unvermittelt stehe ich auf der alten Holztreppe und sehe meine Mutter am Seil hängen. Männer in Roben, die mir Fragen stellen und das alles vor der riesigen Gestalt meines Stiefvaters.

„Frauke", höre ich Agnes Stimme. Einen Moment noch, dann nicke ich. Ich bin wieder bei ihr. Sie umfasst meine kalten Hände. Ihren Daumen streichen beruhigend über meine feuchte Haut.

„Beruhig dich." Ihre Stimme ist leise und trotzdem eindringlich. „Gestern rief mich Marc an, um mir mitzuteilen, dass Lucian am Montag entlassen wird." Hoffnungslosigkeit und Resignation überkommen mich. Erneut laufen heiße Tränen über mein Gesicht.

„Du bist weiterhin in Sicherheit." Ihre Worte können mich nicht überzeugen. Mein Stiefvater wird mich früher oder später finden. Mit letzter Kraft versuche ich die Erinnerung an seine letzten Worte an mich zu verdrängen.

„Frauke, er wird dich nicht finden! Völlig ausgeschlossen! Es gibt keine Spur, die ihn hierher führen kann."

„A-aber ich dachte, ich hätte noch Z-Zeit." Nicht nur, dass ich stottere, auch meine Nase läuft. Agnes dreht sich zur Rückbank und greift sich ihre Handtasche. Ein paar Sekunden später halte ich eine Packung Taschentücher in meiner Hand.

„Ja, ich weiß! Aber die letzten anderthalb Jahre bekommt er zur Bewährung…"

„Wie k-können sie das t-tun?", unterbreche ich sie leise. „Er hat m-meine Mama getötet."

„Ach Frauke." Fest zieht sie mich in ihre Arme. Mir fällt ein, wie leicht sie sich damals an diesen Namen gewöhnt hatte. Den Namen, der mich ab jetzt hoffentlich vor Lucian schützen wird. „Die fünfzehn Jahre für den Mord an deiner Mutter hat er ja voll abgesessen. Die letzten Monate infolge des Angriffs auf den Justizbeamten bekommt er auf Bewährung."

„Wollen wir bei dir noch einen Tee trinken?", fragt sie, während sie mir ein letztes Mal beruhigend über den Rücken streicht. Plötzlich fällt mir Alexander wieder ein. Vorsichtig entschlüpfe ich ihrer Umarmung und putze erneut meine Nase.

„Nein, das geht nicht. Ich habe Besuch." Ihr Erstaunen ist fast spürbar. In den vergangenen Jahren hatte sie unter dem Pseudonym *Patentante* Kai und meine drei Chefs kennengelernt. Deren Anwesenheit wäre kein Grund nicht in meinem Haus Tee zu trinken.

An Wochenenden treffen wir uns niemals an der Werkstatt. Wenn ich mir aber sicher bin, dass ihr niemand gefolgt ist, laufen wir den Kilometer bis zu meinem kleinen Haus. Dort machen wir es uns dann bei Kaffee und Kuchen gemütlich und reden über Gott und die Welt.

„Du hast Besuch?" Meine wegwerfende Handbewegung soll ihr eigentlich zeigen, dass es sich nicht lohnt darüber zu sprechen. Doch Agnes ist genauso meine Mutter, wie meine drei Chefs meine Väter und Kai mein Bruder ist. Die Frau neben mir reagiert genauso, wie die anderen es auch tun würden.

„Hey, jetzt komm mir nicht so! Wer ist es? Mann oder Frau? Doch nicht dieser... ach, wie heißt dieser Gänseblümchentyp?“

„Sein Name ist Constantin und nein, er ist es nicht, der bei mir zu Hause sitzt. Es ist nur ... ein Bekannter.“ Ich verdrehe genervt die Augen, als sie mich mit leicht zusammengekniffenen Liedern prüfend inspiziert.

„Ein Bekannter? Bei dir zu Hause?“ Sie will mich nur auf andere Gedanken bringen. Und es klappt. Denn ich möchte bei Alexander sein, jetzt. Er soll mich genauso festhalten, wie gestern bei seiner Ankunft. Er und ich, wir sind schon zwei erbärmliche Geschöpfe. Versuchen nach außen heile Welt zu machen, doch in Wirklichkeit stehen wir am Abgrund.

„Danke, dass du extra h-hergekommen bist“, quetsche ich hervor. Mit einer letzten kurzen Umarmung und einem, hoffentlich überzeugenden Lächeln, steige ich aus ihrem Wagen. Ich kann nicht anders als noch einmal prüfend die Straße abzusuchen. Nichts. Kein Auto und kein Mensch sind weit und breit zu sehen. Bei dem Geräusch des startenden Motors von Agnes Fahrzeug drehe ich mich noch einmal kurz um. Ein letztes Winken und dann eile ich zurück in meine sichere Welt, in der Alexander auf mich wartet.

ZWANZIG

Alexander

Endlich! Ich höre den Schlüssel in der Haustür und einen Augenblick später das Geräusch wie sie sich schließt. Frauke war nicht lange weg. Nicht einmal eine Stunde, doch sie war so durcheinander als sie fast fluchtartig das Haus verließ, dass ich mir Sorgen gemacht habe. Die ersten paar Minuten war ich ratlos. Wusste gar nichts mit mir anzufangen. Erst gerade eben kam mir der Gedanke, dass mein grünhaariges Mädchen sich vielleicht mit einem Mann trifft. Dass sie hinaus gelaufen ist, um ihrem Freund mitzuteilen, dass er heute nicht herkommen kann. Ich sollte meine Sachen nehmen und gehen. Doch selbst wenn mein schlechtes Gewissen mich zwickt, ich kann jetzt nicht gehen.

Dieses Haus ist eine Zuflucht für mich geworden. Hier kann ich jemand sein, den ich außerhalb dieser vier Wände immer öfter verliere. Ich selbst. Alles fällt von mir ab. Dieser immense Druck der zeitweise zu kaum erträglichen Schmerzen führt. Meine Angst, unzureichend zu sein ist hier nicht all gegenwärtig.

Ich begebe mich vom Wohnzimmer, wo ich gerade noch unruhig herumgetigert bin in Richtung Haustür. Doch statt Frauke sehe ich gerade noch, wie die Tür des kleinen Badezimmers sich schließt. Okay, also noch weiter warten. Eine Sekunde später höre ich, wie der Wasserhahn betätigt wird. Das bleibt auch für die gefühlte nächste Stunde so. Ein wiederholter Blick auf meine Uhr bestätigt mir, wie langsam die Zeit vergeht. Schließlich halte ich es nicht mehr aus und klopfe vorsichtig an die Tür.

„Frauke? Ist alles in Ordnung?" Ich schlucke einmal trocken, bevor ich die nächste Frage stelle. „Soll ich gehen?" Einen Augenblick später öffnet sich die Tür. Meine grünhaarige Gastgeberin, nein, meine Freundin steht mit großen aber geröteten Augen vor mir. Sie hat geweint, ohne Zweifel. Ich bin noch auf der Suche nach den passenden Worten als Frauke einmal tief durchatmet.

„Nein", sagt sie mit einem kleinen Lächeln, „es ist alles gut." Nichts ist gut. Und ebenso sind wir keine Freunde, denn sonst würden wir uns unsere Sorgen und Nöte beichten. Wir sind nur zwei Menschen, die mit ihrem Leben überfordert sind. Das ist auch schon das Einzige, was uns verbindet. Trotzdem würde ich ihr gerne helfen. Doch wie heuchlerisch wäre es, sie jetzt nach ihrem Kummer zu fragen. Stattdessen nehme ich sie in den Arm. Drücke sie nur leicht an mich, um mich bei dem kleinsten Widerstand zurückzuziehen.

EINUNDZWANZIG

Frauke

Es ist so tröstlich seine Arme um mich zu fühlen. Selbst wenn es nur so leicht ist, als hätte er Angst mir einen bleibenden Schaden zuzufügen, sollte er fester drücken. Ich lege meine Arme um seine Mitte und dränge mich an ihn. Endlich kann ich wieder klar denken. Kein dumpfes Rauschen mehr in den Ohren vor lauter Angst. Nur noch Alexanders Herzschlag, ruhig und stark. Er verstärkt den Druck, hält mich fester. Das Gefühl von Sicherheit und Frieden durchfährt mein von Panik gestörtes Hirn. Es ist nicht richtig, dass er mich jetzt hält. Er benötigt dieses sichere Haus, um Kraft zu tanken, sich zu erholen. Ich spüre, dass er tief Luft holt. Bitte, bitte frag nicht was passiert ist!! Ich will nicht lügen, doch die Wahrheit kann ich ihm auch nicht sagen.

„Du brauchst mir nicht zu sagen, was passiert ist", sagt er ruhig. „Nur, falls ich dir mit mehr helfen kann, als dich so zu halten, dann sag es bitte. Ich bin für dich da." Nickend bewege ich meinen Kopf an seiner breiten Brust. Einen Moment genieße ich noch das unbekannte, unbeschwerte Gefühl dann räuspere ich mich und beende die beruhigende Umarmung.

„Hast du Hunger?", frage ich und wende mich in Richtung Küche. Er schnaubt belustigt und folgt mir.

„Wegen dir werde ich noch fett werden." Ich drehe mich zu ihm um und begutachte mit hochgezogenen Brauen diesen tollen Körper.

„Nein", sage ich unterstützt mit einem Kopfschütteln, als ich meine Inspektion beendet habe.

Ein paar Minuten später folgt er mir an meinen Blumen und Gemüsebeeten vorbei. Uns war nicht nach essen und deshalb hat er vorgeschlagen, dass ich ihm eine Führung durch den Garten gebe. Ich glaube, in erster Linie will er mich ablenken von dem Drama, das er nicht kennt.

„Wie lange b-bleibst du?", frage ich und bücke mich ganz automatisch, um ein Pflänzchen aus dem Boden zu ziehen, das dort nichts zu suchen hat. Ich trau mich nicht ihn anzusehen. Wenn er merkt, dass ich froh bin ihn hierzuhaben, kommt wahrscheinlich wieder dieses *Model* zum Vorschein.

„Hm, also", druckst er rum. Oh Mist, er müsste bestimmt schon längst weg sein. Ist nur hier geblieben, weil ich wie eine Irre aus dem Haus gerannt und heulend wiedergekommen bin.

„Wenn es dir recht ist, würde ich gerne noch eine Nacht bleiben." Ich komme so schnell hoch, dass mir fast schwindelig wird. „Aber ich kann auch gleich nach Hause fahren", sagt er schnell. Seine grünen Augen zeigen etwas Panik, als ich ihn prüfend ansehe. Ich möchte nicht, dass er sich gezwungen sieht zu bleiben, aus Mitleid oder sonst etwas. Seine Miene ändert sich. Resignation nimmt erst sein Gesicht und dann den Rest seines Körpers ein. Er ist schon dabei sich umzudrehen, als mir klar wird, dass er gehofft hat bleiben zu können. Wegen ihm, nicht meinet wegen.

„Es gibt nachher Gemüsepfanne", sage ich schnell bevor er wirklich geht. Er wendet sich wieder mir zu. Diesmal werde *ich* einem intensiven, skeptischen Blick unterzogen. Mein Gesicht wird heiß und in meinem Bauch kribbelt es ganz unangenehm.

„Du kannst bleiben", presse ich leise hervor und wende mich zum Gemüsebeet.

Alexander hilft mir bei der Ernte der Zucchini, Tomaten und Zwiebeln, die ich für das Abendessen benötige. Während ich die Zutaten in die Küche bringe, setzt sich mein Gast auf seinen gewohnten Stuhl auf der Terrasse. Ich freu mich, dass er noch eine Nacht hier schläft.

ZWEIUNDZWANZIG

Frauke

Alexander sitzt in dem Ohrensessel, in dem er die erste Nacht hier verbracht hat. Er liest in *seinem* Buch. Ich habe ihn heute noch nicht einmal mit seinem Handy gesehen. Obwohl, eigentlich habe ich ihn es nur immer aufladen sehen, wenn er hier ist. Keine Nachrichten kontrollieren oder verschicken.

Er lächelt mich warm an, als ich ihm das gewünschte Glas Wein reiche. Schnell wende ich mich wieder dem Sofa zu und greife mir mein Buch. Ich versuche, mich wirklich auf das Buch in meiner Hand zu konzentrieren. Doch alle paar Sekunden gucke ich einmal schnell zu Alexander hinüber. Wie peinlich, dass er mittlerweile sein Schmunzeln beibehält. Dabei möchte ich doch nur wissen, ob er schon eingeschlafen ist. Aus dem Augenwinkel sehe ich, wie er einen Schluck von seinem Wein trinkt.

„Mein Name ist Alexander Harmann", höre ich ihn plötzlich mit seiner weichen Stimme sagen. Ich sehe zu ihm und unsere Blicke treffen aufeinander. „Ich bin fünfundzwanzig Jahre alt. Vom Beruf Model und", er zuckt leicht mit den Schultern, „vielleicht auch angehender Schauspieler. Meine Eltern, Susanne und Arnd Harmann, sind wie meine Schwester Hannah und ich in Hamburg geboren. Aus Zeitmangel habe ich kein richtiges Hobby, doch ich lese und male gern." Wow, das wusste ich gar nicht. Also, dass er malt. Aber eigentlich weiß ich tatsächlich nur das, was jeder von ihm aus der Presse erfährt.

„W-was für Bilder malst du d-denn?", frage ich neugierig. Sein Blick bleibt weiterhin unverwandt auf mich gerichtet, nur seine Augenbrauen gehen hoch. Oh, Mist! Jetzt bin ich dran. Ich atme ein paar Mal tief durch. Was kann ich Unverfängliches erzählen? Lügen kommen nicht infrage. Erstens bin ich darin eine absolute Niete und zweiten hat Alexander es nicht verdient. Okay!!

Mein Blick ruht jetzt auf dem Buch in meinen Händen. Kurz nicke ich mir aufmunternd selber zu.

„M-mein Name ist Frauke Schneider. Ich bin vierundzwanzig Jahre alt und vom B-beruf Motorrad- Mechatronikerin. Meinen Vater kenne ich nicht, weil meine M-mutter ...", ich roll einmal die Augen, „sich hat künstlich befruchten lassen. Geboren wurde ich im Schwarzwald. Vor siebzehn Jahren starb meine Mama und einige Zeit später kam ich hierher nach Hamburg." Ich atme tief durch.

„Das tut mir sehr leid." Seine Stimme ist leise und tröstlich und am liebsten würde ich in der Anteilnahme eintauchen. Dennoch muss der Tod meiner Mama schnell aus meinen Gedanken. Als wüsste er, was in mir vorgeht, sieht er mich wieder auffordernd an. Einen Augenblick überlege ich, was er jetzt noch wissen will. Ah, Hobbys.

„Meine Hobbys sind bekanntermaßen mein Garten und lesen." Zur Bestätigung hebe ich noch den Schmöker in meiner Hand. „Okay", sage ich mit einem Schmunzeln, „was für Bilder malst du?"

„Abstrakte Porträts", gibt er mit einem unsicheren Grinsen bekannt.

„W-wie lange malst du schon? Wen malst du? Auf w-was malst du? Sind die Bilder irgendwo ausgestellt?" So neugierig wie ich bin, kommen die Fragen sogar fast ohne Stottern hervor. Malen und Zeichnen finde ich ein wundervolles Talent, von dem ich gänzlich befreit bin. Mein Therapeut hatte mich als Kind eine Zeit lang dazu ermuntern wollen damit anzufangen. Zur Unterstützung der Traumabewältigung. Doch ich konnte es nicht. Kein Feeling, null. Dafür war ich dankbar für Besuche in Museen und Galerien.

Er sieht mich weiter mit diesem kleinen, bescheidenen Lächeln an, dann steht er auf und greift nach seinem Handy, das er auf dem Beistelltisch abgelegt hat. Das Polster der Couch senkt sich, als er sich mit einem kleinen Abstand zu mir setzt.

„Es ist nichts Besonderes. Ich male nur meine Familie", nuschelt Alexander vor sich hin, während er sein Telefon entsperrt. Ein paar Sekunden später erscheint das Porträt einer wunderschönen jungen Frau auf dem Bildschirm.

Oh mein Gott! Fasziniert nehme ich ihm vorsichtig das Handy aus der Hand. Die Konturen der Frau sind klar und deutlich skizziert. Augenblicklich bemerke ich die Ähnlichkeit zu Alexander. Das muss seine verstorbene Tante sein. Ich habe schon oft von meinen *Vätern* gehört, dass er sein Aussehen von Cloe geerbt hat. Die Augen- und Mundpartie sind fast identisch. Die Zeichnung ist in blassen Gelb- und Orangetönen gehalten. Sie stehen hier unbestreitbar für Wärme, Ausgelassenheit und Neugier. Erstaunlich, wie Alexander so ein umwerfendes, lebensechtes Lächeln und derart strahlende Augen erschaffen hat. Das Kunstwerk ist offensichtlich mit Acryl auf Leinwand gebracht. Die Frau erscheint mir wahnsinnig glücklich.

„Es ist großartig", flüstere ich ergriffen. Erst einige Momente später schaffe ich es, von dem Werk aufzusehen. Als ich in das Gesicht meines Gastes sehe, weicht meiner Bewunderung Belustigung. Ich hatte erwartet, dass er die Faszination einer stotternden, grünhaarigen und langweiligen Frau mit einem Schulterzucken abtut. Stattdessen erscheint ein unsicheres Grinsen in seinem knallroten Gesicht. Dieser coole, erfolgreiche Mann, Topmodel und angehender Schauspieler, hat zusätzlich eine bescheidene Seite.

„Hast du noch mehr?", frage ich und muss mich praktisch von dem Anblick losreißen, den Alexander mir bietet. Doch bevor ich auf dem Touchscreen rumwischen kann, nimmt er mit einem schnellen Griff das Telefon wieder an sich. Er zieht ein Knie an, legt es zwischen uns und dreht sich mir zu. Ich bin immer noch total von dem Bild beeindruckt. Echter Wahnsinn! Superschön und so gefühlvoll gemalt. Als ich bemerke, dass ich ihn nach wie vor wie ein Fan anstarre, wandert seine rote Gesichtsfarbe zu mir. Gott, wie peinlich.

„Ja, ich habe noch welche", sagt er mit einem Lächeln. Einen Augenblick frage ich mich, wann er mir ein weiteres Bild zeigt.

„Bei wem bist du groß geworden?", fragt er. „Nach dem Tod deiner Mutter", präzisiert er, als ich ihn mit großen Augen ansehe.

„Bei einer Pf-pflegefamilie in Peine. Und ja, sie waren sehr, sehr g-gute Pflegeeltern", füge ich sofort hinzu. Das ist nämlich immer die erste Frage, die mir gestellt wird, sobald das Wort Pflegeeltern fällt.

„Aber warum so weit weg von deinem Zuhause? War es nicht schrecklich, dazu noch deine Freunde zu verlieren?" Ich muss trocken schlucken. Abwesend streiche ich über das Cover des Buches, das in meinem Schoß liegt. Ein Krimi von Karin Slaughter.

Es ist alles schon so lange her. Doch seit heute Mittag wieder so katastrophal nah.

„Es war sehr schwer für m-mich. Ich b-bekam Schwierigkeiten in der Schule." Das ist nicht gelogen. Ich konnte die Blicke nicht mehr ertragen. Die Neugier meiner Mitschüler und der heimischen Presse ließen mich auch nach vier Monaten immer wieder den Schulgang verweigern.

„Das zuständige J-Jugendamt entschied dann, mich zu Pflegeeltern möglichst weit vom Ort des G-Geschehens zu bringen."

„Hast du noch Kontakte in Peine? Außer zu deinen Pflegeeltern?" Ich schüttle den Kopf. Eigentlich unmöglich, dass ich es in den fast zehn Jahren nicht geschafft habe zu irgendjemandem eine enge Verbindung herzustellen. Einmal hörte ich Sara, meine Pflegemutter, mit ihrem Mann Paul sprechen. Er machte sich Sorgen, dass ich offensichtlich keine Freunde hatte. Sie meinte, das liege an meinem Trauma. Der Begriff *Beziehungsunfähigkeit* viel.

Ein emotionaler Krüppel, das bin ich. Verseucht von Angst und Misstrauen. Wie peinlich ist es, in Alexanders Nähe von dem warmen Gefühl der Sicherheit erfüllt zu werden. Von dem Kribbeln in meinem Bauch fange ich gar nicht erst an. Wenn er hier ist, ist es, als wäre ich … in einem riesigen schützenden Zelt. Dumm, dumm, dumm. Denn er braucht nicht mich, um wieder in die Spur zu kommen, sondern dieses Haus. Alles hier bringt ihm Hannah näher. Seine kleine, große Schwester, die nicht hier sein kann, um ihm den richtigen Weg zu zeigen, damit der Druck ihn nicht in die Knie zwingt.

„Als ich achtzehn war, bin ich von dort a-ausgezogen und habe in Hamburg eine Ausbildung als Mechatronikerin gemacht." Ich hebe kurz die Schultern und sehe den Mann neben mir an. „Na ja, und seit vier Jahren bin ich hier", gebe ich freiwillig Auskunft. Es ist das erste richtige Gespräch, das wir führen. Normal ist, dass er fast einschläft, und ich nicht reden will. Ich schmunzle über mich selbst. Nicht mal eine Stunde sitzen wir hier zusammen und ich bin so entspannt, dass ich kaum stottere. Ist das bei ihm auch so, wenn er hier ist? Dass der ganze Mist, der einem das Leben schwer macht, vor der Haustür abfällt? Es ist fast, als wenn ich etwas geraucht hätte. Nicht, dass ich wüsste, wie es ist, da ich noch nie Drogen genommen habe, aber so stelle ich es mir vor. Zeitlich begrenzte Freiheit von der Angst dort draußen.

Nach der Urteilsverkündung mussten vier Beamte Lucian aus dem Gerichtssaal zerren. Lauthals drohte er, mich nach seiner Entlassung zu finden. Dieses Bild, des geifernden, sich wehrenden Mannes hat sich in meinem Kopf eingeprägt. Selbst nach siebzehn Jahren werde ich von seinen gebrüllten, hasserfüllten Worten nachts geweckt. Doch zwei Tage später stand Agnes mit einem Mann vor der Tür meiner Pflegefamilie. Die Frau, die mir die letzten Wochen immer zur Seite stand, nahm meine Hand und führte mich in das Zimmer, das ich mir mit einem weiteren Mädchen teilte.

„Isabella, wir bringen dich woanders hin." Sie packte mit mir die wenigen Sachen, die ich aus dem Haus, in dem meine Mama getötet wurde, mitgenommen habe. Nur ein paar Minuten dauerte es, da waren wir unterwegs in eine große Stadt. Auf dem mehrstündigen Weg erklärte sie mir, dass mein Name jetzt nicht mehr Isabella Winterhoff war, sondern Frauke Schneider. Natürlich begriff ich erst später, dass der Orts- und Namenswechsel zu meiner Sicherheit vorgenommen wurden.

Agnes hat recht, es gibt keinen Grund anzunehmen, mein Stiefvater würde mich nach all den Jahren suchen oder ausfindig machen können. Mit diesem unglaublichen Gefühl von Sicherheit kann ich den Blick nicht von Alexander nehmen.

DREIUNDZWANZIG

Alexander

Sie ist wirklich eine sehr hübsche Frau. Ich habe sie noch nie so gesehen. Dieses Lächeln, das ihre großen blauen Augen mit einbezieht, steht ihr unfassbar gut. Unter den strubbeligen, grünen Haaren lugt eine Stirn hervor, die nicht von Sorgenfalten zerfurcht ist. Es ist das erste Mal, dass ich deutlich spüre, hier willkommen zu sein. Es war ein Risiko, dieses Spiel *ich erzähl dir etwas von mir und du mir von dir* anzufangen, aber es hat sich gelohnt. Da ist noch eine Menge, dass sie unter Verschluss hält, aber ich habe Zeit.

Ihr Blick bleibt weiter auf mich gerichtet. Auch etwas, dass sie sonst tunlichst vermeidet, es sei denn sie prüft meinen Gesundheitsgrad oder Geisteszustand. Ich verstehe nicht genau, welchen Knopf ich gedrückt habe, dass sie so… entspannt und offen ist. Das Einzige, was ich sonst in ihren Augen sehe, ist Sorge oder Verärgerung. Nicht unbedingt das, was ein Mann wie ich in dem Gesicht einer Frau sehen will. Doch jetzt ist einiges anders. Sie hebt ihre Augenbrauen und obgleich dieses aufregende Lächeln bleibt, sieht sie mich jetzt auffordernd an. Ich würde gern ihr Haar berühren. Ja. Nur um zu spüren, ob es weich und seidig oder ob es eher so struppig ist, wie es aussieht. Doofer Gedanke. Eine kleine Berührung an meinem angewinkelten Bein lässt mich runter sehen. Fraukes offene Hand zeigt fordernd auf mich. Ah, sie möchte ein weiteres Kunstwerk sehen. In den zwei Sekunden, die ich benötige, um den Bildschirm freizugeben und die Galerie zu öffnen, entschließe ich mich, ihr nicht das Bild von Hannah zu zeigen. Sie scheint nicht enttäuscht, denn ein leises Quietschen entschlüpft ihr, als sie die kleine Cloe vor sich hat. Frauke ist nun die Einzige, außer meiner Familie, die von meiner Leidenschaft weiß. Thomas hat die Bilder schon gesehen, ihnen allerdings nicht genug Aufmerksamkeit geschenkt, um zu bemerken, dass sie von mir sind. Frauke ist noch in der stillen Bewunderung gefangen, da ertönt ein leiser Ton von dem Telefon in ihrer Hand. Eine eingehende WhatsApp-Nachricht. Einen letzten verzauberten Blick auf das Familienbaby, dann reicht sie mir das Smartphone und verlässt das Wohnzimmer.

Nach dem Öffnen der App lese ich eine Mitteilung von Thomas

Thomas: *Hey, sehen wir uns heute bei Anna?*

Ich: *Nein, mach mir einen gemütlichen Abend.*

Thomas: *Ich komm nachher auf ein Stündchen vorbei. Haben uns schon ewig nicht mehr gesehen.*

Oh Mann. Ich habe wirklich keine Lust ihm zu sagen, wo ich bin. Er würde ohne zu fragen hier auftauchen.

Ich: *Bin nicht zu Hause. Melde mich morgen. Viel Spaß bei Anna!*

In dem Moment, wo ich die Aus-Taste drücke, wird ein eingehender Anruf angezeigt. Nein mein Freund, dieses Mal nicht.

VIERUNDZWANZIG

Alexander

Seit einer Stunde sollte ich zu Hause sein. Na ja, Thomas kann ich vom Auto aus anrufen, meine Sachen sind schnell gepackt, meine Eltern besuche ich das nächste Mal. Nur, wenn ich jetzt nicht loskomme, verpasse ich mein Flugzeug.

Den gestrigen Abend haben wir damit verbracht, herauszufinden welche gemeinsamen Bücher wir gelesen haben. Andere persönliche Themen haben wir beide gemieden. Sie fragte nicht nach einem weiteren Bild. Ich zügelte meine Neugier was ihre Vergangenheit angeht. Gern hätte ich von ihr erfahren, ob sie schon immer stottert, oder ob es einen Auslöser dafür gab. Der Grund meiner Schlaflosigkeit außerhalb ihres Hauses wird genauso wenig angesprochen wie ihre Kindheit, von der ich gern mehr erfahren hätte. Frühestens in drei Wochen kann ich wieder hier sein. Keine Ahnung wie ich das schaffen soll. Zumal Mailand vor der Tür steht. Ich sehe zu meiner Gastgeberin die bereits die Klinke in der Hand hält, um das hässliche Holzding hinter mir zu schließen. Ich bin mir ziemlich sicher, dass die letzten anderthalb Tage auch für sie hilfreich waren. Zumindest habe ich das Gefühl, dass wir diesmal uns beiden Halt geben konnten. Es ist nicht förderlich, dass Frauke jetzt mit einem kleinen wehmütigen Blick zu mir aufsieht.

„Es war ein schönes Wochenende", sage ich leise zu ihr.

„Ja", und ein winziges Nicken bekomme ich als Antwort. Verdammt, ich muss los! Leicht beuge ich mich vor und sie hält ganz still, erwartet den kleinen Abschiedskuss auf der Wange. Nein, heute nicht und wenn es nach mir geht, nie mehr. Ganz kurz, wirklich nur flüchtig berühren meine Lippen ihre. Ich gebe Frauke nicht die Gelegenheit, mir ein schlechtes Gewissen zu machen, indem ich mir ihren verärgerten Ausdruck ansehe. Sofort gehe ich die Stufen hinunter und mache mich auf den Weg zu meinem Wagen, der wie immer in der Werkstatt steht.

FÜNFUNDZWANZIG

Frauke

Das war kein richtiger Kuss! Nein! Mehr ein… Lippe an Lippe. Ja, genau. Wahrscheinlich war er in Gedanken bei einer seiner Freundinnen. Quatsch. Ich habe bemerkt, dass er nicht loswollte. Und diese Lippe an Lippe ist seine Art zu sagen, dass er sich auf das nächste Mal freut. Hoffe ich zumindest, denn ich wollte eben so wenig, dass er geht. Ganz fest habe ich die Klinke der Tür festgehalten, damit ich nicht nach Alexander greife und zurückhalte. Das Kribbeln und dieses warme Gefühl in mir werden noch ein bisschen bleiben, wie immer.

SECHSUNDZWANZIG

Frauke

Es ist Mittwoch. Seit siebzehn Tagen befindet sich mein Stiefvater in Freiheit. Er saß fünfzehn Jahre im Gefängnis, weil er meine Mama getötet hat. *Ich habe sie umgebracht, weil sie mir kein Geld mehr geben wollte.* Das hatte er in seinem Geständnis gesagt, zu dem er sich nach meiner Aussage entschied. Er hat meine Mama brutal getötet. Wegen Geld! Geld, das er für seine Spielsucht benötigte. Das Wissen, dass dieser Mensch nun in Freiheit ist, lässt mich keine Minute des Tages los.

So viele Jahre ist es her, seit ich mit Agnes das Gerichtsgebäude verließ. Diese Ahnung, Lucian würde mich sehen, ständig in meiner Nähe sein, mich beobachten und nur darauf warten mir das an tun zu können, was er nach der Strafmaßverkündung lauthals androhte, war allgegenwärtig.

Dennoch, ich wusste, dass er im Gefängnis saß. Ständig rief ich mich zur Ordnung, wenn ich wieder paranoide Züge annahm.

Kurz nach der Gerichtsverhandlung kamen die Namensänderung und der Umzug nach Hamburg. Anscheinend nahm Agnes die Drohung meines Stiefvaters ernst. Doch trotz der immer während en Versicherung meines mir zugeteilten Therapeuten und Agnes, dass ich mir Lucians Gegenwart nur einbildete, verging das Gefühl in den letzten Jahren nicht vollständig.

Bei der Arbeit an den Motorrädern kann ich mich nie ganz von dem beklemmenden Gefühl des beobachtet werdens befreien. Jeden neuen Kunden, der die Werkstatt betritt, begutachte ich aus einer sicheren Entfernung. Fast zwanghaft muss mich davon überzeugen, dass es nicht *er* ist. Ständig schaue ich mich um, wenn ich mal unterwegs bin, weil ich das Gefühl habe, beobachtet zu werden.

Der einzige Ort, der mir wirklich Schutz bietet, ist das kleine Haus, in dem ich nun seit fünf Jahren lebe. Umgeben von hohen Zäunen und Alarmanlagen fühle ich mich sicher. In den letzten Tagen hatte ich schon einige Male mit Agnes telefoniert. Geduldig wie immer erklärte sie mir, dass es meinem Stiefvater unter den strengen Auflagen der Bewährung nicht möglich sei, den Landkreis zu verlassen. „Du kannst mich gerne jeden Tag anrufen", bot sie mir gleich bei meinem ersten Anruf verständnisvoll an.

Doch heute waren meine Gedanken nicht so oft bei dem Mörder meiner Mutter, sondern bei jemandem, der mir genauso gefährlich werden kann, nur anders.

Ganz allein sitze ich im Büro der Werkstatt, um fernzusehen. Diesmal die Folge der Krimi-Reihe, SOKO- Soundso, auf dem ersten Programm. Die Folge, in der Alexander mitspielt.

Es ist so surreal. Seine Stimme zu hören, ihn zu sehen und trotzdem ist er nicht hier. Ich kann mich kaum auf die Handlung konzentrieren, weil ich jede seiner Bewegungen und die kleinste Mimik in mich aufsauge. Er spielt einen Mörder. Ein paar Mal bekomme ich eine Gänsehaut, weil er so überzeugend einen Verbrecher spielt. Dieses fiese, überhebliche Getue des Täters lässt mich beinahe vergessen, wie Alexander wirklich ist.

Wir haben uns das letzte Mal vor zwei Wochen gesehen. Viel zu oft ertappe ich mich dabei, dass ich über unser letztes gemeinsames Wochenende grüble. Über diesen Abschiedskuss, der natürlich gar kein richtiger Kuss war.

Beim Frühstück hatte mich Alexander gefragt, ob er mich gelegentlich anrufen dürfe und ich hatte verneint. Es ist besser so.

Auf diversen Radiosendern wird Alexander, das Supermodel und angehender Schauspieler, immer öfter erwähnt. Kai berichtet schwärmerisch von den Artikeln in der Boulevardpresse und von den vielen Fotos bei Instagram. Weder will ich hören, noch sehen, was der gut aussehende Bruder meiner Chefin gerade so treibt. Na ja, irgendwie möchte ich es schon, doch umso mehr ich von ihm und seinem Leben erfahre, desto mehr werde ich unweigerlich an ihn denken. Jetzt schon geht mehr Zeit dafür drauf, dass ich zu Alexanders Buch schaue, das neben dem Ohrensessel in meinem Wohnzimmer liegt, als dass ich selber lese. Hin und wieder mogeln sich blöde Fantasien in meine Gedanken. Richtige Hirngespinste, in denen Alexander und ich mehr sind als zwei Bedürftige, die sich ein wenig Halt geben. Zum Glück sind die Gedanken an die Entlassung meines Stiefvaters die ersten und letzten eines jeden Tages. So, dass jeder Ausflug in diese Seifenblase in kürzester Zeit von der allgegenwärtigen Angst erstickt wird.

Die Folge im Fernsehen endet mit der Verhaftung des Täters. Hm, die Serie ist gar nicht so schlecht. Gerade habe ich den Aus-Knopf der Fernbedienung gedrückt, als das Telefon zu läuten beginnt. Ich bin allein hier, deshalb brauche ich das Grinsen nicht zu unterdrücken.

„Motorradwerkstatt…"

„Na, wie war ich?", unterbricht mich die Stimme des eben abgeführten Schauspielers.

„Oh mein Gott", flüstere ich, „bist du g-getürmt? Brauchst du Geld und einen Schlafplatz?"

„Ja", geht er auf meinen Scherz ein, „kann ich auf dich zählen?"

„Natürlich. Was soll ich tun?"

„Nichts. Ich werde am Sechzehnten bei dir sein", teilt er mir verschwörerisch mit. So langsam kann ich mein Lachen nicht mehr unterdrücken.

„Sag mir nur eins, hast du den M-Mann getötet?", will ich mit der letzten Ernsthaftigkeit wissen, die ich aufbringen kann. Ich höre einen tiefen Seufzer, bevor er leise weiterspricht.

„Frauke, bitte glaub mir, ich wollte das nicht. Ein Kerl hat mir gesagt, ich müsste es tun, weil es in einem Buch steht." Er sagt es so eindringlich, so überzeugend, dass ich ein Moment perplex bin.

„Okay. Ich e-erwarte dich dann", spiele ich meine Rolle weiter.

„Danke, du bist meine Rettung", sagt er. Sein Ton hat sich verändert, ist wieder normal, ernsthaft. „Also, bis dahin. Ich vermisse dich." Und damit ist das Gespräch beendet. *Ich vermisse dich*? Hat er das gerade wirklich gesagt? Nur einen Augenblick freue ich mich über das unvermittelte Geständnis, doch dann fällt mir wieder ein, warum Alexander mich immer besucht. Sofort mache ich mir Sorgen. Wahrscheinlich kann er wieder nicht genug schlafen. Bis zum Sechzehnten sind es noch vier Wochen. Eine lange Zeit wenn man unter Schlafstörungen leidet. Ob es helfen würde, wenn ich ihn besuche? Bescheuert sich darüber Gedanken zu machen. Ich lenke mich mit seiner Ankündigung ab. Ebenso wie er wird auch der Rest der Familie Harmann zu dem Zeitpunkt hier erscheinen. Es ist anlässlich zum fünfzigsten Harmann-Motorrad. Und nicht nur die Familie, sondern auch ein Treffen aller Besitzer von den bereits verkauften Motorrädern, sowie die Presse werden in der Werkhalle erwartet. Es wird ein richtiges Fest werden. Ich habe für diesen Tag schon Urlaub eingereicht.

SIEBENUNDZWANZIG

Frauke

Ein Geräusch schreckt mich aus dem Schlaf. Mal wieder. Seit Tagen schlafe ich nicht mehr gut. Das kleinste Geräusch weckt mich. Sei es das einsetzende Brummen des alten Kühlschranks, oder das Knacken des betagten Hauses, weil es sich von der Wärme des Tages abkühlt. Ich gehe wirklich mit den Nerven zu Fuß. Der Anflug einer Paranoia vor ein paar Tagen zeigt nur, wie ernst es um mich steht.

Letzte Woche fiel mir ein Auto auf. Es parkte auf der gegenüberliegenden Straßenseite der Werkstatt. Ein unscheinbarer dunkler Kleinwagen. Ich konnte ihn nur von der Seite sehen, also war das Nummernschild nicht erkennbar. Eine Person saß im Innern. Ob es ein Mann oder eine Frau war, konnte ich ebenfalls nicht bestimmen. Je länger der Wagen dort stand, desto panischer wurde ich. Ich verkroch mich hinter dem Motorrad, welches ich zu reparieren hatte. Nicht, dass ich zu irgendwelchen Dingen, außer panisch Gebete vor mich hinzubrabbeln, in der Lage war. Irgendwann riss ich mich soweit zusammen, dass ich möglichst unauffällig ins Büro gehen konnte. Mit zittrigen Fingern wählte ich Agnes Nummer. Schon nach dem zweiten Freizeichen vernahm ich ihre Stimme.

„Agnes, vor der W-Werkstatt steht ein A-Auto. Schon l-lange. Ich g-glaube er ist es", stotterte ich sofort los, nachdem sie sich mit ihrem Namen gemeldet hatte. Es dauerte eine gefühlte Ewigkeit bis ich Agnes Stimme wieder vernahm.

„Okay. Sind deine Chefs da?"

„Ja."

„Gut. Ich kann mir nicht vorstellen, dass Lucian bei dir ist, aber ich werde sofort mit dem zuständigen Bewährungshelfer telefonieren. Du bleibst, wo du bist. Ich ruf gleich zurück."

In den dreiundzwanzig Minuten unendlichen Wartens hatte ich Kai mehrmals bestätigen müssen, dass es mir gut ginge. Ich erschien ihm wohl etwas nervös, sodass er mit gerunzelter Stirn nachfragte. Gerade war ich wieder allein im Büro, da klingelte endlich das Telefon. Ich meldete mich nur mit „Ja" und mein Herz blieb für einen Moment stehen, als ich Agnes Stimme lauschte.

„Frauke, er ist es nicht! Lucian ist definitiv bei seinem Job in Celtertal."

„Danke", war das Einzige, was ich sagen konnte. Ich legte einfach auf und verzog mich heulend auf das Klo. Die Erleichterung war groß. Doch die Scham vor meiner Hilflosigkeit und Angst ließ mich verzweifeln. Es war nicht das erste Mal, dass ich mich innerlich anbrüllte endlich vernünftig zu sein.

Doch dieser Laut hier würde Tote wecken. Ein hoher, schriller Ton. Mein erster Gedanke gilt der Alarmanlage, die von Hannahs Eltern eingebaut wurde, als diese damals hier einzog. Unweigerlich beginnt Panik meinen ganzen Körper zu befallen. Kein klarer Gedanke lässt sich fassen. Nur sprachlose Angst.

Er hat mich gefunden.

Mein Herz pumpt, unterstützt von einer Dosis Adrenalin, das Blut so schnell durch meinen Körper, dass es in meinen Ohren rauscht. Mit einem Satz bin ich aus dem Bett. Augenblicke später befinden sich Pfefferspray und Küchenmesser nicht mehr auf dem Nachtschrank, sondern in meinen Händen. Über diesen an den Nerven zerrenden Ton kann ich nichts durch die geschlossene Tür hören. Selbst als ich das Ohr an das Holz lege, ist nur der schrille Ton zu hören. Ich halte kurz die Luft an, um mich zu konzentrieren. Nichts. Doch beim Einatmen fällt mir ein Geruch auf. Ein Brandgeruch! Das ist nicht die Alarmanlage die dort jault, sondern der Rauchmelder. Mit einem Ruck reiße ich die Tür auf. Sofort schlägt mir dichter Qualm entgegen. Ich höre das Feuer im unteren Teil des Hauses wüten, wahrscheinlich in der Küche. An der Haustür steht ein Feuerlöscher. Da muss ich hin! Mit zwei Sätzen bin ich zurück im Schlafzimmer, greife mir ein T-Shirt, das am Fuße des Bettes liegt und eile wieder zur Treppe. Mit dem Stoff vor Mund und Nase taste ich mich die Treppe hinunter. Die Hitze trifft meine nackten Beine. Das Feuer hat nicht nur die Küche komplett in Besitz genommen, sondern außerdem schon einen Teil des angrenzenden Wohnzimmers. Von hier kommt auch das Geräusch des Rauchmelders, der in dieser Sekunde seinen Lärm einstellt. Der alte Läufer, der zum Schutz über dem Holzfußboden des Flures liegt, brennt. Meine Jacken, die an der Garderobe neben der Haustür hängen, ebenfalls. Keine Chance den Feuerlöscher, geschweige denn die Haustür zu erreichen. Ein lauter Knall ertönt. Mein Körper befindet sich auf Autopilot, denn reflexartig gehe ich in Deckung. Das war das Fenster in der Küche. Scheiße! Ich springe auf die Füße und stürze, immer zwei Stufen auf einmal nehmend die Treppe hoch, zurück in mein Schlafzimmer. Ich muss aus dem Haus! Die Tür fällt ins Schloss, während ich schon das Fenster öffne und hinunter sehe. Das sind locker drei Meter. Ich drehe mich wieder um und mein Blick fällt auf das Bett. Schnell greife ich mir Kissen und Decke und lasse sie aus dem Fenster fallen. Keine Ahnung wo ich die Kraft hernehme, um die Matratze ebenfalls zum Fenster zu zerren und rauszuwerfen. Durch den Lichtschein, der das Feuer unter mir hervorbringt, erkenne ich, dass es besser gewesen wäre zuerst die Matratze hinauszuwerfen. Zwar liegt alles auf einem Haufen, aber das Polsterstück sieht jetzt eher aus wie eine Rampe, die ausgerechnet in Richtung des Hauses ausgerichtet ist. Ich hetze zu meinem Schrank. Jetzt ist keine Zeit mehr, um mir weiter Gedanken zu machen. Mit einer Hand stoße ich die Schiebetür auf, mit der anderen greife ich nach der fertig gepackten Tasche und werfe sie ebenfalls aus dem Fenster. Diesmal allerdings mit Schwung. Ihr darf nichts passieren. Unter meinen nackten Füßen spüre ich die Hitze, die das Feuer durch die Zerstörung des Wohnzimmers unter mir hervorbringt. Ich muss raus hier. Jetzt! Jede Sekunde kann auch das Fenster des Raumes unter mir bersten. Dann wäre dieser Fluchtweg abgeschnitten. Schwer atmend klettere ich auf die Fensterbank, schiebe meine Beine Richtung Freiheit und starre auf den Berg unter mir, auf dem ich unbedingt landen sollte. Mit festem Blick in die Tiefe zähle ich bis drei und springe.

ACHTUNDZWANZIG

Frauke

„So, junge Dame", sagt der höchstens zehn Jahre ältere Arzt mit einem Lächeln zu mir, „laut Röntgenbild haben sie drei angebrochene Rippen und ein gestauchtes Handgelenk. Da haben Sie wirklich Glück gehabt", mahnt er mit ernster Miene. Das ist besser, als ich befürchtet habe. Die Ersthelfer im Krankenwagen hatten gebrochene Rippen in

Aussicht gestellt. „Ihre Sauerstoffwerte sind allerdings so, dass ich sie für 24 Stunden hierbehalten werde."

Mir ist alles egal. Es sind jetzt zwei Stunden vergangen, seit ich aus dem Fenster gesprungen bin. Natürlich kam ich blöd auf, rollte mit Schwung von dem Matratzenhügel herunter und wurde von der Ecke der Waschbetonplatten, die ich für meine Beete dort gelagert hatte, aufgehalten. Im ersten Moment dachte ich, ich sterbe. Dann zerbarst das Fenster des Wohnzimmers über mir. Es war wie eine Explosion. Trotz der Schmerzen rappelte ich mich hoch und schaffte es sogar, meine Tasche mitzuschleifen. Bei der Halle angekommen, wählte ich den Notruf und rief anschließend noch Andreas an.

„Draußen ist ein kleiner Volksauflauf wegen Ihnen. Ich werde die Anführer der Horden kurz hereinlassen, bevor Sie nach oben gebracht werden." Er lächelt mir kurz zu und verschwindet mit einem „Gute Besserung".

Einen Moment später sehe ich in die müden und besorgten Gesichter von Susanne und Arnd Harmann, Hannahs Eltern.

Hin und wieder dämmere ich vor lauter Erschöpfung weg. Das Einzige, was ich jedoch sehe, sobald ich einschlafe, sind unersättliche Flammen, die meterhoch in den Himmel schlagen. Das Gefühl von der Hitze des Feuers umfangen zu sein, lässt mich schon nach ein paar Minuten erschrocken hochfahren.

Meine Rippen sind nur angebrochen, aber die Schmerzen unglaublich. Bei jeder Bewegung bleibt mir vor Pein die Luft weg.

Michael, ein freundlicher Pfleger, der mich in einem Rollstuhl zu meinem Zimmer brachte, bestand noch in der Nacht auf eine Dusche, um mögliche Giftstoffe von meinem Körper zu bekommen. Frau Harmann begleitet uns und sie bot an, mir beim Duschen zu helfen. Wir sprachen kaum. Ich war dazu nicht in der Verfassung. Noch nie in meinem Leben hatte ich solche Schmerzen. So vorsichtig Hannahs Mutter mir die Haare und meinen Körper mit einem Waschlappen wusch, war es eine einzige Quälerei. Leise, damit die beiden anderen Patienten im Zimmer nicht noch mehr gestört wurden, sagte sie, dass alle dankbar wären, dass mir nichts passiert war. Aufmunternd strich sie über meine Schulter und versprach, sich um alles zu kümmern. Ich nickte nur. Der einzige Moment, an dem ihr Blick etwas anderes ausdrückte als Mitgefühl war, als sie aus meiner ordentlich gepackten Tasche frische Sachen herausnahm. Doch ihr plötzlich skeptischer Ausdruck war mir egal. Für Erklärungen war später noch Zeit. Kaum hatte Hannahs Mutter mich in vorsichtigen Schritten ins Bett gebracht, als eine Krankenschwester ins Zimmer trat. In kürzester Zeit hatte ich, wie schon im Krankenwagen, eine Nasensonde im Gesicht. Mit dem Hinweis möglichst gegen den Schmerz normal zu atmen wünschte sie mir eine gute Nacht und nahm Frau Harmann mit hinaus.

Ich liege in einem drei Betten Zimmer. Die beiden Damen neben mir schlafen noch. Es ist erst halb sechs und nur die Lichter der Stadt erleuchten das Krankenzimmer. Fest beiße ich die Zähne zusammen, um mich möglichst leise aus dem Bett zu quälen. Ich muss zur Toilette und mir die Zähne putzen. Der Geruch des Feuers scheint sogar auf meiner Zunge zu sein.

Der Blick im Spiegel verrät mir, dass mein Gesicht bei dem Sprung aus dem Fenster nichts abbekommen hat. Ob ich diese Unversehrtheit allerdings beibehalten kann, ist fraglich, denn mit der linken Hand Zähne zu putzen ist nicht so leicht. Wie verrückt konzentriere ich mich auf die kleinste Kleinigkeit. Selbst auf das Atmen. Gehe jedem anderen Gedanken aus dem Weg. Die Schmerzen in meinem Brustkorb sind mir dabei eine gute Hilfe.

Der Tag ist schrecklich langweilig. Er besteht hauptsächlich aus den freundlichen Besuchen der Krankenhausangestellten und dem Belauschen der Gespräche meiner Zimmergenossinnen. Ich beteilige mich aus bekannten Gründen nur einsilbig. Ich bin deprimiert und ein paar Mal stehe ich kurz davor, einfach loszuheulen. Vor allem wenn meine Gedanken zu meiner Zukunft wandern.

Mittlerweile ist es 17 Uhr und ein kurzes Klopfen an der Tür lenkt mich von meinen düsteren Gedanken ab. Nach der Zustimmung von Bettina, meiner Bettnachbarin, betreten vier Männer das Zimmer. Den ganzen Tag habe ich mich zusammengerissen, nicht an das Feuer, nicht an mein geliebtes Haus, das jetzt in Schutt und Asche liegt, zu denken. Doch jetzt, als *meine* Männer, meine Familie, durch die Tür tritt bricht alles zusammen. Noch bevor sie an meinem Bett stehen, laufen die ersten Tränen über mein Gesicht.

„Oh Mann, ich hab doch gleich gesagt wir sollen Kai zu Hause lassen", sagt Liam gespielt vorwurfsvoll. Ich stöhne aufgrund der Schmerzen, die mir das Geheule und das kurze Auflachen einbringen. Von jedem bekomme ich einen vorsichtigen Kuss auf die Stirn und ein sanftes Streichen über meine Hand.

Die vier bleiben ungefähr eine Stunde. In der Zeit gibt es ein kurzes Wortgefecht mit jeder Menge knurren und brummen, weil ich mich entscheide, Kais Angebot vorerst bei ihm unterzukommen, annehme. Ich liebe meine drei *Väter*, doch bei keinem von ihnen würde ich für einige Zeit wohnen wollen. Dann wird mir die Frage gestellt, gegen die ich mich bisher so erfolgreich verschlossen habe: „Kennst du die Ursache des Brandes?"

Dieselbe Frage wurde mir gestern Nacht von einem Feuerwehrmann gestellt und auch da konnte ich nur mit dem Kopf schütteln. Ich weiß es nicht! Es gab niemals nur den leisesten Hinweis, dass etwas mit meinem Herd, dem Kühlschrank oder der Kaffeemaschine nicht stimmte. Ich muss die Untersuchung abwarten und sollte keine voreiligen Schlüsse ziehen. Anderen Gedanken, als dass das Feuer der Grund eines technischen Defekts gewesen ist, sind vorerst tabu.

Bevor sie sich von mir verabschieden gibt mir Andreas ein Handy.

„Es ist ein altes Ding, aber ich dachte es wäre gut, wenn wir anrufen und schreiben können. Ich hoffe, ich habe alle wichtigen Nummern gespeichert. Sollte noch eine fehlen, sag Bescheid."

Sie sind noch nicht ganz aus der Tür, da gehe ich die gespeicherten Namen durch. Die Nummern meiner drei Chefs, Kais sowie die der Werkstatt stehen da. Die Handy- und Festnetznummern aller Harmanns befinden sich in dem Telefonbuch, einschließlich Hannahs Tante Susanne und Onkel Gerd. Bis auf einer ist hier anscheinend jeder aufgelistet.

Viel zu oft habe ich während der letzten Stunden an Alexander gedacht. Was es wohl für ihn bedeutet, seinen *Schlafplatz* verloren zu haben? Ob er es überhaupt weiß? Alexander ist die ganze Woche in Mailand, aus der Presse wird er dort von dem Brand nicht erfahren. Keine Ahnung, ob seine Familie ihm in der stressigen Zeit davon berichtet. Ich glaube, niemand ahnt, was ihm das Haus bedeutet. Blöd, dass das Kribbeln in meinem Bauch nicht weniger wird, wann immer er durch meinen Kopf huscht. Dass ich mir wünsche, er wäre hier, ist so dumm. Dabei ist es doch wahrscheinlich, dass ich nichts mehr von ihm hören oder sehen werde. Das freundschaftliche Verhältnis, um das er bemüht ist, ist doch nur der Tatsache geschuldet, dass er in Hannahs Haus gut schlafen kann.

Ich liege hier im Krankenhaus, habe mein sicheres Heim verloren und eine Heidenangst vor dem Ergebnis der Brandursache. Ich sollte nicht so streng mit mir sein. Alexander ist ein toller Mann. Nicht nur, dass er wahnsinnig attraktiv ist. Er hat diese witzige, kreative und beharrliche Art, mit der er es immer schafft, dass ich mich in kürzester Zeit wohl mit ihm fühle. Vor allem in den letzten Wochen.

Mir ist schon klar, was passiert ist. Ich habe mich ein ganz klein wenig in Alexander Harmann verknallt. Obwohl ich mich mit Händen und Füßen dagegen gewehrt habe. Deshalb ist es auch das Beste, wenn wir uns nicht mehr sehen. Seit Lucians Entlassung gibt es nur zwei Gedanken, die mich Tag und Nacht bewegen: die Angst vor dem Mörder meiner Mutter und Alexander.

Oft zweifle ich an meinem Verstand, weil ich mich auf das nächste Mal freue, wenn der *Schönling* bei mir übernachtet. In meinem Kopf erzähle ich ihm manchmal von meiner Mama und ihrem Tod. Unfassbar. Lächerlich, die Vorstellung, Alexander könnte Interesse an mir und meinem Leben haben. An mir ist nichts bunt, schillernd und glamourös so wie alles in seiner Welt. Doch seit ich Alexander kenne, wäre ich manchmal gern weniger klein und unscheinbar, sondern nur ein bisschen ... mutiger. Brutal hole ich mich aus dieser Fantasie, indem ich mir vorstelle, bei wem Alexander die Nächte verbringt, wenn er nicht in meinem Haus schläft. In Hannahs Haus. Das jetzt nur noch Schutt und Asche ist.

Zum Glück unterbricht ein erneuter Besuch meine Gedanken an Alexander. Hannahs Eltern kommen mit einem kleinen Korb voller Obst und Süßigkeiten durch die Tür. Sie bieten mir ebenfalls an, bei ihnen zu wohnen und sind tatsächlich enttäuscht, als ich ihnen mitteile, dass ich schon Kais Angebot angenommen habe. Ich habe keinen Zweifel, dass sie, genau wie alle anderen, erleichtert darüber sind, dass mir nicht mehr passiert ist. Doch bemerke ich prüfende

Blicke, vor allem von Hannahs Mutter, die ich doch bitte Susanne nennen soll. Auch sie fragen nach der möglichen Ursache des Feuers und mein Herz schlägt mir bis zum Hals. Als sie nach einer dreiviertel Stunde gehen, biete ich den beiden Frauen in meinem Zimmer einen Teil der Süßigkeiten an, die mir mitgebracht wurden.

Um kurz nach acht Uhr bekomme ich einen Anruf. Es ist Hannah. Wir sehen und hören uns so wenig und trotzdem sind wir miteinander verbunden. Sie und ich, wir haben beide Schreckliches erlebt. Immer noch leiden wir unter den Folgen. Lautlos, damit unsere Mitmenschen sich keine Sorgen machen. Ohne viele Worte verstehen wir den anderen. Sie braucht nur, „wie geht es dir?", fragen und dicke Tränen laufen erneut über mein Gesicht. All die Emotionen, die ich die letzten Stunden verdrängt habe, werden mit den vier Worten wieder losgetreten. Der Schock, die Angst, die Schmerzen, der Verlust und vor allem die Befürchtung. Während ich versuche, mich zu beruhigen, sagt sie nur immer wieder, dass es okay ist und ich nicht alleine bin. Bei dem Gespräch mit meiner Freundin, das ich leise in dem Badezimmer führe, habe ich meine Bedenken hinsichtlich der Brandursache das erste Mal ausgesprochen. Obwohl uns tausende von Kilometern trennen, fühle ich mich ihr sehr nahe. Von Hannah kommen keine Floskeln, die mich beruhigen sollen, keine witzigen Ablenkungsversuche oder die Unterstellung von vorhandenen Hirngespinsten.

„Frauke, pass auf dich auf! Werde wieder gesund und denk daran, du kannst jeder Zeit hierher kommen", verabschiedet sie sich schließlich von mir. Völlig erschöpft brauche ich noch einen Moment für mich. Ich genieße die innere Ruhe, die mich nach dem Gespräch mit Hannah überkommt.

Ein Telefonat steht noch aus. Seit ich das Handy in der Hand halte, habe ich jeden Gedanken daran in die hinterste Ecke meines paranoiden Gehirns versteckt. Doch jetzt wird es Zeit. Es ist schon nach einundzwanzig Uhr. Vielleicht sollte ich doch erst morgen anrufen. Nein. Ich möchte nicht, dass sie von dem Brand aus der Zeitung erfährt und dann in der Werkstatt anruft. Also wähle ich die Nummer die ich schon seit Jahren im Kopf habe.

Es klingelt einige Male, bevor ich ihre Stimme höre.

„Hallo." Sie scheint noch nicht geschlafen zu haben.

„H-hallo Agnes, ich bin es Frauke." Ruhig erzähle ich ihr von dem Feuer, dem zerstörten Haus, meinem Sprung aus dem Fenster und wo ich jetzt gerade bin. Geduldig, ohne mich zu unterbrechen wartet sie auf das Ende meines Berichtes. Dann ist es still am Telefon. Ich schließe die Augen und zählte. Erst als ich bei acht ankomme, hörte ich wieder ihre Stimme.

„Das war nicht *er*!", sagt sie mit fester Stimme. Natürlich kennt sie meine Angst. „Bitte Frauke, warte die Untersuchung ab. Lucian weiß weder wo du bist, noch kann er unmöglich bei dir gewesen sein." Still höre ich mir weitere Bekundungen an. Doch es beruhigt mich genauso wenig wie sonst.

„Gleich morgen früh werde ich mich bei dem Bewährungshelfer erkundigen. Ich habe immer noch Freunde bei der Polizei in Celtertal, die ich bitten werde herauszufinden, wo Lucian gestern war. Bitte Frauke, mach dich nicht verrückt." Mehr um Agnes als mich zu beruhigen, antworte ich mit einem „Okay." Auch sie bietet mir sofort an, bei ihr zu wohnen. Doch weder möchte ich bei einem *Vater* noch bei einer *Mutter* wohnen, also teile ich ihr mit, dass ich ab morgen bei Kai unterkomme. Wir sind beide zu sehr von dem Geschehenen beeindruckt, um Small Talk zu machen. Nachdem Agnes mir das Versprechen abnimmt, mich täglich kurz zu melden, beenden wir das Gespräch.

Umständlich klettere ich wieder ins Bett und klemm mir brav die Sonde, die mich mit reinem Sauerstoff versorgt, unter die Nase.

NEUNUNDZWANZIG

Alexander

Ich frage mich immer öfter, ob ich zu alt werde für diesen Job. Obwohl ich mir darüber zum Glück keine Gedanken machen muss. Mein Management achtet frühzeitig darauf, *altersgerechte Verträge* abzuschließen. Außerdem lege ich mein Geld sehr gut an. Meine Wohnung ist so ein Objekt. Es liegt auch nicht an meinem Äußeren, dass ich mich damit befasse, wie lange ich all dem noch gewachsen bin. Sondern an der Tatsache, dass ich kaum noch einen Tag ohne Schmerzmittel auskomme. Meine Kopf- und Rückenschmerzen und dazu noch die Schlaflosigkeit zermürben mich. Ich sehe mich in dem großen festlichen Saal um. Die schönsten und erfolgreichsten Models der Welt, bekannte Newcomer und die berühmtesten Modemacher feiern die so gerade beendete Fashion- Week. Mein Blick schweift über die circa einhundert Menschen, die zusammen stehen und reden und lachen. Einige ausgewählte Pressefuzzis laufen herum und fotografieren die Stars. Die Szenerie wirkt unglaublich gekünstelt. Weiter achtet jeder darauf, sich richtig in Positur zu stellen. Fast komme ich mir vor, als sei ich an einem Filmset. Das Leben der Menschen hier wird nur bestimmt von dem Licht der Scheinwerfer, die auf sie gerichtet sind. Der Blick einer hochgewachsenen Frau mit grellrotem Haar trifft meinen. Angelina Pretonowa, erfolgreiche Modemacherin aus Polen, verheiratet, zwei Kinder. Das hat sie allerdings nicht davon abgehalten mir gleich bei unserer Ankunft ihre Zimmernummer zu geben. Zwei Mal habe ich sie in dieser stressigen Woche besucht. Anschließend konnte ich wenigstens ein paar Stunden am Stück schlafen. Doch heute wird es kein Treffen geben. Ich werde noch zwei Tage in Mailand bleiben. Entspannen, Sightseeing, gut essen und möglichst viel schlafen. Am Dienstag werde ich in Köln erwartet.

Ein weiterer Drehtermin, diesmal für einen Fernsehfilm. Außerdem hat mein Management schon dem NDR 2 das gewünschte Interview zugesagt. Doch daran werde ich jetzt nicht denken.

„Wow!" Ich wende mich ab von dem Geschehen um mich herum und blicke zu Thomas, der am Stehtisch mir gegenüber auf sein Smartphone starrt.

„Na, liest du gerade die Lobeshymnen über dein…"

„Bei euch hat es gebrannt!", unterbricht er mich, während er anscheinend weiter liest.

„Was heißt bei euch? In dem Haus, in dem meine Wohnung ist, oder wo?"

„Nein. Bei der Halle! Hannahs Motorrad – Werkstatt. Also, nicht direkt der Betrieb, sondern das Wohnhaus." Mit einem Schlag ist mir unendlich übel. Ich habe das Gefühl, mein Herz bleibt für einige Sekunden stehen, bevor es mit Überschallgeschwindigkeit weiter schlägt. Frauke! Eine schnelle Handbewegung über den Tisch und ich sehe die meterhohen Flammen, die ein Wohnhaus praktisch verzehren. Unter dem Bericht läuft ein Ticker: *Feuer auf dem Gelände der Harmann Motorräder. Die rechtzeitig herbeigerufene Feuerwehr konnte ein Übergreifen der Flammen auf die Halle, in der die begehrten Harmann Motorräder hergestellt werden, verhindern. Das Wohnhaus, in dem das Feuer aus noch ungeklärter Ursache entstand, brannte allerdings bis auf die Grundmauern nieder. Eine Person musste ins Krankenhaus gebracht werden. Es entstand ein Sachschaden in Höhe von …*

Weiter lese ich nicht mehr. Ich werfe Thomas sein Smartphone zu und mach mich auf den Weg zum Ausgang. Warum hat mich niemand von meiner Familie unterrichtet? Das Feuer war letzte Nacht, verdammt noch mal!! Ich könnte schon längst in Hamburg sein. Bei ihr! Nur am Rande registriere ich, dass mich ein, zwei Leute ansprechen. Aber ich muss hier raus. Und telefonieren. Ich sehe den Ausgang mit den großen Flügeltüren und ziehe mein Handy heraus. Einen Augenblick später stehe ich im Treppenhaus des Hotels, in dem ich untergebracht bin und habe schon den Kontakt meiner Eltern gedrückt. Immer zwei Stufen nehmend höre ich die Freizeichen. Ich bin bereits in der dritten Etage, da vernehme ich endlich die Stimme meines Vaters.

„Alexander? Ist etwas passiert?", fragt er besorgt. Anscheinend habe ich ihn geweckt, denn seine Stimme ist ganz rau.

„Wie geht es Frauke?", ist das Erste, was ich mühsam beherrscht herausbringe. Ich bin immer noch fassungslos, dass ich von dem Feuer aus den Medien erfahren muss.

„Es geht ihr soweit gut. Durch den Sprung aus dem ersten Stock hat sie sich zwei Rippen angeknackst. Morgen früh hole ich sie vom Krankenhaus ab." Er ist offensichtlich über meinen Anruf überrascht, was mich zusätzlich tierisch sauer macht.

„Warum zur Hölle erfahre ich von dem Brand aus den Nachrichten? Ist keiner auf die Idee gekommen, dass ich das von meiner Familie erfahren möchte?"

„Wir hätten es dir in ein paar Stunden mitgeteilt", sagt er beschwichtigend. „Wir wollten dich damit nicht belasten. Uns ist klar, wie aufreibend die Woche für dich war. Es ist außer dem Sachschaden nicht viel passiert und Frauke kennst du doch gar nicht."

„Natürlich kenne ich sie", presse ich mit unterdrücktem Zorn hervor. Tief atme ich durch. Es ist nicht ratsam, meinen Vater anzubrüllen. „Was wird jetzt aus ihr? Wo kommt sie so schnell unter?"

„Kai hat …"

„Nein!", unterbreche ich meinen Vater reflexartig. Es liegt nicht an Kai, sondern an der Tatsache, dass egal bei wem sie von ihren Freunden unterkommt, sie für mich unerreichbar ist.

„Sie kann bei mir wohnen." Meine Stimme ist fest und selbst mir fällt auf, dass die fünf Wörter nicht wirklich wie ein Angebot klingen. Einen Moment herrscht Schweigen.

„In Ordnung. Ich werde es ihr morgen vorschlagen", gibt er skeptisch nach. Das reicht mir nicht. Soweit kenne ich meinen grünhaarigen Kobold mittlerweile, dass sie das Angebot, wenn mein Vater es ihr macht, nicht annehmen wird.

„In welchem Krankenhaus liegt sie?" Während mein Vater mir den Namen nennt, bin ich im Geiste schon dabei meine Heimreise zu organisieren.

DREIßIG

Frauke

Ein kurzes Vibrieren auf dem Nachtschrank neben mir weckt mich aus einem unruhigen Schlaf. Es wird einem nur bewusst, wie oft man sich in der Nacht herumdreht, wenn es nicht mehr möglich ist. Die Schmerzen an meinen Rippen sind unbeschreiblich. Jeder Atemzug ist eine einzige Qual. Bei jeder Bewegung suche ich nach dem Menschen, der mir anscheinend ein Messer in den Leib sticht. Zutiefst unmotiviert blicke auf das Handy. Keine Ahnung wie spät es ist. Es ist alles still, bis auf das leise Schnarchen von Lisa, der Dame, die am Fenster liegt. Ich habe mir ihre Namen gemerkt, den Grund ihres Aufenthalts nicht. Das Sprechen mit fremden Leuten ist für mich im Alltag schon eine Herausforderung, dann werde ich mir das jetzt, unter Schmerzen, sparen.

Bewusst atme ich einmal tief durch, bis das Stechen zu groß wird und greife dann nach dem Handy. Schweiß bildet sich auf meiner Stirn. Was für ein verdammter Mist. Ich sollte dankbar sein so glimpflich davon gekommen zu sein. Angebrochene Rippen und ein verstauchtes Handgelenk sind schließlich nichts im Gegensatz zu einer Rauchvergiftung oder Verbrennungen die ich mir leicht hätte zuziehen können. Ich entsperre den Bildschirm mit dem Code, den Liam mir mitgeteilt hat, und stelle fest, dass mir jemand Unbekanntes eine SMS geschickt hat. Neugierig öffne ich die Nachricht.

Hallo Frauke, bin unterwegs. Bitte warte auf mich. LG A.

Warum soll ich auf Andreas warten? Es ist halb sechs Uhr, wie ich auf dem Handy erkenne. Er weiß doch, dass ich erst gegen Mittag entlassen werde. Vielleicht hat sich etwas wegen der Brandursache ergeben. Aber um diese Uhrzeit?

Guten Morgen Andreas, gibt es Neuigkeiten betreffs des Feuers? Tippe ich und will gerade auf *Senden* drücken, als mir klar wird, dass Andreas Nummer eingespeichert und somit nicht *unbekannt* ist.

Das wird doch nicht…? Mein Herz beginnt schneller zu schlagen. Nein, warum sollte A., wie Alexander, unterwegs sein? Und welchen Grund sollte es geben auf ihn zu warten? Viel wahrscheinlicher ist es, dass Andreas von einem anderen Handy aus gesendet hat. Ich lösche meinen eingegebenen Text und schreibe stattdessen: *A.???* und drücke auf senden. Eine Minute später vibriert das Handy in meiner Hand erneut. Regelmäßig alle zwei Sekunden. Ein Anruf von unbekannt.

Auf gar keinen Fall werde ich einen Anruf annehmen. Erstens möchte ich meine beiden Zimmergenossinnen nicht wecken, und zweitens, sollte es wirklich Alexander sein… Nein, ich drücke den Anruf weg und schreibe: *Sorry, meine Bettnachbarn schlafen noch. A.???*

Einige Augenblicke später bekomme ich erneut eine SMS.

Hallo Frauke, ich habe erst vor ein paar Stunden von dem Feuer in deinem Haus gehört. Ich bin schon auf dem Weg, um dich abzuholen. Lieben Gruß Alexander Harmann!!

Wie jetzt? Verstehe ich nicht! Er kommt extra aus Mailand, um mich zu Kai zu fahren?

Dein Vater holt mich später ab und bringt mich zu Kai.

Ich habe bereits mit ihm gesprochen, er weiß Bescheid. In meiner Wohnung bist du viel besser aufgehoben.

Ich schließe die Augen, atme tief ein und wieder aus. Fest beiße ich die Zähne zusammen, als ich die Bettdecke zur Seite schiebe. Ich bewege mich wie eine verdammte Wanderdüne. Nach einer gefühlten Ewigkeit schlurfe ich in Kais Birkenstocks und Bademantel durch den Krankenhausflur. Ganz hinten, am Fenster, stehen zwei Sessel und ein kleiner Tisch. Auf dem blassgelb gestrichenen Flur wird die Frühstücksausgabe vorbereitet. Wagen mit Tabletts stehen bereit und es riecht nach Kaffee. Eine Krankenschwester, die gerade aus einem Zimmer kommt, lächelt freundlich. Noch bevor sie etwas sagen kann, hebe ich zur Erklärung, warum ich mich hier herumtreibe, das Handy hoch. Sie nickt kurz und geht immer noch lächelnd an mir vorbei. Vorsichtig setze ich mich auf die Kante des Sessels und tippe auf die unbekannte Nummer. Während sich die Verbindung aufbaut, versuche ich meinen Ärger irgendwie in den Griff zu bekommen. Stottern wird nicht nützlich sein, wenn ich ihm sage, was für ein arroganter Arsch er ist.

„Hey, wie geht es dir?" Seine Stimme klingt besorgt und erleichtert zugleich. Leider bringt sie mich auch aus dem Konzept. Darum kommen meine Worte stolpernd über meine Zunge.

„M-mir geht es g-gut, d-danke. A-Aber ich werde später von d-deinem Dad abgeholt. Bis ich eine n-neue W-Wohnung habe, werde ich bei Kai bleiben."

„Ich habe meinem Vater schon gesagt, dass ich dich abhole und du bei mir wohnen kannst." Ja, er ist auf jeden Fall ein arroganter Arsch.

„Nein! Ich w-werde nicht bei dir w-wohnen! Ich will m-meine Ruhe. Ganz s-sicher werde ich mich nicht durch einen P-Pulk k-kreischender Mädchen und P-Paparazzi kämpfen, um in dein H-Haus zu gelangen." Ich bin ganz außer Atem. Ich hoffe, er hat zumindest die Hälfte von dem verstanden, was ich gesagt habe. Und während ich noch versuche, mich zu beruhigen, höre ich, wie er wenig erfolgreich ein Lachen zu unterdrücken versucht.

„Frauke, ich bin kein Rockstar. Ich bin nur ein Model und ein kleiner unbekannter Schauspieler. Niemand interessiert sich dafür, wen ich in meine Wohnung mitnehme. Für die anderen Mieter des Hauses, in dem ich wohne, bin ich nur Alexander vom Dach." Einen Augenblick benötige ich, um durch meine Verärgerung seinen Worten einen Sinn zu geben. Die Erinnerung an die Kindersendung *Karlsson vom Dach* schießt mir durch den Kopf. Nur schwer kann ich mir, bei der Vorstellung wie Alexander mit einem Popeler auf dem Rücken durch die Gegend fliegt, ein Lächeln verkneifen.

„Bitte Frauke", bei seiner eindringlichen Stimme vergeht mir sogleich das Schmunzeln, „mir ist bewusst, wie wichtig dir deine Ruhe ist. Die meiste Zeit werde ich nicht da sein, du würdest die Wohnung für dich allein haben." Stille tritt ein. Es wird Zeit, den wahren Grund für Alexanders Bitte zu benennen. Tief und ruhig hole ich Luft.

„Das Buch ist bei dem Feuer verbrannt."

„Vielleicht habe ich auch eines, das dich interessiert", sagt er leise. Oh Mann.

EINUNDDREIßIG

Frauke

Seit einer Stunde sitze ich in der Cafeteria des Krankenhauses und warte auf den *Schönling*. Eine andere Patientin benötigte das Bett, deshalb gedulde ich mich jetzt hier bis zu meiner Abholung. Ich habe Alexander eine SMS geschickt, damit er weiß, wo er mich findet. Ein Pfleger war so freundlich und brachte mich und meine Tasche hier herunter.

Das gediegene Ambiente überrascht mich. Dunkle Holztische und gut gepolsterte Stühle anstatt Plastik Mobiliar. Durch die vielen Fenster hat man einen schönen Blick auf den kleinen Park hinter dem Krankenhaus. Auf jedem der, mit gelben Decken gedeckten Tische, befindet sich eine kleine Glasvase, in der ein paar Herbstastern stecken. Ich habe mir einen Platz ausgesucht, von dem ich den Eingang gut sehen kann. Nur wenige Leute haben sich hier eingefunden.

Das Handy vor mir surrt und weist mich darauf hin, dass ich eine SMS bekommen habe. Von Alexander: *Bin gleich da.* Umständlich trinke ich einen Schluck Wasser aus meinem Glas. Der beste Kunde bin ich nicht, doch mir erscheint das Getränk am sichersten, wenn man plötzlich alles mit der linken Hand verrichten muss.

Ein Mann um die dreißig, circa einen Meter siebzig groß, blonder Kurzhaarschnitt, betritt in einem blauen Trainingsanzug die Cafeteria. Er sieht sich kurz um, bevor er zum Tresen schlendert. Mein Blick geht zurück zur Tür. Ich hoffe, Alexander kommt wirklich bald. Mein Körper schmerzt bei jeder Bewegung, die ich unbewusst mache und wenn es nur tiefes Atmen ist.

„Ist hier noch frei?" Bei der Frage erleide ich fast eine Herzattacke. Bei der ruckartigen Geste, die ich zu dem Mann im Freizeitlook neben mir mache, bleibt mir vor Pein die Luft weg. Bevor ich wieder schmerzfrei atmen kann, hat er mir gegenüber Platz genommen. Er versperrt mir nicht nur die Sicht auf die Eingangstür, sondern auch auf den Einblick, warum er sich zu mir setzt. Mindestens zehn Tische sind unbesetzt. Er lächelt mich vorsichtig an und zuckt ganz leicht mit den Schultern, als er meinen überraschten Blick bemerkt.

„Ich sitze nicht gern allein", erklärt er mit einem leicht süddeutschen Akzent. *Aber ich*, würde ich am liebsten sagen, lass es dann aber doch. Während ich mir unbeholfen noch einen weiteren Schluck Wasser genehmige, erlaube ich mir erneut einen schnellen Blick auf ihn. Er starrt auf meine grünen Haare. Gut so. Die Bedienung kommt und stellt lächelnd eine Tasse Kaffee vor meinen Tischnachbarn. Mit einem weniger strahlenden Lächeln wendet sie sich mir zu.

„Kann ich Ihnen ebenfalls noch etwas bringen?" Ich schüttle nur den Kopf. Ich traue meiner Stimme nicht.

„Tolle Haarfarbe", bemerkt mein Gegenüber mit einem Schmunzeln, sobald die nette Bedienung uns verlassen hat. Als Antwort ziehe ich beide Augenbrauen hoch. Er hat ein ansprechendes Gesicht. Grüne Augen, kräftige Nase, volle Lippen, die gut zu dieser runden Gesichtsform passen. Der Dreitagebart ist wahrscheinlich auch ein Grund, warum die Serviererin gerade so charmant gelächelt hat.

Keine Sekunde lässt er mich aus den Augen, während er an seinem Kaffee nippt.

„Mein Name ist Leo. Also, eigentlich Leonhard, aber meine Freunde nennen mich nur Leo", plaudert er los. Ich höre, wie die Tür der Cafeteria sich erneut öffnet. Den hochgewachsenen Mann mit Basecap, Sonnenbrille und Bart sehe ich dank meines Tischgenossen erst, als er mitten im Raum steht und sich suchend umblickt. Trotz seiner Verkleidung erkenne ich Alexander sofort. Noch nie war ich so erleichtert ihn zu sehen, wie in diesem Augenblick. Natürlich klopft mein Herz wie verrückt und ein kleines dankbares Lächeln lässt sich nicht unterdrücken. Eine Sekunde später hat auch er mich entdeckt. Zielstrebig führt sein Weg ihn zu meinem Platz. Er nimmt die Brille ab und sein Blick zeigt Besorgnis und große Erschöpfung. Nicht einmal sieht er zu meinem Tischnachbarn. Nur ein paar Schritte und dann steht er vor mir.

„Entschuldige, dass ich nicht früher hier war", sagt er leise. Ganz selbstverständlich beugt er sich zu mir herunter und drückt seine Lippen auf meinen Mund. Diesmal ist es keine schnelle und kurze Berührung. Ich spüre ihn deutlich und lange genug, dass ein bekanntes Kribbeln meinen ganzen Körper erfasst. Schon hat er sich meine Tasche gegriffen und streicht mit der anderen Hand vorsichtig meine Schulter.

„Wollen wir los?" Ich nicke und erhebe mich wie eine Hundertjährige von dem Stuhl.

„Schade, dass Sie schon gehen." Erst jetzt scheint Alexander meinen Tischnachbarn zu bemerken. Nicht, dass er Leo ansieht, er kräuselt nur kurz seine Stirn, während er hilflos zusieht, wie ich vom Stuhl aufstehe. Unter Schmerzen nicke ich Leo zum Abschied einmal zu und dann spüre ich nur noch Alexanders große warme Hand auf meinem Rücken.

ZWEIUNDDREISSIG

Alexander

Ich liebe meinen Job als Model. Ich denke, jeder der in seinem Job gut ist, liebt ihn auch, zumindest etwas. Dennoch wäre ich jetzt gern zu Hause. Bei Frauke. Stattdessen stehe ich am Bahnhof und bin die nächsten zwei Wochen unterwegs. Zumindest am Wochenende bin ich zu Hause.

Jeden Tag geht es meinem Kobold ein wenig besser. Vor vier Tagen, als ich sie vom Krankenhaus abholte, war noch alles eine Qual für sie. Die Taxifahrt zu meiner Wohnung war durchzogen von unterdrücktem, schmerzhaftem Aufstöhnen beim kleinsten Ruckeln des Wagens. Vor dem Öffnen der Tür zu meinem Loft hatte ich kurz Zweifel, ob es ihr gefallen würde. Es hat so gar nichts mit dem Puppenhaus gleich, in dem sie bis vor dem Brand gelebt hat. Das Bild von Hannah, man sieht es sobald die Tür sich öffnet, zog sie dann praktisch in mein Reich.

„Die Wohnung ist… sehr schön", sagte sie überrascht, nach einem Rundgang. Dabei unterließ sie es, die Treppen zum Schlafzimmer und Atelier hochzusteigen. Mir war klar, dass sie sich fragte, warum ich bei ihr schlief, wenn ich in Hamburg war und nicht hier.

Jedes Mal wenn ich Frauke ansehe, bin ich dankbar, dass ihr nicht mehr passiert ist. Obwohl sie unter ihren Verletzungen leidet, sind es doch nur Lappalien zu dem, was hätte geschehen können. Sie versucht, sich ihren Frust über die Bewegungseinschränkung nicht anmerken zu lassen. Dennoch sind ihre leisen Flüche aus dem Badezimmer, wohin sie sich zum Duschen zurückzieht, deutlich zu hören. Nachdem ich ihr einige Male Hilfe angeboten habe, duscht sie jetzt in der Zeit, in der ich beim Sport bin.

In der Nacht zu Montag hat sie mich erwischt, wie ich im Wohnzimmer auf dem Sofa schlief. Sie wollte sich aus der Küche etwas zu trinken holen und da in meiner Wohnung Küche und Wohnzimmer aus einem großen Raum bestehen, hat sie mich durch das hereinfallende Licht des Mondes fast sofort bemerkt. Zum Glück sprach sie mich weder in der Nacht noch am nächsten Tag darauf an. Was hätte ich ihr auch sagen sollen? *Mein Schlafzimmer ist zu weit von deinem entfernt?* Bestimmt nicht. Wahrscheinlich hätte Frauke Kai gebeten sie abzuholen, weil ich mich wie ein Gefängniswärter benehme. Mein Handy summt in meiner Jackentasche.

„Hallo Mama", begrüße ich sie dankbar, da sie mich von Frauke ablenkt.

„Hallo Junge, bist du schon unterwegs?"

„Ja, ich stehe am Bahnhof. In den nächsten zehn Minuten sollte der Zug kommen. Gibt es noch irgendwas?"

„Nein, ich wollte mich nur noch einmal vergewissern, ob du nächstes Wochenende zum Grillen kommst."

„Ja, wie gestern besprochen", antworte ich etwas zögerlich. Ich kenne meine Mutter gut genug, um zu bemerken, dass etwas im Busch ist. „Ist alles in Ordnung?"

„Ja klar. Dann wünsche ich dir eine gute Fahrt und viel Spaß bei der Arbeit. Hab dich lieb." Das Gespräch ist beendet, bevor ich noch etwas erwidern kann. Seltsam.

DREIUNDDREIßIG

Frauke

Was für eine tolle Wohnung! Dieser hohe, offene Raum mit der riesigen Fensterfront ist so beeindruckend. Durch Alexanders spartanische Einrichtung wirkt alles noch viel größer, offener. Die beiden gegenüberliegenden Treppen, die zum Schlaf- und Ankleidezimmer und dem Atelier führen, habe ich erst gestern begutachten können. Vorher waren meine Schmerzen größer als die Neugier. Jeden Tag kann ich mich ein wenig schmerzfreier bewegen. Wobei ich mich jetzt schon zu einer Linkshänderin gewandelt habe. Drei Wochen hat mich mein Hausarzt krankgeschrieben. Keine Ahnung, wie ich die Zeit ohne Arbeit oder Garten überstehen soll. Alexander kommt am Freitag wieder. Wenn das Wetter es zulässt, möchte er mit mir ans Meer fahren und abends steht grillen bei seinen Eltern auf dem Plan. Ich sollte mich beschäftigen. Eins der hundert Bücher lesen, die hier ordentlich in Regalen stehen. Mich ablenken von dem Gedanken an Alexander. Ich weiß zwar nicht warum er die Nacht im Wohnzimmer verbracht hat, aber er schläft. Mittlerweile sieht er wieder frisch und erholt aus. Am Sonntagmittag nach dem Sport und einem kleinen Salat wollte er sich nur kurz etwas ausruhen. Montagmorgen gegen acht Uhr habe ich ihn in der Küche Frühstück machen hören. Mehrmals hat Alexander sich dafür entschuldigt, sich nicht um mich gekümmert zu haben. Erst als ich androhte, mich von Kai abholen zu lassen, ließ er es gut sein. Dabei war ich froh ihn so erholt vor mir zu sehen. Leider sah er ohne die dunklen Schatten unter den Augen noch attraktiver aus.

Kurz zucke ich zusammen, als die Türklingel sich bemerkbar macht. Eine Sekunde schießt mir Angst den Rücken hinauf. Nein! Keine Angst mehr! Wahrscheinlich ist das Elisabeth. Alexanders Haushälterin. Zwar sollte sie erst am Freitag kommen, doch vielleicht hat sie umdisponiert. Ein paar Schritte mache ich von dem Fenster mit der großartigen Aussicht weg, als ich schon einen Schlüssel in dem Schloss höre. Die Tür öffnet sich und Susanne, Alexanders Mutter, erscheint. Unsere Blicke treffen sich. Ihr Lächeln beruhigt mich solange, bis ich bemerke, dass es nicht einmal annähernd bis zu ihren Augen reicht.

„Hallo Frauke, wie geht es dir?", fragt sie und schließt die Tür hinter sich.

Ich nicke und zucke gleichzeitig mit den Schultern. „A-Alexander ist schon u-unterwegs."

„Ja, ja, ich weiß. Ich habe gerade Feierabend und dachte, wir könnten zusammen eine Kleinigkeit essen." Zur Bestätigung hebt sie einen Stoffbeutel, der mir keinen Einblick, um was es sich bei dem Essen handeln könnte, gewährt. Ihre Stimme ist freundlich und sachlich. Ob sie wirklich Feierabend hat? Ich habe das Gefühl, hier hat eben der gute Cop die Bühne betreten. Zielstrebig begibt sie sich in den Küchenbereich, holt Teller aus dem Schrank und stellt sie auf den Tresen.

„Ich hoffe, du magst Sushi. Ich konnte nicht widerstehen, als ich an dem Restaurant vorbei kam.", plaudert sie ohne mich anzusehen. „Was möchtest du trinken?", fragt sie und öffnet schon den Kühlschrank.

„Nichts, danke.", bringe ich flüssig heraus.

„Alles klar." Susanne nimmt den Plastikdeckel von der Verpackung und entnimmt zwei paar Stäbchen aus einer Schublade hinter ihr. Mein zweifelnder Blick auf mein verletztes Handgelenk, als sie mir ein paar sehr schön verzierte Essstäbchen hinhält, lässt sie über sich selber die Augen rollen. Eine Sekunde später liegt an meiner linken Seite eine Gabel.

„Wie gefällt es dir hier?", fragt sie, bevor sie sich ein Stück Sushi von der ansprechenden, bunten Auswahl in den Mund steckt.

„Die Wohnung ist sehr schön." Mit der Gabel schiebe ich mein Essen, das mir Alexanders Mutter ohne zu fragen aufgetan hat, auf dem Teller hin und her. Ihr Blick bleibt prüfend auf mich gerichtet.

„Wir wussten gar nicht, dass ihr euch nahesteht. Alexander und du." Anscheinend hat Alexander seinen Eltern nicht von seinem Schlafplatz in meinem Haus erzählt.

„Seit Sergeys Grillfest besucht er m-mich gelegentlich." Susannes Versuch, einen freundlichen Eindruck zu machen, schwindet immer mehr. Ein Schnauben und ein leichtes Kopfschütteln entschlüpfen ihr, während sie die Stäbchen zur Seite legt. Bei der Vorstellung, was sie sich unter *gelegentliche Besuche* vorstellt, wird mein Gesicht ganz warm. Allerdings verstehe ich nicht, was sie das angeht. Alexander ist schließlich alt genug.

„Wir sind heute von der Staatsanwaltschaft über die Brandursache informiert worden." Mit diesem Satz putzt sie jeden Gedanken an Alexander aus meinem Kopf. Mit zittrigen Fingern lege ich die Gabel beiseite. Bitte lieber Gott, lass es ein technischer Defekt gewesen sein. Das Haus ist alt. Es war ganz sicher ein Kabelproblem.

„Es wurden Spuren von Brandbeschleuniger in Wohnzimmer und Küche festgestellt."

Nach Susannes Worten fühle ich nichts. Wie seltsam. Keine Angst. Keine Panik. Bestenfalls etwas Erleichterung und Bestätigung spüre ich irgendwo in mir. Ich wusste es. Er würde mich finden. Falls er mich überhaupt je verloren hatte. Irgendwie war es Lucian möglich gewesen mich immer im Auge zu behalten. Vielleicht waren es Freunde oder Verwandte gewesen, solange er im Gefängnis saß, doch jetzt würde er seinem Schwur, seiner letzten Worte an mich, nachkommen.

„Frauke." Ein Blick auf die kleine Frau vor mir holt mich nicht aus den Gedanken von meinem Stiefvater, sie nehmen nur eine andere Richtung. Wenn Lucian oder einer seiner Freunde das Feuer in meinem Haus gelegt hatte, dann weiß er jetzt wahrscheinlich wo ich bin. Der Mann in der Cafeteria des Krankenhauses erscheint vor meinem inneren Auge. Und was mir Alexander bedeutet, wird nach der Begrüßung auch klar sein.

„Frauke!", Susannes Stimme und ihr fester Griff um meinen Arm lassen mich zusammenzucken. „Erzähl mir, was los ist." Ich kann sie nur anstarren. Was, wenn der Mörder meiner Mutter es gleichfalls auf Alexander abgesehen hat? Ich habe Susannes Sohn in Gefahr gebracht! Nie habe ich daran gedacht, dass er ebenfalls in den Fokus eines Mörders rücken könnte. Immer hatte ich nur Angst um mich.

„Das h-habe i-ich nicht g-gewollt", stottere ich entschuldigend.

VIERUNDDREISSIG

Frauke

Ich fühle mich wie verbrannte Erde. Lebloser Staub, der keinen Halt im Sturm findet. Seit Jahren verdränge ich die schrecklichen letzten Sekunden im Leben meiner Mama. Die Bilder, der weit aufgerissenen, blutunterlaufenen Augen werde ich lange nicht mehr unterdrücken können. Selbst das unbewusste Zupfen an dem Faden, der sich vom Bündchen meines Pullis gelöst hat, geschieht hinter der Erinnerung von damals. Alles habe ich Susanne erzählt. Jede Kleinigkeit. Das musste ich, denn sie ist die Mutter von Alexander und ihm darf nichts passieren.

Es kommt mir so vor, als hätte ich noch nie in meinem Leben so viel an einem Stück geredet. Dass nur eine halbe Stunde vergangen sein soll, seit ich angefangen habe Susanne mein Leben vorzustottern, ist unglaublich. Mir ist bewusst, dass ich nicht Alexanders Mutter, sondern die Polizistin Susanne Harmann vor mir habe.

Mittlerweile sitzen wir auf dem großen gemütlichen Sofa. Am liebsten würde ich mich in einer Ecke zusammenrollen, doch das machen meine Rippen noch lange nicht mit. Die Hand auf meinem Arm fordert meine Aufmerksamkeit.

„Frauke, das tut mir alles sehr Leid." Susannes Stimme hört sich wie unter Wasser an. Ich beginne mit meinen Atemübungen. Es ist der einzige Weg, der mir hilft, zurück zu kommen, ins hier und jetzt.

„Wer, außer Agnes weiß von deiner Vergangenheit?", unterbricht Susanne die Stille. Einmal noch hole ich tief Luft.

„Hannah."

„Meine Hannah?" Einen Moment ist sie erstaunt, doch dann schüttelt sie mit einem Schmunzeln den Kopf. „Ist es in Ordnung für dich, wenn ich mich mit Agnes in Verbindung setze?" Ein kurzes Nicken von mir reicht ihr. Ich sehe prüfend in das Gesicht, das dem von Alexander so wenig ähnelt.

„Hast du g-gedacht, ich hätte Feuer im Haus gelegt? Du warst so... ü-überrascht, als du meine Tasche bemerkt hast."

„Was? Nein!" Ihre Augenbrauen vermischen sich mit den dunklen Haaren, so empört ist Susanne. „Nicht eine Sekunde habe ich daran gedacht. Ich habe mich gefragt, warum du eine Notfalltasche benötigst." Die Antwort beruhigt mich ein wenig. Einige Sekunden sitzen wir nur still nebeneinander.

„Ich h-habe keine Ahnung, wie es jetzt w-weiter gehen soll", gestehe ich schließlich.„Gib mir ein paar Tage. Ich werde mit meinem Mann sprechen und dann einige Telefonate führen. Vielleicht mache ich auch einen Kurzurlaub in den Schwarzwald, soll ja ganz hübsch dort sein." Ich starre sie an in der Hoffnung, dass sie einen Scherz macht, stattdessen sehe ich nur ein abenteuerlustiges Leuchten in ihrem Gesicht.

„Nein! Bitte Susanne, du d-darfst da nicht hinfahren. Wenn ich r-recht habe, und er m-mich wirklich beobachtet, d-dann weiß er vielleicht wer du bist." Bei dem Gedanken, dass Lucian ihr etwas antut wird mir übel. Susannes warme Hand legt sich beruhigend auf meine.

„Hey, erst einmal warten wir ab, was uns die Polizei dort sagen kann. Solange bleibst du hier. Die Wohnung ist sicher." Die Wohnung vielleicht, aber ich?

„Du s-sagst mir B-Bescheid bevor du nach Celtertal fährst?", flehe ich Susanne förmlich an.

„Natürlich, ich halte dich über alles auf dem Laufenden", erklärt sie geduldig. Sie räuspert sich, bevor sie weiter spricht. „Es geht mich ja nichts an, aber… seid Alexander und du zusammen?"

„Nein, w-wir sind nur Freunde", sage ich schnell und bin mir meiner roten Gesichtsfarbe nur allzu bewusst. Ihre Lippen kräuseln sich ein wenig.

„Alexander hatte noch nie weibliche Freunde." Aber eine neugierige Mutter.

„Dann bin ich w-wohl die Erste." Nur in meinen Tagträumen war ich für Alexander mehr als eine Freundin.

„Also gut. Dann werde ich mich jetzt mal bei Agnes und den Kollegen über den Mann informieren."

FÜNFUNDDREISSIG

Alexander

Nur noch ein paar Stunden, dann geht es zum Bahnhof und ab nach Hause. Natürlich huscht Fraukes Gesicht durch meinen müden Kopf. Ich bin erschöpft. Doch nur so, wie die anderen Leute am Set auch. Ich fühle mich nicht aufgerieben. Das Schlafen war kein Problem und die Packung Schmerztabletten ist noch ungeöffnet. Dafür habe ich jeden Abend mit meinem grünen Kobold telefoniert.

Sie arbeitet sich gerade durch das Regal mit Bildbänden. In den ersten Jahren meiner Modelkarriere habe ich aus jeder Stadt, in der ich gearbeitet habe, ein Fotobuch mitgebracht. Fast berauscht es mich sie so beeindruckt, beinahe euphorisch zu erleben. Ihr Stottern ist kaum noch vorhanden, selbst wenn sie schnell redet. Es war so rührend wie sie mir von der Haribo-Werbung, die sie im Fernsehen gesehen hatte, erzählte.

„Oh Alexander, das war so niedlich. Zwei Männer die am Holzzaun gelehnt, sich mit diesen Kinderstimmen über einen Baum voll roter Gummibärchen unterhalten. Ich habe die Werbung schon im Radio gehört, aber sie zu sehen war so süß."

„Möchtest du Kinder?" Meine Frage kam selbst für mich unerwartet. Doch seit sie bei mir wohnt, wird aus dem grünhaarigen Kobold, der in seiner Welt nur in Ruhe gelassen werden will, eine ganz normale, offene junge Frau. Mit grünen Haaren. Einen Augenblick musste ich auf die Antwort warten, doch dann kam ein klares „Ja". Diese Frage hatte ich weder einer der Frauen, mit denen ich *zusammen* war, noch mir selbst je gestellt. Selbst meine kleine, süße Nichte Cloe hatte mich nicht auf solche Überlegungen gebracht. Von mir selbst etwas irritiert beendete ich dann das Gespräch.

„So, ich bin weg. Bis Montag!", rufe ich den beiden Kollegen zu, die noch in ein Gespräch vertieft sind. Ihre Antwort höre ich nicht mehr, denn ich eile Richtung Ausgang. In nicht ganz zwei Stunden fährt mein Zug. Zum Hotel brauche ich nicht mehr. Die Tasche mit der schmutzigen Wäsche habe ich bei mir. Der kleine Fußmarsch bis zum nächsten Taxistand wird meinem Kopf guttun. Meine Gedanken kreisen schon wieder um Frauke. Nicht nur meine Gedanken. Mein ganzer Körper kribbelt.

„Wohin so eilig mit diesem Grinsen auf dem Gesicht?" Mein Kopf wendet sich dem Fragesteller zu. Thomas.

„Hey, was machst du denn hier?" Mein Freund steht mit verschränkten Armen an sein Auto gelehnt. Eine Schande, dass er nicht mehr modelt. Mit seinen blonden Haaren, den verwaschenen Jeans und dem weißen T-Shirt hat er noch mehr Ähnlichkeit mit James Dean als ohne hin schon.

Aufgrund seiner verspiegelten Sonnenbrille kann ich seine blauen Augen nicht sehen. Das kleine Lächeln würde sowieso nicht bis dorthin reichen.

„Na, du kennst doch den Spruch mit dem Berg und dem Propheten." Verständnislos ziehe ich die Stirn in Falten und gehe zu ihm rüber.

„Wir haben uns doch erst vor ein paar Tagen gesehen."

„Ja, aber nach deinem Abgang in Mailand hast du dich nicht mehr gemeldet." Als ich vor ihm stehe, zieht er mit einem Finger seine Sonnenbrille etwas hinunter und sieht mich über die Gläser hinweg prüfend an.

„Du siehst gut aus", urteilt er nach einem Augenblick, „hast du jemanden am Set gefunden, der dir beim *Schlafen* hilft?" Der Ton seiner Frage lässt keinen Zweifel daran, was genau er meint. Thomas ist seit vielen Jahren mein bester Freund. Er weiß alles über mich. Die anfängliche Unsicherheit, ob ich gut genug in meinem Job bin, hat sich zu einer katastrophalen Angst entwickelt. Thomas ist die einzige Person, der ich es erzählt habe. Ich vertrau ihm bedingungslos. Keine Ahnung wie oft er mich auf irgendwelchen Partys davor bewahrt hat, mich mit Alkohol oder Drogen zu betäuben. Mit einem Blick erkennt mein Freund, ob er mich in einer Gesellschaft alleine lassen kann weil die Schmerzen, Erschöpfung und Zweifel mich noch nicht völlig im Griff haben, oder ich nur noch eines will und brauch: Ablenkung. Er akzeptiert meine Frauengeschichten als das, was sie sind. Die einzige Möglichkeit, um mich zumindest kurzfristig soweit zu entspannen, dass ich den notwendigen Schlaf bekomme. Unsere Freundschaft ist keine Einbahnstraße. Vor zwei Jahren starb Thomas Mutter ganz überraschend. Es war an einem Wochenende und Thomas war zuhause. Einfach so, wurde sie uns allen endrissen. Unsere Familien sind seit Jahren eng befreundet. Der plötzliche Tod von Nadine nahm uns alle sehr mit. Ich nahm mir damals eine dreimonatige Auszeit, um für meinen Freund da zu sein. Gemeinsam fuhren wir ans Meer. In das Ferienhaus von Thomas Familie und den Lieblingsort seiner Mutter. In den Dünen sitzend und auf das Meer blickend haben wir uns an Nadine erinnert und um sie geweint. Vier Wochen blieben wir dort, bis unser Kummer und Verzweiflung endlich in Akzeptanz umschlug. In den folgenden Monaten wohnte ich bei meinem Freund, um für ihn da zu sein und ein Auge auf ihn zu haben. Als es für mich an der Zeit war, wieder in mein Berufsleben zurück zu kehren musste ich zu meiner Schande gestehen, dass es mir nie besser gegangen war. Ich hatte die meiste Zeit sehr gut geschlafen und von den schmerzhaften Verspannungen war nichts mehr übrig.

Thomas und ich sind mehr Brüder als Freunde. Immer sind wir füreinander da. Keine Geheimnisse stehen zwischen uns. Das dachte ich zumindest. Mir fallen die Fotos von ihm und Ilka ein. Plötzlich möchte ich nicht, dass er von Frauke erfährt. Von Frauke und mir. Noch sind sie und ich kein richtiges *wir*, aber vielleicht … irgendwann.

Als Antwort zucke ich nur vielsagend mit den Schultern. Ich will ihn nicht belügen, doch von Frauke möchte ich ihm auch nichts erzählen.

„Also, was machst du hier?", wiederhole ich meine Frage.

„Du hast mir doch erzählt, dass du hier drehst. Außerdem hat deine Mum mich für heute Abend eingeladen." Ich hoffe, ich bin Schauspieler genug, damit er nicht bemerkt, wie ungelegen mir seine Anwesenheit kommt.

„Bist du extra von Hamburg nach Köln gekommen, um mich abzuholen?", frage ich erstaunt.

„Nein. Ich war bei Anna", bevor er weiter spricht, schaut er mich prüfend an. Ich muss mich nicht extra bemühen, ein gleichgültiges Gesicht zu machen. Nicht erst seit Frauke ist es mir egal mit wem meine Kolleginnen sich neben mir noch treffen. „Da dachte ich, ich könnte dich mit zurücknehmen", beendet er schließlich den Satz. Ein leichtes Kribbeln huscht über meinen Rücken. Ich schätze, es könnte Unwille sein. Wenn ich mit ihm nach Hause fahre, kann ich nicht länger verschweigen, welche Rolle Frauke für mich spielt.

„Ich habe schon das Zugticket", sage ich und fühl mich richtig mies. Was für eine blöde Ausrede. Das ist absolut lächerlich.

„Wow", lacht Thomas, „du bist wirklich ein schlechter Schauspieler. Los steig ein." Damit dreht er sich um, öffnet die Fahrertür und lässt sich geschmeidig hinter das Steuer des schwarzen Porsche gleiten. Trotz zusammengebissenen Zähnen setze ich mich erleichtert auf den Beifahrersitz.

Alexander

„So, jetzt erzähl mal was passiert ist, nachdem du wie ein Verrückter aus Mailand geflüchtet bist", fordert mich Thomas auf, nachdem wir über meinen aktuellen Dreh gesprochen haben.

„Ich bin nicht geflüchtet, sondern zur Rettung geeilt", imitiere ich seinen leichten Ton.

„Ja, und konntest du jemanden retten?", fragt er mich nach einem Augenblick des Schweigens.

„Ne", antworte ich lachend, „der Flug hatte Verspätung. Das Haus lag schon in Schutt und Asche." Ich schüttle schnaufend den Kopf. „Ich bin einfach in Panik geraten bei den Bildern. Total bescheuert." Einmal atme ich noch tief durch. „Und du, hast du dir noch ein schönes Wochenende in Mailand gemacht?" Einen Moment sieht er zu mir und dann wieder auf die Straße. Eine Sekunde verspannt sich sein Kiefer, doch dann lächelt er breit.

„Nein, ich bin am nächsten Tag abgereist und habe es mir mit Anna gemütlich gemacht."

„Du und Anna also?", frage ich mit einem Lächeln. Wieder fällt ein kurzer Blick in meine Richtung.

„Würde es dir etwas ausmachen?"

„Wenn du mit Anna zusammen wärst? Nein, warum sollte es? Sie ist eine tolle Frau, aber Beziehungen sind nichts für mich." Ich bin mir ziemlich sicher, dass das die Wahrheit ist. Anscheinend habe ich meinen besten Freund ebenso überzeugt, denn er nickt leicht und sein Kiefer entspannt sich.

„Was war denn die Brandursache?" Die Frage überrascht mich. Nicht weil Thomas sie stellt, sondern weil ich mir diese Frage nie gestellt habe.

„Na, ich denke ein technischer Defekt", gebe ich meine Unwissenheit zu. Was sollte es auch sonst gewesen sein. Bevor er jetzt doch noch irgendwie auf Frauke zu sprechen kommt, frage ich ihn nach seiner neusten Rolle. Schließlich kommt nach dem etwas holprigen Beginn wieder die gewohnte freundschaftliche Stimmung zwischen uns auf.

S I E B E N U N D D R E I ß I G

Alexander

Über vier Stunden später stehen wir vor dem Haus, in dem ich wohne. Normal wäre es, ihn jetzt zu fragen, ob er mit hochkommen will, da wir uns später aber eh noch sehen, erspare ich mir das.

„Danke für die Fahrt, und bis nachher", verabschiede ich beim Aussteigen. Seine Antwort warte ich gar nicht ab, denn ich will nach oben. In meine Wohnung. Die letzte halbe Stunde konnte ich mich nur noch schwer auf Thomas konzentrieren. Dafür schummelten sich die Gespräche mit Frauke immer mehr in den Vordergrund. Ihre Stimme, weich und tiefer als man es bei ihr vermuten würde, geht mir immer sofort unter die Haut. Gesellt sich zu dem Kribbeln, das ich überall spüre, wenn ich nur an sie denke. Noch nie habe ich das erlebt. Und ganz ehrlich? Ich bin mir nicht sicher, ob mir das gefällt. Immer öfter muss ich den kleinen Kobold aus meinen Gedanken verdrängen, um mich auf meine Arbeit zu konzentrieren. In den letzten Wochen ging es mir gut, wenn ich bei Frauke war. Jetzt schlafe ich mit einem albernen Lächeln ein, weil ich mit ihr telefoniert habe und ich weiß, dass sie in meiner Wohnung auf mich wartet. Aber ich spüre auch dieses Ziehen in meinem Rücken, das sich nicht erklären lässt. Es ist unangenehm, dieses Gefühl. Noch widerwärtiger als der Grund meiner Schlaflosigkeit. Nur weiß ich nicht, wie es heißt.

Ohne mich bei dem Geräusch des wegfahrenden Porsches noch einmal umzudrehen, ziehe ich meine Haustürschlüssel heraus. Wenn der Fahrstuhl nicht unten ist, laufe ich die acht Stockwerke. Auf dem kurzen Weg durch den Hausflur ziehe ich mein Handy heraus und schicke Frauke ein: *Bin da*

Der Aufzug ist in der ersten Etage. Mein Gott, war das Ding schon immer so langsam? Die Tür ist noch nicht ganz geöffnet, da schlüpfe ich hindurch und drücke auf die Acht. Nur noch eine Minute, dann bin ich endlich bei ihr. Ich komme mir vor wie ein Kind, das gleich Weihnachtsgeschenke auspacken darf. Dabei darf ich Frauke ganz bestimmt nicht auspacken. Nein, daran werde ich jetzt ganz sicher nicht denken. Eine Minute kann ganz schön lang sein. Thomas Frage fällt mir wieder ein: *Was war denn die Brandursache?* Dass ich mich das nicht schon selber gefragt habe. Das ist so typisch für mich geworden, nur noch an die Arbeit oder an Frauke zu denken. Doch mir reicht die Tatsache, dass sie jetzt bei mir wohnt, das „*Warum*" habe ich völlig vergessen. Der Fahrstuhl hält. Und mit ihm der hoffnungslose Versuch, mich gedanklich auf etwas anderes als Frauke zu konzentrieren. Die Fahrstuhltür gleitet zur Seite und gibt den Blick auf mein Mädchen frei. Da steht sie. An der offenen Tür meiner Wohnung gelehnt. Ich finde sie gehört genau dort hin. Verkrampft versucht sie, ein Lächeln zu unterdrücken, sodass ihre Lippen ganz fest zusammengepresst sind. Mein Herz schlägt schnell, als wäre ich die acht Stockwerke hochgesprintet. Nichts lenkt meinen Blick von ihren blauen Augen ab, die immer größer werden je näher ich ihr komme. Auf der Türschwelle lasse ich den Rucksack fallen. Dieses Kribbeln im Bauch kennt kein Stoppschild, nicht einmal einen Warnhinweis. Ohne zu zögern nehme ich ihr schönes Gesicht in die Hände.

„Endlich", entschlüpft es mir mit rauer Stimme. Ich verteile keinen fragenden Blick, ich küsse sie einfach.

ACHTUNDDREISSIG

Frauke

Den ganzen Tag habe ich mir gesagt: Reiß dich zusammen. Alle paar Minuten auf die Uhr zu sehen bringt ihn nicht eher nach Hause. Nach Hause. Ich kann mir zehn Mal am Tag sagen, dass dies hier nicht mein Zuhause ist, es ändert nichts daran, dass es sich so anfühlt. Mittlerweile wehre ich mich nicht mehr gegen dieses Gefühl von Wärme, Sicherheit und Zuversicht. Denn sobald ich mich wieder der Realität stelle, bin ich nur noch ein jämmerliches Etwas. Gestern war Alexanders Mama, Susanne, hier. Sie berichtete von Anrufen und Gesprächen mit Agnes und den Behörden in Celtertal, und dass das Feuer nicht von meinem Stiefvater gelegt worden sein kann, weil er ein Alibi für die Tatzeit hat. Nach dem Gespräch fuhren wir beide zum zuständigen Polizeirevier, damit ich dort meine Aussage zu der Nacht des Brandes machen konnte. Die Angst vor Lucian hat auch nach Susannes Besuch nicht nachgelassen. Wahrscheinlich ist doch, dass der Anschlag von einem Freund, oder einem Familienmitglied meines Stiefvaters begangen wurde. Einen ganz kleinen Moment kam die Hoffnung in mir auf, dass die Brandursache vielleicht ein Fehler der Ermittlungen gewesen sein könnte. Unglaublich, dass ich einmal dankbar für einen technischen Defekt sein würde. Die einzigen Momente, in denen ich Lucian für eine Zeit verdrängen konnte waren die, in denen ich mit Alexander telefonierte. Oder eine Nachricht von ihm bekam. Oder an ihn dachte. Es hat sich etwas zwischen uns verändert. So eine Art Akzeptanz für die Gefühle, die wir für einander haben. Also zumindest ist es bei mir so. Natürlich könnte Alexander, das Model und angehender Schauspieler, weiterhin seine Frauengeschichten haben und ich mir nur einbilden, dass er etwas für mich empfindet, doch es fühlt sich echt an. Wie eine liebeskranke

Henne lese ist jede einzelne Nachricht von ihm ungefähr zehnmal. Nicht immer antworte ich, nicht weil ich Angst habe etwas Falsches zu schreiben, sondern aus Furcht zu viel preiszugeben. Ich erkenne den Unterschied aus spaßigem Flirten oder ehrlichen Gefühlen in einer Nachricht nicht. Mein erneuter Blick zur Küchenuhr wird von dem Piepen einer eingehenden Nachricht abgelenkt.

Alexander: *Bin da.* Wie jetzt? Er sollte doch erst in zwei Stunden hier sein! Das Kribbeln von Hundert Ameisen in meinem Bauch wird vom Brummen ebenso vieler Hummeln ersetzt. Mein Spiegelbild macht die Nervosität nicht besser. Ich müsste schon längst das Grün meiner Haare erneuern. Ich öffne die Wohnungstür und sehe auf der Anzeige, wie der Fahrstuhl nach oben fährt. Mit aller Macht versuche ich, nicht wie ein bescheuertes Honigkuchenpferd zu grinsen. Die Fahrstuhltür öffnet sich und Alexanders strahlend grüne Augen lassen mich nicht einmal aus ihrem Bann. Ein paar Schritte und dann ist er bei mir. Nur nebenbei höre ich, dass seine Tasche zu Boden fällt. Ein leises „endlich" und dann ist da nur noch sein Kuss.

Es ist nicht so, als wäre ich noch nie geküsst worden, oder hätte noch nie mit einem Mann geschlafen. Selbst wenn ich eher introvertiert und aufgrund meiner Vergangenheit äußerst skeptisch anderen Menschen gegenüber bin, gab es immer mal wieder jemanden, der es geschafft hatte meine Aufmerksamkeit zu erregen und in den ich auch verliebt war. Doch das hier ist so anders als das, was ich bisher erlebt habe. Alexander ist anders. Meine Gefühle für ihn sind anders. Ohne Angst vor Konsequenzen würde ich mich hier und jetzt auf ihn einlassen. Er ist der schönste Mann den ich kenne. Und der Verletzlichste. Seine Hände streichen über meinen Körper, drücken mich fest an ihn. Sein tiefer Seufzer, als ich meinen Mund öffne und damit den Kuss vertiefe, überzieht meinen ganzen Körper mit einer herrlichen Gänsehaut. Noch nie habe ich für jemanden so empfunden wie für diesen Mann hier. Mit meiner gesunden Hand fasse ich in sein Haar, das ich schon seit einer gefühlten Ewigkeit berühren wollte. Es ist genauso voll und weich wie ich es mir gedacht habe. Eine seiner großen Hände bleibt auf meinem Hintern liegen. Er unterbricht diesen immer gieriger werdenden Kuss. Unsere Blicke treffen sich und bestimmt sind meine Pupillen genauso geweitet wie seine.

„Ich will dich so sehr", sagt er mit rauer Stimme. Ich nicke nur, weil ich meiner Stimme nicht vertrauen kann.

NEUNUNDDREISSIG

Alexander

Oh Mann, hoffentlich war das kein Fehler. Es ist das erste Mal seit Jahren, dass ich nicht mit einer Kollegin geschlafen habe. Normalerweise stehe ich jetzt auf und mache mich auf den Weg nach Hause oder zu meinem Hotelzimmer. Zumindest drehe ich mich um, damit mein entspannter und schmerzfreier Körper den dringend benötigten Schlaf bekommt. Jetzt bin ich zu Hause und ganz ehrlich, ich will nirgendwo anders sein. Die Frau neben mir liegt mit dem Rücken zu mir. Vorsichtig streiche ich über Fraukes angebrochene Rippen. Ein Schmunzeln schleicht sich auf mein Gesicht. Ich bin mir sicher, dass ich noch nie so langsamen und behutsamen Sex hatte. Wir liegen im Bett des Gästezimmers. Gleich nach ihrem Einverständnis durch das Nicken und das Verdunkeln ihrer wunderschönen Augen habe ich angefangen, ihre Bluse zu öffnen. Einen Moment zweifelte ich an meinem Verstand als ich auf den großen, mittlerweile grünen Bluterguss an ihren Rippen stieß. Ich stockte und sah entschuldigend in das hübsche Gesicht vor mir. Doch sie zog meinen Kopf zu sich und küsste mich mit so viel Leidenschaft, dass kein Rückzug mehr möglich war.

Ihr Körper ist weich, nicht so durchtrainiert wie der von Ilka und den anderen Frauen. Es fühlte sich einen Moment ungewohnt an, statt gepflegte manikürte Finger ihre leicht schwieligen Hände an meinem Körper zu spüren. Doch schon jetzt fehlt mir Fraukes Berührung. Obwohl sie neben mir liegt, ist sie zu weit weg. Vorsichtig greife ich nach meinem Handy, das auf der kleinen Konsole neben dem Bett liegt. Aus dem Bad kommend hatte ich nicht vor gehabt mich wieder zu der Frau ins Bett legen. Bei dem Anblick der schon fast schlafenden Frauke konnte ich jedoch nicht widerstehen. Wie ein verliebter Idiot habe ich mich an sie gekuschelt und bin tatsächlich eingenickt.

Ich bin nicht eingenickt, sondern eingeschlafen! Verdammt. Zwei Stunden. Ich sollte schon längst bei meinen Eltern sein.

Noch bevor ich in die Straße einbiege, in der meine Eltern wohnen und Hannah und ich aufgewachsen sind, erkenne ich einige der Autos. Wahrscheinlich werden wieder so um die fünfzig Gäste da sein. Das ist auch der Grund, warum ich allein hier aufkreuze. Entsetzt riss Frauke die Augen auf, als ich sie fragte, ob sie nicht mitkommen wolle. Vielleicht hätte sie mich begleitet, wenn nur die Familie zusammengesessen hätte. So bekam ich nur ein „nächstes Mal" als Antwort.

„Wo ist Frauke?", ist das Erste, was meine Mutter von mir wissen will, als ich auf meine Familie zusteuere.

„Hallo Mama." Ich beuge mich zu ihr herunter und drücke einen Kuss auf ihre Wange. „Sie war müde, denke ich. Keine Ahnung." Ich habe wirklich keine Lust, von meiner Mutter ins Kreuzverhör genommen zu werden. Demonstrativ winke ich einigen der Gäste zu, die ich schon seit Jahren kenne. Mein Vater steht mit einer Flasche Bier am Grill und redet mit Thomas.

„Hallo Papa", begrüße ich ihn als bei ihnen ankomme.

„Hallo Junge, bist du allein?" Was ist nur mit meiner Familie? Noch nie habe ich eine Frau mit nach Hause gebracht, trotzdem erwarten alle, dass ich Frauke mitbringe.

„Ja, wie immer", antworte ich etwas genervt. „Aber wenn es dich beruhigt, ich habe später noch eine Verabredung." Mit hochgezogenen Brauen hält mein Vater seinen Blick auf mich gerichtet.

„Das Schauspielern scheint dir gutzutun", erklärt er, als ich ihn auffordernd ansehe. „Du siehst nicht so erschöpft aus wie sonst."

„Ja, es macht wirklich Spaß. Die Leute sind nicht so anstrengend wie in der Modelbranche." Ich scheine wirklich ein Naturtalent zu sein, denn er scheint keinen Zweifel an das Gesagte zu haben.

„Du kommst spät", bemerkt Thomas neben mir leise und etwas vorwurfsvoll. Ich zucke nur mit den Schultern.

„Bin eingepennt", lasse ich lapidar fallen und hoffe, dass es Erklärung genug ist. Gerade beginnt ein erneuter kritischer Blick von ihm mich zu durchlöchern, da tritt eine schöne brünette Frau zu uns. Mit einem kleinen schüchternen Lächeln reicht sie Thomas ein alkoholfreies Bier. Mein Freund entlässt mich mit einem prüfenden Ausdruck und bedankt sich bei der Schönheit mit einem Lächeln, das ich nur zu gut kenne. Diese junge Frau ist ihm schnurzpiepegal. Er hat sie als hübsches Beiwerk mitgebracht und vielleicht wird er noch die Nacht mit ihr verbringen und dann war es das.

„Das ist Chantal", stellt Thomas seine Begleiterin vor. Neugierig warte ich darauf, dass sie spricht, aber sie nickt mir nur weiter lächelnd zu.

„Hi, ich bin Alexander", stelle ich mich selber vor und reiche ihr meine Hand. Sie legt ihre schlanke Hand mit den rot lackierten Fingernägeln in meiner, über ihre Lippen kommt jedoch nur ein leises „Hi". Bevor ich noch einen weiteren Versuch starten kann, einen ganz speziellen Akzent aus Chantal zu kitzeln, steht plötzlich meine Tante Susanne neben mir.

„Erzähl mir alles über Andreas Metzger", fordert sie mich ohne eine Begrüßung auf.

„Ah, meine Lieblingstante!" Ich lege den Arm um sie und lächle sie an.

„Schleim nicht rum", gibt sie mit gespielter Strenge zurück, „ich bin mir bewusst, dass ich deine einzige Tante bin. Und jetzt rede!" Schulterzuckend und grinsend führe ich die Schwester meines Vaters in Richtung Gartenbank, auf der sich auch zufällig gerade meine Mutter setzt. Kaum stehe ich vor ihr, reden wir beide gleichzeitig.

„Wo ist Frauke?", wünscht meine Mutter von mir zu wissen.

„Was ist die Brandursache?", frage ich im gleichen Augenblick.

VIERZIG

Frauke

Ich bin so bescheuert. Grinse vor mich hin wie ein Honigkuchenpferd. Sogar unter der Dusche konnte ich es mir nicht verkneifen. Selbst als mir das Shampoo in die Augen lief, verging es nicht. Jeder klare Gedanke, der sich mit Hammer und Meißel Zutritt in mein Hirn verschaffen will, wird erbarmungslos von meinem Herz abgewehrt.

Ich bin gespannt, wann Alexander von seinen Eltern wiederkommt. „Ich bleib nicht lange", hat er mir nach einem letzten Kuss zugeflüstert. Oh Mann, dieses Kribbeln in meinem Bauch macht mich ganz fertig. Zumindest bin ich schon mal geduscht, selbst wenn es mir schwerfiel das warme Bett, das so herrlich nach seinem Rasierwasser duftet, zu verlassen. Wie es jetzt wohl wird, wenn er nach Hause kommt? Ob er es schon bedauert? Oder … ob wir jetzt zusammen sind? Ein kurzes Lachen entschlüpft mir. Nein, ganz sicher sind wir, nur weil wir mit einander geschlafen haben, jetzt kein Paar. Das ginge auch gar nicht.

Ein Klopfen an der Tür lässt mich kurz zusammen zucken. Das ist Alexander. Mit nackten Füßen eile ich den Flur entlang und reiße praktisch die Tür auf. Das ist definitiv nicht Alexander. Vor mir steht nicht einmal ein Mann. Wir strahlen einander an und einen Augenblick später wird uns bewusst, dass wir das abwesende Supermodel damit beschenken.

„Oh. Hallo", findet mein Gegenüber zuerst ihre Stimme wieder. „Äh, ich habe hier ein Päckchen für Alexander. Der Postbote bat mich, es anzunehmen, und ich … also … ist Alexander da?" Die Frau vor mir ist eine mollige, attraktive Blondine. Doch ich glaube, in Wirklichkeit ist sie so blond, wie ich grünhaarig. Ich schätze sie unter ihrem üppigen Make-up auf Ende dreißig. Sie trägt eine Skinny Jeans, die ihre breiten Oberschenkel fast ungesund zusammenpressen. Das schwarze Tank Top ist offensichtlich nicht dazu gedacht, ihre beachtliche Oberweite zu verheimlichen. Ich habe es deutlich bequemer, denn statt hochhackigen schwarzen Wildlederstiefeletten bin ich barfuß. Nach der Dusche habe ich mir ein Hemd von Alexander ausgeliehen. Zum Glück verdeckt es den größten Teil *meiner* Oberschenkel. Mit nassen, grün-blonden Haaren sehe ich wahrscheinlich wie eine Obdachlose aus.

„N-Nein, er ist bei s-seinen E-Eltern", presse ich nach einem kurzen Räuspern heraus.

„Und du bist…?" Ihr Ton wird ein bisschen freundlicher, allerdings nicht sehr überzeugend. Ja, wer bin ich? Gute Frage. Mir fällt nichts ein, also lass ich einfach Luft aus meinem Mund und heraus kommt: „Besuch". Geht doch. Um ein etwaiges Verhör aus dem Wege zu gehen, halte ich die Hand in Richtung des kleinen Paketes auf. Der Blick der Nachbarin geht zwischen dem Päckchen und mir hin und her. „Bist du Frauke Schneider?"

Ich benötige einige Sekunden bis ich begreife, dass das Paket offensichtlich ebenfalls meinen Namen trägt. Augenblicklich bleibt mein Herz stehen und mein Verstand, gerade noch umnebelt von irgendwelchen scheiß Glückshormonen, ist wieder voll im Panikmodus. Ich versuche mich selbst zu beruhigen, indem ich mir sage, dass es wahrscheinlich von den Männern ist, mit denen ich schon seit Jahren zusammen arbeite. Es könnte auch von Agnes sein. Aber es funktioniert nicht. Ich greife nach dem Päckchen und im Umdrehen werfe ich der Frau die Tür vor der Nase zu. Schwer atmend gehe ich in den Küchenbereich und lasse das Ding in meinen Händen auf den Tresen fallen. In einer männlichen Handschrift steht als Empfänger: *Alexander Harmann zu Händen Frauke Schneider*. Okay. Das ist eindeutig für mich. Kenne ich die Handschrift? Ein bisschen ähnelt sie der von Kai. Ich wische meine schweißnassen Hände an dem schwarzen Stoff von Alexanders Hemd ab und hebe das Päckchen erneut auf. Es ist nicht besonders schwer. Als ich es leicht hin und her bewege, verschiebt sich etwas im Inneren. Über mich selber schimpfend, weil ich nicht den Mut aufbringe das Pflaster mit einem Ruck zu entfernen, reiße ich endlich die Lasche auf, die den Deckel öffnet. Allerdings bin ich jetzt mit so viel Elan dabei, dass der Inhalt mit einem dumpfen Geräusch zu Boden fällt.

Was zu Hölle ist das? Etwas Tiefschwarzes ist in einem Gefrierbeutel vakuumiert. Mit zwei Fingern hebe ich es auf und begutachte es aus der Nähe. Als mir endlich klar ist, was ich da vor mir habe werfe ich voller Entsetzten das Ding von mir. Eine verbrannte Ratte.

EINUNDVIERZIG

Alexander

Fassungslos sehe ich meine Mutter an. Mittlerweile sind wir in mein altes Kinderzimmer umgezogen. Wenn auch widerspenstig erzählt sie mir von der Brandursache und Fraukes Geschichte.

„Und dir ist nicht die Idee gekommen, mir das schon vorher zu erzählen?", frage ich sie aufgebracht.

„Wir wollten ja mit dir sprechen, aber du hattest Frauke so schnell zu dir geholt, dass es keine Gelegenheit mehr dafür gab. Außerdem bin ich der Meinung, dass es eigentlich an Frauke ist, dir ihre Geschichte zu erzählen."

Mal wieder bin ich stinksauer. Nicht auf meine Eltern oder besser gesagt meine ganze Familie. Denn anscheinend wissen alle außer mir Bescheid. Nein, auf mich bin ich wütend. Jede freie Minute habe ich Frauke eine Nachricht geschickt. Wir haben am Abend telefoniert. Natürlich habe ich sie gefragt wie es ihr geht, ob Rippen und Handgelenk weniger schmerzen, was sie den Tag gemacht hat, doch eigentlich wollte ich nur sichergehen, dass sie bei mir zu Hause ist. Für mich da ist, wenn ich nach Hause komme, ich ihre Anwesenheit ...

benutzen kann, um zu schlafen, mich zu entspannen. Nicht einen Gedanken habe ich mir um die Brandursache gemacht. Und jetzt, was soll ich jetzt tun? Brandstiftung! Von meiner Mutter bekomme ich keine Infos mehr.

„Den Rest muss sie dir erzählen", höre ich sie durch meine wirren Gedanken sagen. Ja, und das wird sie! Ich wende mich zur Tür. Mit der Klinke in der Hand drehe ich mich noch einmal um.

„War das ein Anschlag auf Frauke oder ging das gegen Hannahs Firma?" Ihre blassgrünen Augen fixieren mich. Kein Wort kommt über ihre Lippen und doch sagen sie alles.

„Scheiße", ist das Letzte, was ich vor mich hin brumme. Nur ein paar Minuten später sitze ich in meinem Wagen, auf dem Weg nach Hause.

ZWEIUNDVIERZIG

Frauke

Es ist schon dunkel, als ich den Klingelknopf vor mir betätige. Einerseits hoffe ich, dass mir geöffnet wird, andererseits … Na ja, es ist halt eine bescheuerte Idee, hier unangemeldet zu erscheinen. Aber mir fiel niemand anderes ein, von dem der Brandstifter hoffentlich nichts weiß. Ein Summen ist zu hören. Mit der Tasche in meiner gesunden linken Hand stoße ich die Tür auf und mache mich auf den Weg ins zweite Stockwerk des Altbaus. Ich habe noch vier Stufen vor mir, bis ich mein Ziel erreicht habe, trotzdem stocke ich in der Bewegung, als ich den Mann sehe, der in seiner Tür steht. Dort steht ein ein Meter achtzig großer, gut aussehender Kerl in einem Nachthemd, auf dem die Blüte eines riesigen Gänseblümchens zu sehen ist.

„Frauke?" Natürlich ist er überrascht, dass ich hier bin, ich bin es ebenso.

„Hallo Constantin", bringe ich mühelos über meine Lippen. Der Mann mit der zerknitterten Frisur tritt sofort zur Seite, sobald ich vor ihm stehe. Hilfsbereit nimmt er mir die Tasche ab und zeigt auf einen Raum links von mir.

„Wie geht es dir?", fragt er aufrichtig interessiert. „Ich habe von dem Brand gehört und mich bei Kai über dich erkundigt", gibt er mit errötenden Wangen zu. Hoffentlich hat mein Kollege nicht erzählt, wie schrecklich ich das Date mit ihm fand.

„Ich habe noch mal G-Glück gehabt. Nur ein paar B-Blessuren", antworte ich und hebe das lädierte Handgelenk ein wenig an. Ich betrete eine kleine Küche und sobald Constantin Platz genug hat, bedeutet er mir, mich auf einen der zwei vorhandenen Stühle zu setzen.

„Ich werde dir erst einmal einen Tee kochen", sagt er und greift nach dem Wasserkocher. „Ich habe da eine ganz tolle Mischung. Sie wirkt beruhigend und schmerzlindernd." Sobald alles vorbereitet ist, dreht er sich breit lächelnd zu mir um und sieht mich erwartungsvoll an. Es war eine blöde Idee hierher zu kommen. Das Schweigen zieht sich unangenehm in die Länge, nur der Wasserkocher rauscht vor sich hin.

„Oh, ich habe noch eine Laugenbrezel, sie ist allerdings von heute Nachmittag", sagt er so plötzlich, dass ich erschrocken zusammen zucke. Schon wendet er sich dem Kühlschrank zu.

„Nein, nein danke", antworte ich und atme noch einmal tief ein. „Constantin, ...", ich warte bis er mich wieder ansieht, „ich b-brauche für ein paar T-Tage eine B-Bleibe."

„Oh. Ja, natürlich. Ich habe Platz. Ich bezieh dir schnell das Bett im Gästezimmer. Bleib solange du willst." Als hätte jemand eine Starterpistole abgeschossen, eilt er aus dem Raum.

„Constantin", halte ich ihn auf, bevor er die Küche verlässt. Als er sich mir zuwendet, sehe ich ihn fest an. „Es ist wichtig, dass niemand erfährt, dass ich hier bin." Einen Moment wird sein Blick zweifelnd, aber dann nickt er nur und setzt seine Mission fort.

DREIUNDVIERZIG

Frauke

Der Ausblick aus dem Fenster meines Zimmers ist nichts im Vergleich zu Alexanders Wohnung. Doch statt zu bedauern, sollte ich froh sein, dass mein neuer Schlafplatz nicht unter einer Brücke ist. Die Nacht war schrecklich. Ständig musste ich an Alexander denken. Ich hatte ihm nur eine kurze Nachricht auf einem Zettel hinterlassen: *Sorry, muss weg.* Das Handy habe ich auch da gelassen. Mit tief ins Gesicht gezogener Kapuze und meiner Tasche bin ich zur nächsten Bushaltestelle geeilt. Nur weg, war das Einzige, an das ich denken konnte. In dem fast leeren Bus der Richtung Hauptbahnhof fuhr, kam mir dann die Frage, wo ich nun hinsollte. Irgendwann fiel mir Constantin ein. Außer Kai hatte niemand eine Ahnung, dass ich einmal mit ihm unterwegs gewesen war. Zum Glück erinnerte ich mich an seine Adresse, die er mir bei unserem Spaziergang genannt hatte. Nach einigen Überlegungen entschloss ich mich, zu ihm zu fahren.

Ich bin alleine. Mein neuer Vermieter ist zur Arbeit, als Altenpfleger muss man selbst am Sonntag raus. Selbstverständlich hat er mir noch eine Kanne Kräutertee gekocht, sowie Müsli und eine Schüssel auf den Tisch gestellt. Die Information, dass er gegen 17 Uhr wieder zu Hause sein würde, erfuhr ich von einem Zettel, der neben dem Frühstück lag. Ich hoffe inständig, dass er die Dringlichkeit meiner Bitte um Verschwiegenheit ernst nimmt. Verborgen hinter der Gardine beobachte ich eine ältere Dame. Während sie ihr Altpapier in die dafür vorgesehene Tonne entsorgt, frage ich mich, wie es jetzt weiter gehen soll. Es besteht kein Zweifel mehr, dass mein Stiefvater seine vor Jahren ausgesprochene Drohung wahr werden lassen will. Offensichtlich hat der Mörder meiner Mutter Helfer, die ihn tatkräftig bei seinem Plan unterstützen. Dass es ihnen gelungen ist, meinen Aufenthalt bei Alexander herauszubekommen, ängstigt mich fast zu Tode. Trotz dieser großen Furcht schwenken meine Gedanken ständig zu den letzten Stunden mit meinem Schönling. Unfassbar, dass ich mit ihm geschlafen habe. Das bekannte Kribbeln und wohlige Wärme machen sich wieder in meinem Bauch breit. Wie ein kleiner Film läuft es immer und immer wieder in meinem Kopf ab. Seine großen weichen Hände, die mich die ganze Zeit hielten und streichelten. Seine wunderschönen grünen Augen, die meinem Blick immer standhielten und sich nur schlossen, wenn er mich küsste. Und dieser Mund…

Ein Fenster in dem gegenüberliegenden Haus öffnet sich. Die in der Scheibe spiegelnde Sonne blendet mich kurz und mit einem Schlag bin ich wieder in diesem Albtraum zurück.

Ich wende mich ab und tigere erneut eine Runde durch die drei Zimmer Wohnung. Constantin liebt nicht nur Gänseblümchen, sondern auch Löwenzahn und Sonnenblumen. Wenn er wüsste, wie viel Butterblumen ich aus meinen Beeten schon entsorgt habe, hätte er mich bestimmt nicht aufgenommen. Die Möbel im Wohnzimmer sind, wie das Bett im Gästezimmer, das gleichfalls als Büro dient, alt aber sauber und gepflegt. Die Wände sind überall mit weißer Raufasertapete beklebt und geschmückt mit Bildern seiner Lieblingsblumen und getrockneten Wildblumen. Auf einem Bord in der Küche gibt es verschiedene Kochbücher und im Wohnzimmer befinden sich Wegweiser, um zu einem perfekten Leben mit der Natur zu kommen. Erneut fällt mein Blick auf das Telefon, das auf dem Küchentisch liegt. Der Wunsch, Alexander anzurufen, wird jedes Mal größer. Es ist wie ein Jucken, dem man unmöglich widerstehen kann. Es ist nicht nur, dass er mir schrecklich fehlt, ich mache mir Sorgen um ihn. Was wenn der Mann, der im Auftrag Lucians hinter mir her ist, von ihm wissen will, wo ich bin? Ich muss Alexander warnen. Mit dem Telefon in der Hand wandere ich zurück ins Wohnzimmer und setze mich in den Ohrensessel. Bevor ich die Nummer von Alexander wähle, gehe ich ins Menü des Telefons und unterdrücke die Nummer des Anschlusses. Schnell noch einmal die schwitzenden Hände an meiner Jeans abwischen und dann sind die Nummern schon eingetippt. Mein

Herz schlägt mir bis zum Hals. Dreimal ertönt das Freizeichen und dann ist da nur noch Alexanders kurzes und hartes „Ja".

„H-Hallo ich bin es, F-Frauke", stottere ich ins Telefon.

„Wo bist du? Geht es dir gut?", fragt er streng. Offensichtlich ist er genauso besorgt wie ich.

„Mir geht es gut", gebe ich leise zu, nachdem ich tief durchgeatmet habe.

„Wo bist du?", wiederholt er die Frage. Es fällt mir schwer, ihm diese Information vorzuenthalten, denn nichts wäre mir lieber, als dass er mich abholt, um mich wieder zu sich zu holen.

„Bei einem Freund", gebe ich kleinlaut zu.

„Weißt du, wie ich mich gefühlt habe als ich diesen ...", er atmet einmal tief durch, „Zettel gelesen habe? Hättest du nicht warten können bis ich wieder zu Hause war, um mir deinen Auszug zu erklären?" Er ist sauer und enttäuscht, das ist deutlich zu hören. Doch ich hätte nicht warten können. Erstens war ich in Panik und zweitens wären Alexander bestimmt irgendwelche Gründe eingefallen damit ich nicht hier bei Constantin lande.

„Nein", antworte ich deshalb, „es war dringend."

„Dingend? Was hat sich im Laufe des Abends geändert, dass du holterdiepolter meine Wohnung verlässt?" Wieder entsteht eine kurze Pause. „Habe ich etwas falsch gemacht? Sei bitte ehrlich Frauke." Oh je, das ist mal wieder typisch für mich. Alexander sucht die Schuld bei sich, obwohl ich es doch war die abgehauen ist. Doch diesmal war es richtig zu gehen.

„Nein, du hast gar nichts falsch gemacht", sage ich leise.

„Warum bist du dann gegangen?", fragt er nach einer kurzen Pause.

„Kurz nachdem du gefahren bist, hat deine Nachbarin ein kleines Päckchen an die Wohnungstür gebracht. Es stand nicht nur dein, sondern auch mein Name darauf. Ich habe es geöffnet und darin lag eine verbrannte Ratte." Erneut schlägt mein Herz bis zum Hals. Bei der Erinnerung hält mich nichts mehr auf dem Sofa. Mit dem Telefon in der Hand wandere ich von Fenster zu Fenster und prüfe die Welt da draußen auf jemanden, der meinen Tod will.

„Er hat dich gefunden?", bei Alexanders fassungsloser Frage bleibe ich abrupt stehen.

„Du weißt Bescheid?"

„Ja. Ich habe meine Mutter nach der Brandursache gefragt und da hatte sie keine andere Wahl, als mich endlich mit einzubeziehen. Offensichtlich war ich der Einzige, der nichts von dem Anschlag auf dich wusste." Enttäuschung schwingt in seiner Stimme mit.

„Ich wollte dich nicht damit belasten", versuche ich zu erklären, warum ich ihm nichts erzählt habe.

„Ihr müsst mich ja für eine richtige Pussy halten", ätzt er ins Telefon.

„Natürlich n-nicht!", ereifere ich mich sofort.

„Nicht? Gut, dann erkläre mir mal warum du mir nichts gesagt hast."

„Es liegt nicht an dir…", ein lautes Auflachen vom anderen Ende der Leitung unterbricht mich.

„Echt jetzt? Es liegt nicht an mir? Das wird ja immer besser."

„Hey Schönling, lass mich g-gefälligst a-ausreden", fahre ich ihn stotternd an. Obwohl es die Situation nicht hergibt, muss ich ein wenig schmunzeln. So verärgert kenne ich Alexander nicht. Und dass er darüber wütend ist, dass er nicht an meinem Leben teilhaben darf, ist doch irgendwie… schön.

„Ich m-möchte nicht, dass der Mann, der ein Haus in B-Brand gesetzt hat, um mich wahrscheinlich umzubringen, noch mehr auf dich a-aufmerksam wird. Ich will n-nicht, dass er dir etwas a-antut." Die Angst, die ich um ihn habe, zieht mir fast den Boden unter den Füßen weg. Ich möchte ihm noch mehr sagen, zum Beispiel wie viel er mir mittlerweile bedeutet, was ich alles an ihm schätze, an dem Kloß im Hals kommt jedoch keine Silbe vorbei.

„Frauke", seine Stimme ist jetzt ganz weich, „ich kann sehr gut auf mich aufpassen. Und auf dich. Bitte komm wieder zurück."

„N-Nein, ich habe nur angerufen, damit du dich an einen s-sicheren Ort begibst. Am b-besten zu deinem Onkel, er hat doch eine Firma für P-Personenschutz, oder?"

„Warum hast du mir nichts erzählt? Ich dachte, du vertraust mir." Ist der blöd? Versteht er denn nicht, dass er in Gefahr ist.

„Es geht um deine P-Popularität. Ich hatte immer A-Angst, dass meine Geschichte irgendwie an die Ö-Öffentlichkeit kommt, weil du dich mit mir abgibst. Es gibt doch k-keine Frau an deiner S-Seite, die nicht am nächsten Tag in der B-Boulevardpresse zu sehen ist. Ich wollte dir meine V-Vergangenheit nicht zumuten und die e-erforderliche V-Verschwiegenheit." Den letzten Satz spreche ich so vorsichtig aus, als würde ich ihn über eine Rasierklinge ziehen. Doch es hilft nichts.

„Warum erzählst du mir nicht deine Geschichte? Von meiner Mutter bekam ich nur den Hinweis, dass du es sein solltest, die mir davon erzählt."

„Sie hat nichts gesagt?"

„Kein Wort." Tief atme ich durch. Was spricht dagegen, ihm von meiner Vergangenheit zu erzählen. Er hat sich bisher an meinen Wunsch, nicht mit ihm in Verbindung gebracht zu werden, gehalten. Stets fuhr er sein Auto in die Werkstatt wenn er mich zu Hause besuchte, von seiner Verkleidung im Krankenhaus ganz zu schweigen.

„Du denkst doch nicht, dass ich tratsche?", fragt er einen Augenblick später verletzt.

„Nein!" Ich atme noch einmal tief durch, um meine Geschichte, die vor siebzehn Jahren begann und immer noch kein Ende gefunden hat, möglichst ohne viel stottern zu erzählen.

„Als ich noch ein Kind war, wurde …", ein Geräusch an der Wohnungstür lässt mich inne halten. Jemand hantiert am Schloss herum. Vorsichtig schaue ich aus dem Wohnzimmer zur Tür. Das Kratzen an der Eingangstür ist jetzt noch deutlicher zu hören. Mein Herz schlägt so schnell und stark, dass ich es im ganzen Körper spüre. Das darf doch nicht wahr sein!

„Frauke", Alexanders Stimme kommt aus dem Telefon, das ich fest mit meinen schwitzenden Fingern umklammere.

„Ich muss auflegen", zische ich leise in den Hörer und drücke auf die rote Taste. Aus dem Fenster zu flüchten kommt dieses Mal nicht infrage. Während ich mich nach einem Gegenstand umsehe, den ich als Waffe benutzen kann, kommt mir noch die Möglichkeit in den Sinn, das Fenster zu öffnen und um Hilfe zu rufen. Alles in mir steht still, als ich das Geräusch der sich öffnenden Tür vernehme.

VIERUNDVIERZIG

Alexander

Das darf nicht sein. Ungläubig starre ich auf mein Handy und im nächsten Moment drücke ich die Wahlwiederholung. Zweimal ertönt das Freizeichen, bis das Smartphone auf dem Tresen hinter mir zu vibrieren beginnt. Scheiße. Ich habe ganz vergessen, dass sie das verdammte Telefon hier gelassen hat. Wie ein kleines Kind rufe ich panisch meine Mutter an, weil ich mir einfach keinen anderen Rat weiß. Komisch, dass ich nicht eine Sekunde darüber nachdenke meinen Vater um Hilfe zu bitten. Meine Mutter war schon immer die Topmanagerin für uns Kinder. Damals, als das Leben von Hannah auf der Kippe stand, war es meine Mama, die alles zusammengehalten hatte, für alle stark genug gewesen war. Noch gestern Abend hatte ich sie angerufen, um ihr zu sagen, dass Frauke gegangen war. Sie konnte nicht mehr tun, als die ihr bekannten Freunde und Kollegen von Frauke anzurufen und mir später mitzuteilen, dass sie bei niemandem sei.

„Irgendetwas ist passiert", presche ich verzweifelt los, sobald meine Mutter sich mit einem „Ja" gemeldet hat. „Sie wollte mir gerade von ihrer Vergangenheit erzählen, da musste sie das Gespräch plötzlich beenden. Das klang nicht gut." Ich verzweifle fast an meiner Angst und Hilflosigkeit.

„Frauke hat sich also bei dir gemeldet. Hat sie gesagt, warum sie verschwunden ist?", fragt meine Mutter mit der stoischen Ruhe einer erfahrenen Polizistin.

„Jemand hat ihr hier zu meiner Wohnung eine verbrannte Ratte geschickt. Sie hat nur angerufen um mich zu warnen, dass derjenige mir etwas antun könnte, wenn er herausfinden will, wo Frauke jetzt ist.“

„Also gut“, sagt sie, „du packst jetzt deine Sachen und fährst zu deinem Onkel.“

„Mama, ich muss endlich wissen was hier läuft“, fordere ich verärgert.

„Alexander, tu was ich dir sage. Wir treffen uns alle bei Uwe und dann reden wir.“

Ungläubig schaue ich in das Gesicht meiner Mutter. Ich möchte laut loslachen, aufspringen um wegzulaufen, und vor Wut mit der Faust auf den Tisch schlagen.

Was hat unsere Familie nur für ein beschissenes Karma? Erst Cloe, dann Hannah und jetzt ich. Das darf doch nicht wahr sein. Ich könnte Hunderte von Frauen haben und die Einzige die ich will, ist auf der Flucht vor einem Stiefvater, der ihre Mutter umgebracht hat. Besser wäre es, ich würde Schluss machen. So schwer wird es schon nicht sein. Automatisch produziert mein Gehirn Bilder von Frauen die ich kenne. Nein, ich mache diese Verbrecherjagd nicht mit. Ich bin raus. Als wenn mein Endschluss nun auch die Realität ändert, stehe ich auf, sehe meiner anwesenden Familie ins Gesicht und nicke.

„Okay.“

„Wie Okay?“, fragt meine Tante Susanne mit hochgezogenen Brauen. Sie sitzt mir gegenüber an dem großen ovalen Holztisch.

„Ich fahre wieder nach Hause. Sollte Frauke noch einmal anrufen, werde ich ihr sagen, dass ich damit nichts zu tun haben will.“ Zum allgemeinen Verständnis wie gleichgültig mir die Situation ist, zucke ich mit den Schultern.

„Alexander“, hält mich Uwes ruhige Stimme zurück, „die Person, die hinter Frauke her ist, weiß nichts von deinem charakterfreien Entschluss, deshalb kann es für dich gefährlich werden. Du solltest dich also wieder setzen, und wir stellen sicher, dass dir in den nächsten Wochen nichts passiert.“ Charakterfreien…? Ich kann es nicht glauben.

„Frauke wollte von Anfang an nichts von mir wissen, ich komme jetzt nur ihrem Wunsch nach. Sie hätte mir ihre Situation schon früher erklären müssen, dann hätte ich mich gar nicht mit ihr abgegeben.“

„Hast du das gerade wirklich gesagt? Du bist es doch ...“, fährt meine Mutter mich an. Die Hand meines Vaters, die sich beruhigend auf ihren Arm legt, bringt sie allerdings zum Schweigen.

„Alexander hat recht. Wenn Frauke sich ihm so widerlich anbiedert, ist sie selber schuld, wenn sie jetzt alleine da steht.“

„Sie steht nicht alleine da, sie ist bei einem Freund“, bringe ich in Erinnerung.

„Richtig. Mir war von Anfang an klar, dass Frauke sich ihm wahrscheinlich aufgedrängt hat. Ich meine, sie ist gar nicht sein Typ. Sie stottert, ist irgendwie pummelig und diese grünen Haare...“

„Frauke ist doch nicht pummelig“, echauffiere ich mich, „und selbst wenn, darauf kommt es doch gar nicht an. Sie ist wunderschön, liebenswürdig, geduldig, einfühlsam, witzig ...“ Bei den mitleidigen Blicken meiner Familie, stoppe ich meine Aufzählung. Ah, wie konnte ich nur denken, dass ich ihnen oder mir selber etwas vor machen kann. Resigniert setze ich mich wieder auf den Stuhl und rubble mir mit den Händen das Gesicht.

„Wieso ist sie nicht bei mir geblieben? Ich hätte sie beschützen können.“

„Solange Frauke uns ausschließt, können wir ihr nicht helfen. Deshalb werde ich jetzt dafür sorgen, dass dir nichts passiert“, erklärt mein Onkel und erhebt sich von seinem Stuhl, um die Küche zu verlassen.

FÜNFUNDVIERZIG

Frauke

Immer noch geschockt sehe ich in Constantins lädiertes Gesicht. Ein blaues Auge, ein zwei Eurostück großes Hämatom an seinem Kinn, sowie eine aufgeplatzte Lippe verunstalten sein hübsches Gesicht. Ich sitze ihm am Küchentisch gegenüber und die Finger meiner rechten Hand pressen sich auf meinen Mund. Constantins prüfendes Starren trifft mich.

„Keine Hemmungen, du brauchst dir das Lachen nicht zu verkneifen", schnauft er genervt. Ich räuspere mich zum wiederholten Male und hoffe, dass es mir endlich gelingt, das Schmunzeln zu unterdrücken.

Einige Augenblicke hatte ich gebraucht meinen Gastgeber zu erkennen, als er vor einer halben Stunde durch die Wohnungstür gekommen war. Voller Schuldgefühle und Angst war ich ihm in die Küche gefolgt und hatte seinem Wunsch entsprechend Kühlakkus aus dem Eisfach genommen, die er sich vorsichtig abwechselnd auf alle betroffenen Stellen seines Gesichtes legte. Vor lauter Verzweiflung, dass ein anderer Mensch wegen mir Schaden genommen hatte, waren mir Tränen über das Gesicht gelaufen. „Es tut m-mir so leid", hatte ich gestammelt und war kurz davor, meine Sachen zu nehmen und zu verschwinden.

„Du kannst doch nichts dazu, dass mir ein eifersüchtiger alter Mann seinen Gehstock überzieht", hatte er überrascht geantwortet. Die Story zu seinen Blessuren: Mit einem kleinen Strauß Margeriten war er bei einer der Bewohnerin des Altenheims aufgetaucht und hatte ihr zum Geburtstag gratuliert. Der Ehemann, ebenfalls schon weit über achtzig, nahm dieses offensichtliche Werben um seine Frau nicht so gut auf und zog Constantin kurzerhand seinen Stock über. Vor lauter Begeisterung über das Gerangel um ihre Person, knipste die holde Maid jeder einzelnen Blume den Kopf ab. Meinem Gegenüber nahm das mehr mit als seine eigenen Verletzungen, weshalb jetzt in einer Vase vor uns ein Strauß kopfloser Margeriten steht.

Einmal räuspere ich mich noch und dann habe ich mich genug im Griff, um die Hand auf den Tisch zu legen und meinen Blick auf die kopflosen Blumen zu halten. Eine seltsame Stille macht sich breit und nach einigen Momenten sehe ich zu Constantin. Sein Gesichtsausdruck ist ernst, sein Miene kritisch.

„Du dachtest, das hier", er zeigt auf sein Gesicht, „ist wegen dir passiert." Ich sitze einfach nur da und starre auf den *Leonardo*-Aufkleber der Vase.

„Bist du vor dem Schönling geflüchtet?" Die Frage lässt mich überrascht hochsehen. Die Verärgerung ist ihm deutlich anzusehen. Er steht so schwungvoll vom Stuhl auf, dass dieser fast hinten überkippt. „Deshalb bist du hier, damit er dich nicht findet."

„N-Nein! J-Ja, auch. Es ist kompl-liziert", gebe ich zu. Ich frage mich, woher er weiß, dass ich bei Alexander war? Doch das Wichtigste ist, dass ich Constantin die Wahrheit sage, damit er entscheiden kann, ob ich bleiben soll oder nicht. Der Mann vor mir sieht mich mit übertriebener Nachsicht an.

„Es ist nicht kompliziert. Er wollte dir an die Wäsche, oder? Keiner hat verstanden, warum du überhaupt mit ihm gegangen bist."

„Hey", unterbreche ich die Triade. Seine Meinung über Alexander scheint in Stein gemeißelt. „Alexander und ich kennen uns schon ein paar Monate. Wir sind nur Freunde und als das, hat er mir seine Wohnung angeboten, weil sie die meiste Zeit leer steht", erkläre ich recht flüssig. Nach einem erstaunten Ausdruck sacken seine Schultern nach unten. Er geht zum Kühlschrank und legt den Akku wieder in das Eisfach. Constantin wendet sich dem Fenster zu, durch das man einen Ausblick, auf die Straße vor dem Haus werfen hat. „Ich hatte nie eine Chance bei dir, oder? Ich meine, im Schatten von Alexander Harmann ...", ein enttäuschter Seufzer beendet den Satz. Oh Mann. Ich hätte nicht herkommen sollen. Doch mir war nicht bewusst, dass er es wirklich ernst mit mir meinte. Ich bin eine ziemlich langweilige, stotternde, grünhaarige Frau, die in erster Linie ihre Ruhe haben will.

„Alexander und ich sind nur F-Freunde", versichere ich ihm erneut.

„Woran liegt es dann?" Mit einem tiefen Atemzug bereite ich mich darauf vor, ihm die Wahrheit zu sagen. „Ich mag keine Gänseblümchen." Eine Sekunde sieht er mich zweifelnd an, doch dann schnaubt er lachend auf. „Damit kann ich leben."

SECHSUNDVIERZIG

Alexander

Eine bekannte deutsche Rockband spielt auf der extra aufgestellten Bühne und ihre Musik hallt über den großen Platz vor der Werkhalle. Das Fest ist anlässlich des fünfzigsten entworfenen, gebauten und bereits verkauften Motorrads der Marke *Harmann*. Durch über hundert geladene Gäste ist das Event gut besucht.

Ich stehe an der Bar, die vom Cateringservice aufgebaut wurde, und sehe mir die verschiedenen Gruppen, in denen sich die Gäste unterteilt haben, an. Die größte Ansammlung befindet sich natürlich bei den Motorrädern, die in den letzten Jahren hier in der Halle gebaut wurden. Keiner der Besitzer hat sich die handschriftliche und individuelle Einladung von Hannah entgehen lassen, sein Bike hier an dessen Geburtsstätte von dem Herstellerteam und der Presse begutachten zu lassen. Die Maschinen kommen aus ganz Europa, eine wurde sogar extra aus Australien eingeflogen. Jedes der fünfzig Zweiräder wurde auf einen Podest platziert. Von dem jeweiligen Meisterstück sind das *Geburtsdatum* und die technische Daten auf ein Messingschild stilvoll eingraviert.

Vor einer halben Stunde wurde das letzte Motorrad vorgestellt. Jedes Bike hat eine eigene Geschichte. Über Mikrofon wurde die entsprechende Story, inklusive einer kleinen Anekdote von Hannah und den Mechanikern an alle Versammelten weitergegeben.

Ja, Hannah ist hier. Vor zwei Tagen ist sie von Kanada hergeflogen. Finn und Cloe sind zu Hause in Clinton geblieben, worüber wir alle sehr traurig sind. Ich vermisse das süße Mädchen, das nicht nur den Namen meiner verstorbenen Tante trägt, sondern jetzt schon eine nicht zu übersehene Ähnlichkeit mit ihr hat. Mit Finn hätte ich sicher mehr Spaß gehabt, als mit Thomas, der mich kaum aus den Augen lässt.

„Und, wie ist sie so?", fragt mich mein Freund gerade leise. Irritiert sehe ich ihn an.

„Wer?"

„Na, Miriam. Sie klebt ja an dir wie ein Kaugummi." Flüchtig erfasse ich die Frau, die sich nur ein Stück von uns entfernt hat, um mit meinem Onkel zu sprechen. Mir war klar, dass Thomas mich das fragen würde, sobald ich mit einer, ihm fremden Frau hier auftauchen würde. Nichtssagend verziehe ich meinen Mund. „Ganz nett."

„Ja, für mehr hätte ich sie bei deinen Augenringen wahrlich nicht gehalten."

„Meine Tante hat mich gebeten, Miriam für ein paar Tage bei mir wohnen zu lassen, während ihre Wohnung kernsaniert wird", erkläre ich mit einem Schmunzeln. Einmal habe ich überlegt, mich an meine neue Mitbewohnerin ranzumachen, nur um endlich wieder eine ganze Nacht schlafen zu können. Doch Miriams Blick reichte, um mich aus dem Flirtmodus zu holen. Sie ist für meine Sicherheit zuständig und an nichts anderem interessiert. Nachdem sie das ohne große Worte klar gemacht hatte, kommen wir gut miteinander aus.

„Was ist denn los mit dir? Fahr doch mal bei Ilka oder Yvonne vorbei, wenn du bei deinem Dreh niemanden findest." Meine Antwort besteht nur aus einem genervten Brummen. Ich hatte die Gedanken an die beiden ebenfalls schon. Sogar Anna kam mir in den Sinn, obwohl sie ja offensichtlich jetzt mit Thomas zusammen ist, da sie ihn hierher begleitet. Doch kaum sind die Frauen in meinem Kopf, sind sie auch schon wieder weg. Werden rigoros ersetzt von meinem grünhaarigen Kobold. Wahrscheinlich wäre ich bei den dreien nicht mal einsatzbereit. Ich verspüre nicht einmal Lust, Zeit mit ihnen zu verbringen.

Miriam gesellt sich wieder zu uns. Ich lasse meine Aufmerksamkeit abermals meiner Schwester zukommen. Die ganze Zeit spricht sie mit einigen ihrer Kunden oder mit Pressefuzzis. Meine Dreharbeiten ließen es leider nicht zu, dass ich früher nach Hause konnte, und so hatte ich noch keine echte Gelegenheit, in Ruhe mit ihr zu reden. Sobald hier Schluss ist, werde ich das nachholen.

Ein Neuankömmling mit Anhang erregt meine Aufmerksamkeit. Er steht bei den Mechanikern und wird freudig begrüßt. Obwohl, eigentlich ist es seine brünette Begleitung, die für Erheiterung bei dem Team sorgt. Jeder Einzelne drückt sie viel zu lange an sich, als es für eine Begrüßung, selbst unter guten Bekannten, üblich ist. Ich sehe nur ihre Rückseite, aber … ein kurzes schmerzhaftes Zusammenzucken der Dame, als Liam mit der Begrüßung dran ist, lässt selbst den letzten Zweifel verrauchen. Es ist Frauke. Sie ist hier, verkleidet, und mit einem anderen Mann. Ein fieser Schmerz an meiner Hand lässt mich verärgert zu meiner Nachbarin sehen. Ganz nah, viel zu nah beugt sie sich zu mir.

„Sieh nicht zu ihr", flüstert sie in mein Ohr, „sie kommt nicht inkognito, damit du sie anstarrst wie ein Idiot." Mit einem vielsagenden Lächeln auf den Lippen tritt sie ein Stück zurück. In aller Eile hole ich den Schauspieler aus mir heraus. Den Ärger darüber, dass anscheinend mal wieder jeder Bescheid weiß, dass Frauke her kommt nur ich nicht, ist nur schwer aus meiner Mimik zu verdammen. Lässig lege ich den Arm um meine Personenschützerin und ziehe sie fest an mich. Ich spüre ihren Unwillen, aber das ist mir egal.

„Dann muss ich wohl woanders hinsehen", flüstere ich ihr zu und sehe ihr tief in die Augen. Blitze und das Versprechen eines qualvollen Todes sprühen aus ihren braunen Augen. Immerhin behält sie ein verliebtes Lächeln auf ihren schmalen Lippen, das für die Leute, die uns zusehen, gedacht ist. Ich beuge mich weiter zu ihr herunter und drücke meinen Mund schließlich auf ihre Stirn. Einige Sekunden verbleiben wir so, dann schiebt Miriam mich sacht von sich. Mit einem Schmunzeln hebe ich den Kopf und mein Blick trifft auf die blauen Augen von Frauke.

SIEBENUNDVIERZIG

Frauke

Ich sollte nicht überrascht sein, oder enttäuscht, oder verletzt oder oder oder. Trotzdem bin ich es. Alles! Zwei Wochen, in denen ich ständig an Alexander gedacht habe, wie ein pubertierender Teenager von ihm geträumt habe, mich zwingen musste ihn nicht anzurufen. Da drüben steht er. Macht mit einer rothaarigen Frau rum. Wenn er sie auf das Fest seiner Schwester mitbringt, scheint es etwas Ernstes zu sein. Gut, dann kann ich Alexander endlich abharken und werde mich nicht weiter von ihm ablenken lassen. Er hebt den Kopf und unsere Blicke treffen sich.

Constantin hatte diese Perücke besorgt und mir gut zugeredet, damit ich hierher komme:

„Du möchtest doch so gern Hannah sehen. Deine Mechaniker Familie vermisst du auch, also los. Ich begleite dich und pass auf dich auf", bekniet er mich schon seit Tagen. Ich habe ihm alles erzählt. Wirklich alles, bis auf die Kleinigkeit mit Alexander. Für Constantin ist Alexander jetzt nur ein netter Kerl, der einer Obdachlosen seine Wohnung zur Verfügung gestellt hat.

Ich drehe mich wieder zu meiner Ersatzfamilie und fast vergeht die Enttäuschung über Alexander. Fast.

„Wann kommst du wieder zur Arbeit?", fragt Kai, nachdem er sich wie meine *Väter* dreimal von mir versichern ließ, dass es mir wirklich gut geht.

„Sie ist noch bis Mittwoch krankgeschrieben und wenn du Pech hast, nehme ich sie mit nach Clinton." Die Stimme lässt mich breit grinsen, und treibt mir gleichzeitig die Tränen in die Augen. Langsam drehe ich mich um, versuche, durch tiefes Einatmen meine Emotionen in den Griff zu bekommen. Hannah. Ich beuge mich zu ihr hinunter und ignoriere den Schmerz, der mir dabei durch die verletzten Rippen fährt. Nichts wird mich davon abhalten, mich an sie zu klammern. Zu niemand anderen, außer Agnes, habe ich je so viel Vertrauen gehabt als zu dieser Frau. Sie ist meine einzige Freundin. Selbst wenn wir uns nur selten sehen, kommt sie mir vor, wie eine Seelenschwester, verbunden in unserem jeweiligen Schicksal. Dicke Tränen laufen über mein Gesicht und versinken in Hannahs schwarzem Rolli.

„Alles gut, meine Liebe", höre ich sie leise an meinem Ohr sagen. Ihre großen schlanken Hände streichen mir immer wieder beruhigend über den Rücken. Doch wir beide wissen, dass noch lange nicht alles gut ist. Wahrscheinlich werde ich nicht mehr in ihrer Firma arbeiten können und die Menschen, die mir alles bedeuten, verlieren.

Das Fest ist vorbei. Vor einer Stunde sind die Besitzer mit ihren berühmten Motorrädern unter großem Tamtam in Richtung Heimat aufgebrochen. Es war ein bewegender Anblick, vor allem für Hannah. Zwar arbeitet sie in ihrer Heimat Clinton weiterhin in einer Motorradwerkstatt, aber hier in Hamburg hatte alles begonnen. Einzig das Bike aus Übersee steht noch auf seinem Podest. Es darf noch einige Tage an seinem Geburtsort verweilen, bevor es wieder zurückfliegt. Ich sitze mit der kompletten Familie Harmann, Kai und den drei Chefmechanikern in der hintersten Ecke der Halle. Die einzige Außenstehende ist Alexanders Begleitung. Stille kehrt ein, nachdem Susanne, Alexanders und Hannahs Mutter, meine Geschichte erzählt hat. Die Blicke meiner drei *Väter* und Kais liegen schwer auf mir. Überraschung, Sorge und ein wenig Enttäuschung sind daraus zu erkennen. Liam hält anscheinend nichts mehr auf seinem Stuhl, denn mit einem Ruck steht er auf und wandert vor sich hin brummend zu dem Getränkeautomaten.

„Wie ist dein richtiger Name?", ist das Erste, was Kai wissen möchte. Ganz kurz muss ich überlegen.

„Isabella Winterhoff", antworte ich nach einem kurzen Räuspern.

„Ist es sicher, dass es dieser… Mann war, der das Haus in Brand gesteckt hat?", fragt Andreas. Man merkt ihm die Fassungslosigkeit deutlich an. Gerade will ich antworten, da kommt Arnd, Susannes Mann, mir zuvor.

„Nein." Nein? Was soll das heißen? Mein Reaktion spricht offenbar Bände, denn er richtet sich jetzt direkt an mich.

„Letzte Woche wurde in einem Gewerbegebiet bei Berlin ein zweistöckiges Wohnhaus angezündet. Es war derselbe Brandbeschleuniger und selbst die Herangehensweise war die gleiche. Die Bewohner hatten keine Chance. Vor zwei Tagen wurde ein Feuer bei Mainz gelegt, bei dem drei Menschen ums Leben kamen."

„A-Aber die R-Ratte! Sie w-wurde zu A-Alexanders W-Wohnung geschickt", wende ich stotternd ein. Constantins warme Hand umfasst meine.

„Wir gehen davon aus, dass der Täter dich bis zu ihm verfolgt hat", übernimmt jetzt Uwe. Mir fällt der Mann im Krankenhaus wieder ein, der sich zu mir an den Tisch gesetzt hatte.

„Eurer Ansicht nach, soll es also nur Zufall sein. Ein Psychopath versucht im gleichen Zeitraum Frauke in ihrem Haus umzubringen, wie der Mörder ihrer Mutter entlassen wird?" Alexanders Skepsis tropft förmlich aus seiner Stimme.

„Wir haben Lucian Balogh ab dem Moment beobachten lassen, seit du uns eingeweiht hast. Es gibt keine Anzeichen, dass er irgendetwas mit dem Anschlag auf dich zu tun hat." Uwes emotionslose, ruhige Stimme beruhigt mich kein bisschen. Die Gedanken zischen wie eine amoklaufende Flipperkugel durch meinen Kopf. Das kann nicht sein! Alles nur Einbildung?! Die jahrelange Angst und Panik, alles verlorene Zeit? Wie wäre mein Leben gewesen, wenn ich mich nicht die letzten siebzehn Jahre versteckt oder besser noch verkrochen hätte? Siebzehn Jahre! Meine gesamte Jugend, ein einziges über die Schulter sehen. Niemandem vertrauen. Ständig mit der Befürchtung leben, von dem Mörder meiner Mutter oder dessen Familie entdeckt zu werden. Ich habe das Bild meiner toten Mama, dieses Trauma, nie verarbeiten können, weil es kein Ende gab. Die Furcht vor Vergeltung infolge der Zeugenaussage, gehört zu mir wie meine Haut. Meine Gedanken schliddern zu Agnes, machen eine Vollbremsung. Hätte sie es nicht wissen müssen? Hat sie auch! *Deine Namensänderung und der Umzug sind nur Vorsichtsmaßnahmen. Es ist sehr unwahrscheinlich, dass Lucian dich findet oder dir etwas antun wird.* Seit Jahren predigt sie das. Doch da war er im Gefängnis und ich habe mich relativ sicher gefühlt. Was wird jetzt? Witzig, dass ich mich total hilflos und leer fühle, ohne die ständige unterschwellige Angst.

„Es war mein Ernst, als ich dir anbot dich mitzunehmen, wenn du es möchtest." Hannahs Stimme dringt nur oberflächlich zu mir durch.

„Ich b-brauche eine neue Wohnung", ist das Erste was mir einfällt, als ich nach einer gefühlten Ewigkeit meine Stimme wiederfinde.

ACHTUNDVIERZIG

Alexander

„Ich brauche eine neue Wohnung." Bei Fraukes Worten springe ich fast vom Stuhl. Wie eine Pistolenkugel kommt das Angebot über meine Lippen: „Du kannst wieder zu mir kommen." Ganz allein Miriams Daumen und Zeigefinger, die mir schmerzhaft die Haut am Unterarm verdrehen, ist es zu verdanken, dass ich mich nicht zu Fraukes Füßen knie.

„Ich meine, meine Wohnung steht die meiste Zeit frei." Vielleicht schaffe ich es, mit dem freundlichen Hinweis, dem misstrauischen Starren der vier Mechaniker entgegenzuwirken. Dabei ist es mir völlig gleich, was sie von mir halten, nur möchte ich Frauke nicht in Verlegenheit bringen. Wahrscheinlich sollte ich mich besser ganz zurückhalten. Doch die Hoffnung, Frauke wieder bei mir zu haben oder zumindest in meiner Wohnung zu wissen, steht jetzt für mich im Vordergrund.
Endlich sieht sie mich an. Es braucht nur einen Blick in ihre blauen Augen und mir wird bewusst wie viel sie mir bedeutet. Ein kleines verlegenes Lächeln, sowie eine für sich sprechende Röte überzieht das schöne Gesicht der Frau vor mir. Sekundenschnell überkommen mich Erinnerungen, die jetzt nicht hierher passen. Keine Ahnung wie lange

wir uns ansehen, aber es ist Hannah die in unser Blickfeld rollt und sich laut räuspert. Die zusammengezogen Brauen und der deutlich mahlende Kiefer bedarf keiner Erklärung. Anscheinend war Fraukes Mimik für alle hier selbsterklärend. Um der Verärgerung meiner Schwester zu entgehen, weiche ich dem Ausdruck ihrer Augen aus. Auch nicht besser. Erst jetzt wird mir die angespannte Stimmung, die mich umgibt bewusst. Unverständnis, Missbilligung und Verärgerung treffen mich wie spitze Pfeile von fast allen Anwesenden.

„Deine Wohnung ist zu weit von der Werkstatt entfernt. Wie soll sie von dort hierher kommen?", knurrt Andreas mit zusammengebissenen Zähnen. Bevor ich noch vorschlagen kann, dass der Porsche ebenfalls zu ihrer Verfügung steht, meldet sich das Subjekt meiner Begierde endlich zu Wort.

„Ich würde gern Kais Angebot an-nehmen, wenn es noch steht. Nur bis ich etwas N-Neues gefunden habe."

„Klar, auf jeden Fall. Du kannst solange bleiben, wie du willst." Ertönt es freudig aus Kais Richtung. Endlich gibt Hannah meine Aussicht auf Frauke wieder frei. Das Erste was ich allerdings sehe, ist die Hand des Typen, der Fraukes fest umschließt. In mir grummelt es. Aber richtig. Von ihren Händen geht meine Musterung zum ersten Mal weiter zu einer genaueren Begutachtung des Mannes neben ihr. Der Kerl sieht nicht mal gut aus. Die blonden Haare sind zu lang, nichtssagende blaue Augen, die Nase schreit geradezu danach gebrochen zu werden. Seine nackten Füße stecken in roten Chucks, der Rest seiner wahrscheinlich dürren Beine, werden von schwarzen Jeans bedeckt. Die schmalen Schultern und ein beginnender Bauch sind mit einem Poloshirt, auf dem ein Gänseblümchen abgebildet ist, bekleidet. Moment mal! Gänseblümchen? Ich beuge mich vor und sehe den Mann neben Frauke direkt an.

„Du bist Constantin", stelle ich in einem, zugegeben, verächtlichen Ton fest. Als Antwort ernte ich eine hochgezogene Braue und ein selbstgefälliges Grinsen. Erneut sehe ich zu seiner Hand und dann zu Frauke. Ich würde sie so gern fragen, ob *das* ihr Ernst ist. Was sie sich dabei gedacht hat, dass sie mich verlässt um bei diesem *Gänseblümchen-Freund* unterzukommen. Doch dann wird mir das hier alles zu viel und mit Schwung erhebe ich mich.

„Komm Schatz, wir müssen los", sage ich zu Miriam und halte ihr lächelnd meine Hand hin. Kopfschüttelnd erhebt sie sich. Da sie sich weigert mir ihre Hand zu reichen, lege ich einen Arm um ihre Schultern.

„Auch auf die Gefahr, dass dein Onkel mich feuert. Solltest du bei drei nicht deine Finger von mir genommen haben, wirst du ab sofort nur noch ein Model für Mädelsschlüppis sein", droht die Frau neben mir leise und lächelt mich vielsagend an. Einmal noch streiche ich ihr liebevoll über den Rücken, dann nehme ich bei ihrer gezählten „Zwei" die Hand von ihr. Zum Glück sind wir aus der Halle raus und das Theaterspiel kann enden. In meiner grauen Stoffhose suche ich nach dem Schlüssel des Porsches.

„Seit zwei Wochen bin ich für deine Sicherheit zuständig. Ich habe dich als Model und Schauspieler gesehen, doch so eine miese Performance wie gerade eben hast du noch nie abgeliefert. Warum bittest du Frauke nicht um ein Date?", fragt mich Miriam über das Wagendach hinweg.

„Du hast aber schon gesehen, dass sie da Hand in Hand mit diesem…", erneut krampft sich alles in mir zusammen, sodass mir selbst das Sprechen schwerfällt.

„Alexander, sei doch nicht so stur! Er hat ihr als Freund beigestanden." Mein ungläubiger Blick lässt sie mit den Augen rollen. „Dass *Gänseblümchen* mehr will, bestreite ich gar nicht. Frauke zieht jetzt aber zu ihrem schwulen Arbeitskollegen. Wenn du also ernsthaft an Frauke interessiert bist, dann wirst du dich jetzt wohl mal anstrengen müssen."

NEUNUNDVIERZIG

Frauke

Ich sehe den beiden hinterher und verstehe nichts. Erst scheint er sauer, dann eifersüchtig zu sein und jetzt haut er mit seiner Freundin im Arm ab. Constantins Hand wird mir zu schwer, zu bedeutend. Vorsichtig entwinde ich mich ihr und gehe zu den Getränkekisten, die gestapelt an einer Wand im Büro stehen.

„Sie ist seine Personenschützerin und er ein Idiot", erklärt Hannah leise hinter mir. Als ich mich zu ihr umdrehe, gibt sie der Tür gerade einen leichten Schups, damit sie sich schließt.

„Ich habe meinen Bruder noch nie so durcheinander und hilflos erlebt." Unter ihrer kritischen Miene kann ich nur ratlos mit den Schultern zucken.

„Ihr zwei seid irgendwie zusammen, oder?" Erneut beantworten meine Schultern die Frage. Vielleicht waren wir das. Für ein paar Stunden. Doch ich kann mir nicht vorstellen, dass Alexander sich nach diesem Abgang noch einmal bei mir meldet. Auch wenn ich mir zehnmal sage, dass es besser so ist, könnte ich auf der Stelle losheulen. Meine Freundin bewegt sich mit ihrem Rollstuhl ganz nah zu mir und lächelt mich aufmunternd an.

„Er wird sich bei dir melden", sagt sie zuversichtlich. Dann nimmt sie meine Hand, zieht mich leicht zu sich und flüstert: „Willkommen in unserer Familie."

FÜNFZIG

Alexander

„Ich habe keine Ahnung, wo sie ist", gebe ich irritiert meinem Onkel über Handy Auskunft. Ein besorgtes Grummeln ist zu hören.

„Wir haben gestern Morgen gemeinsam meine Wohnung verlassen und sie hat mich noch zum Bahnhof gefahren. Seitdem habe ich nichts mehr von ihr gehört." Ich hatte nicht erwartet, dass Miriam sich noch einmal bei mir meldet. Wir waren ganz gut miteinander klar gekommen aber mehr nicht. Schließlich war ich ihr zu schützender Klient und nicht ihr Freund. Nach der Eröffnung, dass der Brandstifter mit sehr großer Wahrscheinlichkeit jetzt in anderen Bundesländern sein Unwesen treibt, wurde auf mein Betreiben hin Miriam gestern einer anderen Person zugeteilt.

„Denkst du, es ist ihr etwas passiert?" Manchmal brachte mich die wortkarge Art meines Onkels an den schmalen Grat meiner Geduld. Ohne nachzufragen bekommt man keine Information über irgendetwas.

„Hm. Der neue Kunde hat soeben angerufen, weil Miriam nicht erschienen ist. Über Handy erreiche ich sie ebenfalls nicht. Ich habe gehofft, du wüsstest etwas. Jetzt werde ich bei der Polizei und den Krankenhäusern anrufen, die auf ihrem Weg liegen."

„Okay, halt mich auf dem Laufenden", bitte ich ihn, bevor wir das Gespräch beenden. So langsam bekomme ich das ungute Gefühl, Zuschauer in meinem ganz persönlichen Thriller zu sein. Erst Frauke, und jetzt Miriam. Zum Glück bleibt mir tagsüber nicht viel Zeit, an meinen grünen Kobold zu denken. Wobei, sie weder *mein* ist, noch lange *grünhaarig* sein wird. Wo ich gerade das Handy in der Hand halte, überprüfe ich, ob bei den vielen Nachrichten die in den letzten Stunden gekommen sind, eventuell eine von Frauke dabei ist. Nichts.

Auf dem Weg nach Paris habe ich endlich den Mut gefunden, ihr einiges über WhatsApp zu schicken: *Hallo Frauke ich hoffe, es geht dir schon wieder besser!?*

Nach zwanzig Minuten, ohne dass die Häkchen neben der Nachricht blau wurden, übermittelte ich eine weitere: *Sorry, dass ich mich am Sonntag so bescheuert benommen habe. Neben meinem eigenen schlechten Gewissen hat Miriam, meine Begleitung weil Personenschützerin, mich beinahe mit ihrer Waffe niedergestreckt.* Und bevor ich es mir noch anders überlegen konnte, versendete ich eine dritte Message: *Würdest du demnächst mal mit mir Essen gehen?*

Tja, der einzige Trost, dass ich noch keine Antwort bekommen habe, ist, dass Frauke anscheinend die Nachrichten noch nicht gelesen hat. Keine verdammten blauen Häkchen! Vielleicht hat sie mich blockiert. Oder dieser Gänseblümchen-Mann hat …

Ein Klopfen an der Zimmertür beendet meine Horrorszenarien. Ich erwarte niemanden und für eine Millisekunde bleibt Fraukes Gesicht verheißungsvoll in meinen Gedanken.

„Hey, hast du jemand anderen erwartet?", lacht Thomas, kaum dass ich die Tür geöffnet habe.

„Quatsch. Komm rein." Ich freu mich wirklich, dass er da ist. Vielleicht kann er mir noch ein paar Tipps geben, wie ich Frauke dazu bewegen kann, mit mir essen zu gehen.

„Ich wusste nicht, dass du auch in Paris bist", wundere ich mich ein wenig. Letzte Woche, bei der Jubiläumsfeier meiner Schwester hatte er nichts davon erwähnt. Glaube ich zumindest. Meine Aufmerksamkeitsspanne war ziemlich gering an diesem Tag.

„War auch nicht geplant. Dreiviertel der schauspielerischen Kollegen am Set sind an Margen Darm erkrankt", erklärt er und bedient sich von meinem spärlichen Hotelfrühstück.

„Bist du allein oder hast du Anna mitgebracht?"

„Nein. Warum sollte ich?"

„Das hier ist Paris. Stadt der Liebenden und so", antworte ich erstaunt über seine flapsige Antwort. Ich bin immer noch nicht richtig dahinter gekommen, ob die beiden nun zusammen sind oder nicht. Auf Hannahs Feier hat Anna mehrmals versucht, mit mir zu flirten, obwohl Thomas gleich neben ihr stand. Natürlich bin ich nicht darauf eingegangen, Thomas ist mein Freund und somit ist die Geschichte zwischen Anna und mir vorbei.

„Ach, sie hat zu tun, aber ich soll dich von ihr grüßen", beendet er das Thema. „Dir scheint die Stadt aber gutzutun", stellt er mit einem forschenden Blick auf mich fest. Ja, so bescheuert es ist, aber ich habe letzte Nacht von Frauke geträumt.

In dem Traum bin ich von einem Auftrag in ein schönes, großes Haus heimgekehrt. Begrüßt wurde ich von einer blonden Frauke und einer Horde Kinder. Früher wäre ich schreiend hochgeschreckt, doch heute Morgen wurde ich vom Wecker geweckt. Noch immer spüre ich das Grinsen, das ich beim Aufwachen im Gesicht hatte. Ich schütte den letzten Rest meines grünen Tees herunter und wechsle das Thema.

„Ich muss gleich los. Kommst du mit oder hast du Termine?"

„Nö, ich dachte, ich gucke mir den ganz normalen Wahnsinn bei Esmeralda an. Wenn ich mich recht erinnere, hast du heute drei *Auftritte*?" Mit Esmeralda ist die Schwester von Franziska Lumont, Esme gemeint. Für sie darf ich heute in ihrer neusten Bademode über den Catwalk laufen. Franziska liebt ihre geistig etwas zurückgebliebene Schwester sehr, deshalb darf Esme immer die Models auf den Laufsteg entlassen. Mit Durchhalteparolen und Handküssen verabschiedet sie uns immer. Früher gab es zuweilen noch einen kleinen Schups als besondere Gabe dazu. Gerade dieser Schups hatte schon oft dazu geführt, dass die mit High Heels „befußten" weiblichen Models stolperten oder sogar stürzten. Einige meiner Kolleginnen liefen aus diesem Grund nicht mehr für Lumont. Ein einziges Mal hat sie auch mir einen kräftigen Stoß in den Rücken verpasst. Kurzerhand habe ich mich umgedreht und sie am Handgelenk Richtung Laufsteg gezogen. Voller Panik riss sie die Augen auf und quietschte vor Angst. Ich zog sie nur soweit mit, dass ein Foto von ihr gemacht wurde. Dem Gesichtsausdruck auf dem Bild verdankt sie ihren Spitznamen. Dass es seitdem keine *Schupser* mehr gab, bringt mir noch heute einige „Daumen hoch" ein. Ihre Schwester war alles andere als begeistert und ein Jahr lang forderte sie mich nicht an. Ich habe keine festen Verträge mit großen Modemachern. Mein Management bekommt Anfragen, spricht sie mit mir ab und antwortet dann. Zum Glück war ich zu dem Zeitpunkt schon bekannt genug, sodass mir die Ablehnung von Franziska nichts ausmachte.

Auch diese Woche bin ich damit beschäftigt, Bade- und Freizeitmoden sowie den neusten Businesslook und Abendgarderobe von verschiedenen Modehäusern vorzustellen.

Gerade sitzen wir im Taxi auf dem Weg zur Messe, da spüre ich ein Vibrieren in meiner Manteltasche. Es könnten hundert verschiedene Leute sein, aber ich weiß, dass es Frauke ist. Na, zumindest hoffe ich es. Schnell ist das Smartphone in meiner Hand und WhatsApp geöffnet.

Ja ist das Einzige, das dort steht und es macht mich so unglaublich glücklich, dass ich Thomas, der neben mir sitzt, fest an mich presse.

„Sie hat Ja gesagt", rufe ich viel zu laut.

„Wer?", fragt er irritiert. Dann reißt er entsetzt die Augen auf. „Sie hat zu was Ja gesagt? Du hast doch nicht etwa …"

„Nein! Sie hat einem gemeinsamen Abendessen zugesagt. Herrgott, Thomas woran du denkst", schmunzle ich und versuche das Kribbeln in meinem Körper in den Griff zu bekommen. Blitzschnell überlege ich, wann ich wieder in Hamburg bin und schicke mit klopfendem Herzen eine weitere Nachricht.

Freitag? 19 Uhr?

„Du hast was Ernstes am Laufen? Warum weiß ich nichts davon?", wundert sich mein Freund, nachdem er einige Momente ganz still ist. Seine Stimme klingt derart verärgert, dass ich von meinem Handy auf und zu ihm sehe. Ein Lächeln, das selbst im Fernsehen als Begeisterung durchkäme, erscheint auf seinem Gesicht. Nur diese Leichenblässe müsste ordentlich übergeschminkt werden. Allerdings überzeugt er mich nicht.

„Sag mal, was ist los mit dir? Bist du sauer, weil ich eine Frau gefunden habe, mit der ich mehr will als meinen scheiß Entspannungssex?"

„Natürlich nicht!" Er sinkt ein wenig in sich zusammen. „Es ist nur… seit Wochen habe ich das Gefühl, dass du Geheimnisse vor mir hast. Es klingt bescheuert, ich weiß, aber ich will dich als Freund nicht verlieren." Sofort habe ich ein schlechtes Gewissen. Schließlich habe ich ihm mit Absicht nicht von Frauke erzählt.

„Ja, du hast recht", gebe ich kleinlaut zu. „Ich war mir zuerst nicht sicher mit ihr und dann wollte ich sie…", unterbreche ich mich selber und sehe grinsend zu ihm, „für mich ganz allein."

Zum Glück erreichen wir unser Ziel. Ich bezahle den Taxifahrer und auf dem Weg zu meinem heutigen Arbeitsplatz nimmt mir Thomas das Versprechen, ihm am Abend alles von der *Neuen* zu erzählen, ab.

E I N U N D F Ü N F Z I G

Frauke

Ich beantworte das leise Klopfen an der Zimmertür mit einem „Ja". Noch bevor die Klinke nach unten gedrückt wird, weiß ich, dass es Erik, Kais Freund ist. Er ist ein großer muskulöser Mann, der mit seinem wilden Vollbart und langen braunen Haar an einen Wikinger erinnert. Erik verhält sich stets ruhig und besonnen. Zuerst vermutete ich, er nähme Rücksicht auf mich. Dass Kai ihm von mir und meiner Vergangenheit erzählt hätte und er mich nun aus irgendeinem Grund nicht erschrecken wolle. Doch so ist Erik. Er bewegt sich so leise und unauffällig, dass es ihm schon einigen Ärger eingebracht hat. Seine Arbeitskollegen haben angedroht ihm ein Glöckchen an sein Ohr zu tackern, wenn er sich weiter so anschleichen würde. Geschichten über Kunden die ganz vergessen hatten, dass sich noch ein Handwerker im Haus befand, habe ich in den letzten Jahren einige gehört. Kai hielt uns über die neusten Vorkommnisse die sein Freund, als Maler und Lackierer erlebte auf den Laufenden.

„Hey, ich wollte …", unterbricht er sich selber, als er seinen großen Kopf in das Zimmer streckt. „Was ist los, hast du im Lotto gewonnen?" Die Annahme ist bei meinem breiten Grinsen sicher angebracht. Ich schüttle den Kopf und halte stattdessen mein Handy hoch.

„Ah, dein Liebster hat sich gemeldet", vermutet er belustigt und setzt sich zu mir aufs Bett. „Hat er sich entschuldigt für sein Benehmen am Sonntag?"

„Ja, und er möchte mit mir Essen gehen."

„Und? Wirst du ihm die Ehre erweisen?"

„Ich habe schon zugesagt. Am Freitag um 19 Uhr holt er mich ab."

„Wow, dann hat er es aber eilig", schmunzelt er. „Kai hat ihn gestern Abend via Internet gestalkt. Er ist zurzeit in Paris und wird dort am Donnerstagabend auf seiner letzten … Klamottenvorstellung, oder wie das heißt, sein." Ich nicke kurz mit dem Kopf. Ist ja nicht nötig zu gestehen, dass Kai und ich unsere Infos von der gleichen Fanseite des Schönlings bekommen. Ein leichter Schupser von Erik und er wechselt das Thema. „Freust du dich schon auf deinen ersten Arbeitstag?"

„Ja und wie. Am liebsten wäre ich schon heute mit Kai zur Arbeit gefahren, doch er meinte, den einen Tag hielte ich noch aus."

„Ich habe den Rest der Woche frei. Was hältst du davon, wenn wir nach Hamburg reinfahren und dir ein paar neue Anziehsachen kaufen. Vielleicht auch was Nettes für Freitag." Ich bin nicht der Shopping-Typ, aber ich habe immer noch nur die Sachen aus meiner Notfalltasche und die Teile, die Alexander im Internet für mich bestellt hat. Es wird also Zeit, das zu ändern. Vielleicht finde ich ja etwas Hübsches für mein erstes Date mit Alexander.

ZWEIUNDFÜNFZIG

Alexander

Ich schließe die Tür meines Hotelzimmers zivilisierter, als mir eigentlich der Sinn danach steht. Doch es ist schon fast Mitternacht und die anderen Gäste können schließlich nichts für meine Dummheit. Keine zehn Pferde hätten mich noch länger auf der After-Show-Party halten können, die von den vier Modehäusern abgehalten wurde, die heute ihre Kollektionen erfolgreich vorgestellt hatten.

Vor einer Stunde brummte mein Handy in meiner Hosentasche. In der Erwartung mich wieder in einen regen Austausch mit Frauke über WhatsApp zu begeben, habe ich natürlich gleich drauf geschaut. Aber es war keine Nachricht, sondern eine Terminerinnerung für morgen, Freitag. Emma stand da nur. Keine Chance, die Verabredung abzusagen.

Wie konnte ich mich nur, ohne in meinen Terminplaner zu sehen, mit Frauke verabreden? So ein Mist. Die ganze Zeit überlege ich hin und her. Es ist unmöglich, von Paris nach Meißen in Sachsen zu fahren und dann pünktlich zurück nach Hamburg zu kommen.

Frustriert lasse ich mich auf das Hotelbett plumpsen, öffne auf meinem Handy WhatsApp und bete, dass Frauke damit einverstanden ist, unsere Verabredung zu verschieben.

DREIUNDFÜNFZIG

Frauke

Es ist Viertel vor sieben. Immer noch. Zum Glück. Keine Ahnung. In meinem Bauch flattert es, dass mir schon richtig gehend übel ist. Ich stehe im Flur vor dem Spiegel der zur Garderobe gehört. Zum hundertsten Mal zupfe ich an dem Kragen der Bluse, die ich unter der Strickjacke trage. Die Ermahnung cool zu bleiben, hat sich zu ein Mantra entwickelt. Funktioniert auch nur bedingt, da ausschließlich meine Hände eiskalt sind. Gerade greife ich nach dem Kamm, der auf der Kommode liegt, als die Türglocke sich bemerkbar macht. Der erschreckend laute Ton sorgt dafür, dass ich erneut in Lichtgeschwindigkeit an meiner Kleidung zupfe und durch meine Haare kämme. Ich betätige den Schalter, der unten die Haustür entsperrt, und öffne schon die Wohnungstür. Während ich den Schritten lausche, die sich flott der Etage nähern, halte ich gespannt die Luft an. Die letzten Tage war ich zu nichts zu gebrauchen. Zum Glück hat mich die Arbeit in der Werkstatt ordentlich abgelenkt. Nachdem meine neue Frisur allgemeine Anerkennung erfahren hatte, wurde mir sogleich ein Motorrad zugeteilt, bei dem die Bremsen erneuert werden musste. Meine Vergangenheit war kein Thema mehr. Das Angebot, bei Bedarf mit jedem meiner Chefs reden zu können kam dann, als die gestandenen Männer mal kurz an meinem Arbeitsplatz vorbei sahen. Doch hier in meinem Zimmer war ich die ganze Zeit hin und her gerissen, zwischen Vorfreude und Angst aufgrund dieses Treffens mit Alexander.

Blondes Haar wird sichtbar und einen Moment später fallen meine hochgezogenen Schultern in ihre Entspannungshaltung zurück. Constantin bleibt am letzten Treppenabsatz stehen und sieht mich erstaunt an.

„Wow", sagt er und kommt dann weiter die letzten Stufen hoch, „du siehst toll aus."

Meine Antwort besteht nur aus einem Augenrollen und dem Freigeben der Tür. Natürlich geht er nicht an mir vorbei, ohne mir einen kleinen Kuss auf die Wange zu geben. Es ist irgendwie ungerecht, dass ich ihn nur sympathisch finde. Ich habe Constantin als einen freundlichen, hilfsbereiten und wirklich liebenswerten Mann kennengelernt. Wie viel einfacher hätte es mein Herz, wenn es Constantin gehörte.

Es ist Viertel vor acht. Uns allen ist klar, dass Alexander nicht kommen wird. Die Stimmung in der Küche erinnert mittlerweile an den Moment einer Grabrede.

Kurz nach sieben vermutete Kai: „Bestimmt wieder Stau in Hamburg." Ein paar Minuten wurde daraufhin hilflos über den Verkehr debattiert. Die vorsichtigen Blicke wandelten sich mit jeder weiteren Minute von besorgt zu mitleidig. Weder habe ich mich an einer Diskussion beteiligt, noch wollte ich mich an den mitfühlenden Mienen stoßen. Die ganze Zeit saß ich still mit den drei Männern in der zum Wohnzimmer offenen Küche. Möglichst unauffällig schaute ich viel zu oft auf meine Armbanduhr.

„Hat er nicht mal abgesagt?" Constantins Stimme ist bemüht ruhig. Doch er ist sauer, genauso wie Kai und Erik. Ich sehe gar nicht erst auf, sondern schüttle nur den Kopf.

„Wo ist dein Handy?", fragt mein Arbeitskollege. Nur einen Sekunde später bin ich auf dem Weg in mein Zimmer. Hektisch überlege ich, wo ich das verdammte Ding, hingelegt habe könnte.

„Ich hab es", höre ich Erik hinter mir. „Es ist komplett leer." Der große Mann hält das Smartphone hoch. Leise vor mich hin fluchend greife ich mir das Telefon und stöpsle es ans Ladekabel. Vier Augenpaare beobachten, wie das Handy versucht wieder ins Leben zurückzukommen.

„Ich habe es kaputtgemacht", gebe ich nach ein paar Sekunden, in denen nichts passiert, verzweifelt zu.

„Quatsch. Sei nicht so ungeduldig", fordert Kai. Ganz zaghaft erscheint als erstes das Ladezeichen.

Meine Hand zuckt vor, um endlich Gewissheit zu bekommen.

„Warte! Das Gerät braucht noch einen Moment", klugscheißt Constantin. Und dann reicht es mir. Flink gebe ich den Pin ein. Ein genervtes Stöhnen, das sich angesichts der Zeit, die das Handy zum Hochfahren benötigt, zwinge ich wieder zurück.

Achtzehn Nachrichten und fünf eingegangene Anrufe, alle von Alexander. Ich öffne sogleich WhatsApp und gemeinsam lesen wir den Grund, warum er nicht hier ist. Immer flehender wird die Bitte, den Ersatztermin anzunehmen, einen neuen vorzuschlagen oder sich zumindest kurz zu melden. Mein Herz schmilzt dahin bei seinem offensichtlichen Wunsch, mich sobald wie möglich wiederzusehen. Bedauerlich, dass ich keine Mailbox eingerichtet habe, sonst könnte ich jetzt seine Stimme hören.

„Ich wusste, dass der Schönling kein Arsch ist." Eriks Stimme erinnert mich daran, dass nicht nur ich die Mitteilungen lese. Schnell schicke ich Alexander einen „Daumen hoch" Emoji und bevor ich die App schließe auch noch ein Herz.

VIERUNDFÜNFZIG

Frauke

Von mir aus könnte die Musik ruhig lauter sein. Ich stehe auf die Lieder der 60er und 70er. Zu viert sitzen wir in der Lieblingskneipe von Kai und Erik und reden über Handball, Motorräder und Gänseblümchen. Ich hatte gar keine Chance Nein zu sagen, als die drei endlich ihren gemeinsamen Abend beginnen wollten.

„Los, du bist doch ausgehfertig, dann kannst du jetzt ebenso mitkommen", schlug Constantin vor. Und ich wollte mitgehen. Ich musste einfach eine Ablenkung von der emotionalen Achterbahn haben, die ich heute Abend erlebt hatte. Allerdings muss ich mich hier oft genug auf die Anwesenheit meiner Begleitung zurückbesinnen. Viel zu oft grinse ich still vor mich hin und das Kribbeln in mir wird fast unerträglich. So wie jetzt. Also, wieder zurück ins hier und jetzt. „Wann sollen wir morgen bei Leon sein?", will Constantin wissen und ich weiß sofort worum es geht. Leon ist ein gemeinsamer Freund der drei Männer hier. In den Tagen, die ich bei Constantin wohnte, lernte ich den gutaussehenden und wortgewandten Mann kennen. Sprachlos ließ ich sein wenig subtiles Geflirte über mich ergehen, während er meinem Vermieter ganz nebenbei die Zusage abluchste, ihm an diesem Wochenende beim Umzug zu helfen.

„Um halb zehn", antwortet Erik lustlos.

„Ich kann ebenfalls mithelfen", schlage ich vor und ernte mitleidige Blicke.

„Frauke, wenn du mit anfasst, ist es so, als wenn zwei andere loslassen." Gespielt beleidigt sehe ich meinen Arbeitskollegen neben mir an.

„Wir wissen doch alle, dass du noch krankgeschrieben sein solltest. Denkst du, uns entgeht wie oft du zusammenzuckst, wenn du eine falsche Bewegung machst? Die Chefs wollen dich vom ersten Tag an wieder nach Hause schicken." Das stimmte. Allerdings hatte ich gedroht, mich an das große Tor zu ketten, sollten sie mich zum Arzt verfrachten. Ich wollte endlich wieder etwas zu tun haben. Mir fiel die sprichwörtliche Decke nicht nur auf den Kopf, sie erdrückte mich von Tag zu Tag mehr.

„Dann mach halt Mädchensachen", schlägt Erik vor. „Schmier Brötchen oder so", erklärt er bei meinem irritierten Starren. Kais Handy, das zwischen uns liegt, macht sich bemerkbar.

„Du bist so ein sexistischer ..."

„Ah, Neues vom Schönling", höre ich den Mann neben mir sagen und das hält mich davon ab, mein Urteil über Erik weiter zu verkünden.

„Wahrscheinlich die ersten Bilder aus Paris. Hoffentlich sind auch welche von den Bademoden dabei." Mit großen, erwartungsvollen Augen öffnet Kai auf seinem Smartphone YouTube. Ohne die kleinsten Hemmungen schau ich mit ihm auf das Display. Wenn ich jetzt schon nicht mit Alexander zusammen sein kann, dann möchte ich wenigstens ein paar tolle Bilder von ihm sehen.

Mein Lächeln wird immer breiter, als ich feststelle, dass es sogar eine kurze Aufnahme ist.

Alexander steht vor einem Reihenhaus und offensichtlich wartet er, dass ihm geöffnet wird. Hinter seinem Rücken versteckt er einen großen Blumenstrauß. Die Tür öffnet sich und eine Sekunde später tritt eine junge Frau heraus. Was gesprochen wird, ist nicht zu hören, aber die Hände, die liebevoll Alexanders Gesicht umfassen, sagen alles. Mit einem Arm umfasst er die Taille der Frau und zieht sie an sich. Er drückt ihr einen Kuss auf die Stirn, während sie beide Arme um ihn schlingt. Dabei bemerkt sie den Blumenstrauß, den er ihr dann schmunzelnd überreicht. Die Aufnahme endet damit, dass Alexander seine Reisetasche neben sich vom Boden hebt und ihr ins Haus folgt.

FÜNFUNDFÜNFZIG

Frauke

Fast auf die Minute vierundzwanzig Stunden später betätige ich wieder den Drücker, der die Haustür öffnet. Doch das ist schon das Einzige, was gleich ist. Nach dem gestrigen Video ist alles anders. Die ganze Nacht habe ich mit dem Handy in der Hand wach gelegen. Zig mal habe ich mir die Szene auf YouTube angesehen. Auf die Kommentare unter dem wenige Sekunden langen Film habe ich größtenteils verzichtet. Allgemein freuen sich Alexanders Fans schweren Herzens über sein offensichtliches gefundenes Glück. Der werte Herr äußerte sich nicht einmal. Sein Management weist mit nur zwei Sätzen darauf hin, dass es Alexanders Privatsphäre akzeptiert und ihm eine tolle Frau an seiner Seite von ganzem Herzen wünscht.

Ständig habe ich mich gefragt, warum er so viel Wert auf ein Abendessen mit mir legt. Ich hätte Alexander gerne für heute einfach abgesagt. Per WhatsApp mit einem fiesen Spruch. Aber mir ist nichts eingefallen. Dafür habe ich hin und wieder in mein Kissen geheult. Erbärmlicher geht's ja wohl nicht mehr. Braunes Haar, das durch die einfallende Sonne des Flurfensters die vielen Nuancen preisgibt, erscheint. Einen Moment später strahlt mich Alexander an, während er die letzten Stufen hinter sich bringt. Sein schönes Gesicht wird nicht durch dunkle Ringe unter den Augen verunziert. Er hat also in der letzten Zeit gut geschlafen. Ein letztes Mal kann ich noch bedauern, dass ich nicht auf dieses letzte Treffen verzichtet habe, da steht er schon vor mir.

„Die Frisur steht dir sehr gut", erklärt er nach einer kurzen Begutachtung. „Danke, dass du meine Einladung angenommen hast", sagt er leise. Drei rote Rosen erscheinen in meinem Blickfeld. Ich bin wie erstarrt, kann weder die wunderschönen Blumen annehmen, noch irgendetwas sagen. Aus der Wohnung hinter mir ist ein verächtliches Schnauben zu vernehmen. Alexander nimmt das erste Mal seine Augen von mir und schaut in die Richtung, aus der das Geräusch kam. Ich mache einen Schritt zur Seite, sodass der Mann vor mir eintreten kann. Ein dreiköpfiges Tribunal hat sich in den schmalen Flur gequetscht. In Kais Mienen ist Mitleid zu erkennen. Erik hingegen tendiert eher zu Skepsis. Constantins Gesicht zeigt Wut und Abscheu.

„Na, du scheinst es ja mit Blumen zu haben", ätzt der Mann mit der Liebe zum Tausendschön. Alexanders Stirn legt sich in Falten. Verständnislos guckt er erst auf seine drei mitgebrachten Schönheiten und dann wieder zu Constantin. Ohne sich weiter um die anderen zu kümmern, beugt Alexander sich zu mir herab. Ich zucke nicht einmal zurück als seine weichen Lippen auf meine treffen. Diesen kleinen Kuss gönne ich mir wie das letzte Stück Schokolade, bevor man eine lebenslange Diät macht.

Vor sich hinmurmelnde Flüche von links lassen den Mann vor mir erneut zu Constantin sehen.

„Was ist eigentlich dein Problem?" Alexanders Stimme spiegelt die beginnende Verärgerung wieder.

„Was mein …?"

„Wolltet ihr nicht zum H-Handball?", gehe ich mit fester Stimme dazwischen. Schließlich war das ihr Plan für den heutigen Abend gewesen und sie waren mittlerweile definitiv zu spät dran.

„Mir ist gerade nach Faustball." Überrascht stelle ich fest, dass der ruhige und sonst so besonnene Gänseblümchenmann sich gerade zu einem Kampfkaktus entwickelt. Das Rosenmodel richtet sich zu seiner vollen Größe auf. Zum Glück bin ich nicht die einzige die einen Schritt vor macht, zusammen mit Erik stehen nun zwei Personen zwischen den Zankäpfeln.

„Hey, komm mal wieder runter", fordert jetzt auch Kai. Beschwichtigend legt er eine Hand auf den Arm seines Freundes.

„Warum? Der wickelt sie doch nur wieder um den Finger."

„Das ist allein Fraukes Entscheidung", bestimmt Kai. Mit einem Ruck entzieht Constantin sich der Hand, die es nur gut mit ihm meint.

„Du bist so ein mieses Stück … "

„Stopp!" Eriks Stimme donnert durch den Flur und übertönt das letzte Wort, das Constantin nicht zurückhalten will. „Egal für was wir ihn halten, es geht uns nichts an. Deshalb werden wir uns jetzt zum Handball auf machen."

„Ich hätte jetzt doch gern eine kurze Info was hier los ist. Offensichtlich ist mein Beliebtheitsgrad in den Keller gerutscht. Bei dem Idioten verstehe ich es sogar, bei den beiden anderen nicht." Alexanders ernste Stimme lenkt mich von dem verärgerten Gemurmel Constantins ab.

„Es ist wegen des YouTube Videos von gestern A-Abend", erkläre ich nach einer kleinen Atempause. Ich kann mich noch nicht zu ihm umdrehen. Es bleibt still in meinem Rücken. Keine Frage. Keine Erklärung. Er weiß also Bescheid.

„Du hattest gar nicht vor mit mir heute Abend essen zu gehen." Die Feststellung kommt mit einer emotionsloser Stimme über seine Lippen.

„Nein", gebe ich leise zu, während ich mich endlich zu ihm umdrehe.

„Wegen diesem YouTube Müll", stellt er sachlich fest. Ich habe das Gefühl einem völlig Fremden gegenüberzustehen. Jemandem dem alles und jeder gleichgültig ist. Seine schönen grünen Augen blicken mich kalt an. Kurz zucken seine Mundwinkel zu einem ironischen Lächeln, als er die Rosen auf die Garderobe fallen lässt. „Und warum bin ich hier? Kommt jetzt noch eine Gardinenpredigt?"

„Nein, natürlich nicht. Ich möchte dich nur bitten keinen Kontakt mehr mit mir aufzunehmen." Zum Glück habe ich mir diesen Satz schon hundertmal in meinem Kopf vorgesagt. Doch richtig fühlt es sich immer noch nicht an. Ganz im Gegenteil. Zumindest spare ich mir peinliches Gestottere. Wir sehen einander weiter an.

„Kannst du dich noch an unser Gespräch erinnern, in dem ich dir sagte, ich würde dich nie um ein Date bitten?" Ja, das konnte ich. Er würde es aus Angst vor einem Korb nicht tun, war seine Erklärung gewesen.

„Na ja, meistens lerne ich aus meinen Fehlern. Machs gut." Er verlässt die Wohnung. Ohne zu zögern. Dreht sich nicht einmal mehr um. Ich höre seine Schritte im Hausflur leiser werden und schlussendlich die Haustür zufallen. Langsam schlurfe ich zum Wohnungseingang, durch den Alexander gerade gegangen ist. Ich schließe die Tür mit der Gewissheit, dass es so am besten ist.

SECHSUNDFÜNFZIG

Alexander

Das Licht des goldenen M's des Fast Food Restaurants erreicht meinen Porsche. Gott bewahre, dass ich hier etwas essen oder trinken würde. Doch es war die erste Möglichkeit zum Parken, nachdem ich von Frauke losgefahren war. Ich musste weg von den drei Schwachköpfen. Und von ihr. Dabei bin ich der Idiot. Wie konnte ich mir nur die letzten Wochen vormachen eine Beziehung mit Frauke eingehen zu können? Ich greife mir das Handy vom Beifahrersitz und öffne mein privates Telefonbuch. Viele Einträge gibt es nicht. Hauptsächlich Familie, enge Freunde und *besondere* Frauenbekanntschaften. Bei Ilkas Namen mache ich halt. Ich sollte sie anrufen, fragen ob sie Zeit hat. Das wäre auf jeden Fall eine bessere Alternative als weiter hier herumzusitzen. Ein winziges Stück scrolle ich zurück und lande bei Hannah. Bei ihr ist es gerade Mittag. Mein Daumen schwebt so lange über dem Hörer neben ihrem Namen, bis das Display dunkel wird. Ich brauche sie gar nicht anzurufen. Schmunzelnd lehne ich meinen Kopf an die Stütze und schließe die Augen.

„Was hast du getan?", meldet sie sich immer, wenn ich unangekündigt anrufe. Wie immer werde ich mit einem „Nichts" antworten, nur nicht so froh gelaunt wie sonst. Meine Schwester wird spüren, dass etwas geschehen ist und mitleidslos nachhaken. Nachdem ich ihr das heutige Debakel erzähle, wird sie fragen, warum ich Frauke nicht von Emma erzählt habe. Sobald ich Hannah mit mangelndem Vertrauen komme, wird sie mich wahrscheinlich als verflixten Sturkopf beschimpfen und verlangen zurückzufahren oder zumindest Frauke anzurufen. Eventuell kommt sie auch auf mein, zugegebenermaßen bescheuertes Verhalten, bei der Jubiläumsfeier zu sprechen. Mein bisheriger Lebenswandel wird sicher ebenso Erwähnung finden. Nein, ich werde sie nicht anrufen. Doch ich sollte zu Frauke zurückfahren.

Zehn Minuten später stehe ich wieder vor dem Haus in dem Frauke zurzeit wohnt. Wohl fühle ich mich nicht. Doch wer erklärt sich schon gern. Die Hoffnung, dass nach dem Gespräch alles wieder in Ordnung ist, lässt mich hoch zur zweiten Etage sehen. Da steht sie am Fenster und schaut zu mir herunter.

SIEBENUNDFÜNFZIG

Frauke

„Bist du sicher, dass du nicht mit möchtest?" Constantin stellt die Frage unsicher und hoffnungsvoll. Natürlich ist ihm klar, dass er sich unmöglich verhalten hat, selbst wenn er irgendwie recht hatte.

„Ja. Mir ist nicht nach Handball", informiere ich kurz angebunden. Nach einem Moment rutscht mir ein versöhnliches „viel Spaß" heraus.

Kaum das Alexander fort war, hatte ich mich wütend an ihn gerichtet. „Denkst du eigentlich ich k-kann nicht für mich s-selber sprechen? Und w-was sollte dieses Machogehabe? Ich bin kein blödes B-Burgfräulein, das von irgendeinem Schurken g-gerettet werden muss", hatte ich ihn stotternd angepflaumt und ihn mit seinen beiden Freunden stehen lassen. Seine gerufene Entschuldigung wurde von meiner zugeknallten Zimmertür unterbrochen.

Ich höre wie sich die Wohnungstür hinter den drei Männern schließt. Mit einem Seufzer lege ich das Buch, in dem ich jetzt seit zehn Minuten den gleichen Absatz lese, zur Seite.

In diesem Haus ist es nie still. Irgendwie scheint immer jemand etwas zu tun zu haben. Jetzt gerade renoviert der Nachbar über mir sein Schlafzimmer. Erik erzählte, dass dessen langjährige Freundin ihn vor drei Monaten verlassen hatte. Durch die Neugestaltung des Raumes erhofft er einen Schlussstrich oder Neuanfang zu erreichen. Trotz des Werkelns über mir, ist in mir alles still. Oder besser taub.

Um diesem Gefühl der Leere in mir zu entgehen schalte ich den Fernseher ein. Ich zappe von den öffentlich Rechtlichen zu den Privaten. Nur die Werbung von Haribo lässt mich fünfundzwanzig Sekunden innehalten. Ein kleines Schmunzeln entlockt mir die Bibliothekarin, als sie mit ihrer Cola Flasche aus Weingummi verschwindet. Bei der nächsten Werbung, passenderweise für Zahncreme, drücke ich den roten Knopf der Fernbedienung.

Krampfhaft versuche ich an Montag zu denken. Hannah hat angekündigt, Entwürfe für ein neues Motorrad zu schicken. Doch von meiner Chefin bin ich im Bruchteil einer Sekunde bei ihrem Bruder. Ich werde ihn nicht mehr wiedersehen. So verärgert wie er die Wohnung verlassen hat, wird er sich nicht mehr bei mir melden.

Die Erinnerung an ein unserer vielen Gespräche kommt plötzlich wieder hoch. Er hat mir erzählt, dass er nicht nur für einen dieser Modeschöpfer arbeiten möchte. Ihm liege viel an Abwechslung und an seiner Freiheit. Exklusivität wäre nichts für ihn.

Hatte er mich damit schon vorwarnen wollen? Wahrscheinlich kam der Frust vorhin nur daher, weil er seine Zeit mit mir vergeudet hatte. Warum kann ich nicht darüber erleichtert sein, dass er fort ist? Weil ich es nicht glaube, nicht glauben kann. Er war doch so enthusiastisch mit seinem Wunsch mit mir Essen zu gehen. Wenn ich ihm nichts bedeuten würde, wäre er doch gar nicht an einem Date interessiert. Der Blick, mit dem er mich bedachte, als er die Wohnung betrat, ließ doch keine Fehlinterpretation zu, oder? Nein. Das war mein Alexander gewesen.

Ich habe es verbockt! Ich hätte ihm vertrauen sollen. Stattdessen verurteile ich ihn. Gebe ihm nicht einmal die Möglichkeit dieses Video zu erklären. Vielleicht ist sie eine Verwandte oder was auch immer. Wenn ich er wäre, hätte ich mich ebenfalls aus dem Staub gemacht. Wer braucht schon jemanden, der aus allem ein Drama macht? Niemand!

Na super, jetzt laufen mir vor lauter Selbstmitleid die Augen über. Mit dem Ärmel meines hellen Pullis wische ich die blöden Tränen weg. Das typische Geräusch eines Porsches lässt mich aufhorchen. Irregeleitende, unterdrückte Hoffnung lässt mich ans Fenster treten. Ungläubig sehe ich zu Alexander herunter. Er steht vor dem Haus und sieht zu mir hoch. Ganz langsam hebt er seine Hand und winkt mir vorsichtig zu. Trotz der Laterne, die genug Licht spendet um seine Person zu erkennen, bleibt der Grund seines erneuten Erscheinens im Dunklen. Was hat sich in der letzten halben Stunde geändert? Ich hatte vermutet, dass er sich gleich zur nächsten Eroberung aufmacht.

Vielleicht sogar zu der Frau aus dem Video. Wie eine blöde Zwölfjährige winke ich vorsichtig zurück. Schmetterlinge in meinem Bauch machen sich bemerkbar. Eine Gänsehaut überzieht meinen ganzen Körper.

Alexander zeigt stumm auf die Haustür. Ich nicke und wende mich sofort ab. Eilig laufe ich aus meinem Zimmer. Fast rutsche ich mit den Socken auf dem Parkett aus. Mit dem Betätigen des Drückers für die Haustür reiße ich außerdem gleich die Wohnungstür auf. Erst jetzt kann ich wieder in ganzen Sätzen denken. Als Erstes werde ich mich bei Alexander entschuldigen. Ja, genau! Mein Herz schlägt mir bis zum Hals. Ich kann es gar nicht erwarten bis er endlich vor mir steht. Hektisch sehe ich mich um. Er hat hier doch nichts vergessen? Nicht, dass ich ihm gleich um den Hals falle und er will nur etwas holen. Nein. Nur die Rosen liegen noch auf der Garderobe. Er ist wegen mir zurückgekommen, das fühle ich. Noch immer halte ich den Schalter gedrückt. Das Summen des Türöffners ist durch den Hausflur zu hören. Doch die Tür wird nicht aufgedrückt. Hm. Ich wechsle vom Türöffner zur Gegensprechanlage. Noch bevor ich etwas sagen kann, höre ich das Geräusch eines wegfahrenden Sportwagens.

ACHTUNDFÜNFZIG

Alexander

Mit dem Summen des Türöffners klingelt auch mein Handy. Ich habe mein privates Telefon mit, indem nur Familie und ganz enge Freunde aufgelistet sind. Das ist der Grund, weshalb ich überhaupt das Smartphone aus der Sakkotasche krame und mir den Namen des Anrufers ansehe. Meine Mutter. Eine Sekunde bin ich versucht sie wegzudrücken. Ich will nur noch diese Treppen hinter mich bringen und bei Frauke sein. Alles zwischen uns wieder ins Reine bringen. Mit ihr etwas beginnen, das ich vorher noch nie mit einer Frau hatte. Nie wollte. Doch meine Mutter würde mich auf diesem Handy nicht für einen Smalltalk anrufen.

„Kann es nicht warten?", frage ich statt einer Begrüßung. Immer noch starre ich auf die summende Haustür.

„Nein. Du wirst dich jetzt umgehend von Frauke verabschieden und zu uns nach Hause kommen." Den Befehlston kenne ich. Oft kommt er nicht mehr vor, seit ich erwachsen bin, aber er zieht immer noch.

„Warum? Was ist denn passiert? Und woher weißt du, dass ich bei Frauke bin?", hinterfrage ich ausnahmsweise ihre Anweisung. Ich schaue mich irritiert um. Ist sie mir gefolgt?

„Alexander, ich habe keine Zeit, dir das jetzt zu erklären. Nur so viel: Emma wurde überfallen." Hannah neckt mich immer wegen meiner Modelkarriere. Ihrer Meinung nach habe ich Glück, so gut auszusehen, weil ich nicht der Hellste bin. Tatsächlich benötige ich einen Moment, bis mir klar wird, was meine Mutter meint. Ein letztes Mal schaue ich auf die summende Tür, hinter der die Frau wohnt, die ich mehr will als alles andere. Dann drehe ich mich zu meinem Auto und beende das Gespräch mit einem: „Bin unterwegs."

Ich sollte irgendwo anhalten. Zumindest nicht mit diesem Tempo fahren. Meine Gedanken sind überall, nur nicht auf der Straße. Gerade eben, als Frauke so schnell von ihrem Fenster verschwand, war doch noch alles gut. Die Erleichterung, dass sie es wohl gleichfalls nicht erwarten konnte mit mir zu sprechen, ließ fast meine Knie weich werden.

Und jetzt? Ich versteh die Welt nicht mehr. Kann es wirklich sein, dass drei Frauen, die mit mir zu tun haben, überfallen wurden? Mir wird ganz anders, wenn ich an Miriam denke. Uwe hätte mich informiert wenn es Neuigkeiten gegeben hätte. Noch zwanzig Minuten, dann bin ich bei meinem Elternhaus. Ich bete, dass es Emma gut geht. Wenn der Brandanschlag auf Frauke und das Verschwinden von meiner Personenschützerin mit dem Überfall auf Emma zusammenhängt, dann rechne ich mit dem Schlimmsten. Aber warum? Wer könnte dahinter stecken? Ich bekomme keine Ordnung in meinen

Gedanken. Angst wuselt derart heftig in meinen Eingeweiden, dass mir übel wird. Furcht um die Frauen in meinem Leben. Ich sollte Ilka und die beiden anderen Frauen warnen.

Wir sitzen alle in dem gemütlichen Wohnzimmer meiner Eltern. Doch das ist kein harmonisches Familientreffen, sondern eine Krisenintervention. Jede einzelne Anweisung meiner Eltern und meines Onkels werde ich beachten. Ich bin viel zu geschockt, um nur gegen eine der Regeln, die bis auf weiteres gelten, aufzumurren.

Emma liegt im Koma. Dieses junge, unschuldige Mädchen. Heute Morgen hat jemand sie in ihrem Zuhause überfallen. In dem Haus ihrer Eltern. In dem Haus, in dem ich noch vor ein paar Stunden war. Offensichtlich hat dieses Monster gewartet, bis Emma allein war. Wahrscheinlich hat er dann geklingelt, denn es gibt keine Einbruchsspuren. Noch im Eingangsbereich wurde die junge Frau überfallen. Mit einem stumpfen Gegenstand, den der Täter anscheinend mitgebracht hat, schlug er mit zerstörerischer Kraft auf Emma ein. Mehr tot als lebendig fand Bettina, ihre Mutter, sie am späten Mittag. Meine Sicht verschwimmt, wenn ich mir vorstelle, wie der Anblick für Emmas Mama gewesen sein muss. Ich kann den Schock und die Verzweiflung körperlich spüren. Und das alles wegen mir. Ein Gefühl, als arbeite sich ein riesiges Geschwür durch mein Inneres überkommt mich. Ausgerechnet Emma. Wir sehen uns nur einmal im Jahr. An Weihnachten und zu Ostern schicken wir uns Grüße, das war es schon. Wie kann jemand vermuten, wir hätten mehr als ein freundschaftliches Verhältnis. Emma selber hat darauf bestanden, unsere Bekanntschaft nicht öffentlich zu machen, worüber ich zu Anfang überrascht war. Und mein Management nicht begeistert. Wäre ja eine zu gute Story geworden. Doch Emma war auch mit Geld nicht zu einem Umdenken bereit gewesen. Also lief es so ab, wie die damals Sechzehnjährige es sich gewünscht hatte. Und jetzt liegt sie in einem Krankenhaus, weil dieses seltene Treffen noch zu viel war.

Ich sehe zu den in Cappuccino Farben gestrichenen Wänden. Mein Blick gleitet entlang an den gerahmten Bildern von Hannah und mir, bis zu den Fotos meiner Nichte Cloe. Wenigstens sie bringen ein wenig Wärme in meinen Körper. Noch nie habe ich mich so schuldig gefühlt.

Mir ist klar, dass es irrational ist, aber wer kann schon Emotionen steuern.

„Alexander." Die tröstende Stimme meiner Tante Susanne neben mir, lässt mich nach ihrer Hand tasten. Ich sehe in ihre blassgrünen Augen und erneute bekomme ich Angst, diesmal um Hannah. Nein! Wenn einer in Sicherheit ist, dann meine Schwester. Sie ist fast siebentausend Kilometer entfernt von dieser Katastrophe. Außerdem haben wir bereits festgestellt, dass die Person, die dieses Unheil zu verantworten hat, sich nicht an Familienangehörigen vergreift.

„Du hast nicht einmal einen Schimmer, wer dahinter stecken könnte?" Als wenn ich mir die Frage meiner Mutter nicht selbst schon hundert Mal gestellt hätte. Resigniert schüttle ich den Kopf.

„Ich weiß es wirklich nicht. Niemand den ich kenne, wäre zu so etwas fähig." Fast ängstlich sehe ich zu meinem Onkel. „Von Miriam immer noch keine Spur?", frage ich leise. Seine Antwort besteht nur aus einem „Nein".

„Was ist das für ein Mensch?", will Susanne von den beiden Polizisten und dem Personenschützer wissen. „Ihr seid doch die Fachleute. Gibt es kein ... Profil das ihr erstellen könnt?", fragt meine Tante herausfordernd. Jetzt bin ich es, der versucht ihr Halt zu geben. Leicht drücke ich ihre kleine Hand. Uns allen ist bewusst, dass so ein Gespräch vor vielen Jahren schon einmal stattgefunden hat. Damals ging es um Cloe. Ein Stalker hatte sie überfallen und meine, mittlerweile verstorbene Tante, beschloss, dem Täter eine Falle zu stellen. Der anfängliche Erfolg dieser Aktion wurde schließlich zu einem schrecklichen Unglück.

„Wir sind uns einig, dass der Täter oder die Täterin mit dem Beginn deiner Schauspielkarriere auf dich aufmerksam wurde." Ein wenig beruhigt mich die tiefe, besonnene Stimme meines Vaters. Gibt mir ein bisschen Hoffnung zurück, dass wegen mir nicht noch mehr Menschen in Gefahr geraten. Tief atme ich durch. Konzentriere mich auf die Menschen, die ich in den letzten Monaten kennengelernt habe. Versuche, mich an besondere Vorkommnisse zu erinnern. Aber nicht nur, dass es mir nicht gelingen will mich zu fokussieren, denke ich immer wieder an Frauke. Wenn jemand hinter Menschen her ist, die mir wirklich etwas bedeuten, dann ist sie ein potenzielles Opfer.

„Wir müssen Frauke beschützen", verlange ich gerade heraus.

„Das wichtigste ist, dass du erst einmal keinen Kontakt mehr zu ihr hast", erklärt meine Mutter. Sollte irgendwo noch ein wenig positive Energie in mir gewesen sein, entweicht sie gerade. Natürlich werde ich alles tun, um Frauke in Sicherheit zu wissen. Doch es jetzt ausgesprochen zu hören…

„Also, ich verstehe das alles nicht", unterbricht die Frau neben mir, meine niederschmetternden Gedanken. „War das Feuer auf Hannahs Haus nun doch ein Anschlag auf Frauke?" Gute Frage. Ich sehe in die kriminalistisch erfahrenen Gesichter meiner Familie.

„Nein, das glaube ich nicht", antwortet Uwe nach einem Moment als Erster.

„Ich kann mir das auch nicht vorstellen", pflichtet mein Vater ihm bei.

„Dann müsste der Täter zur Ablenkung weitere Feuer gelegt haben", erklärt meine Mutter. Dennoch schwingt für mich etwas zu viel Skepsis in ihren Stimmen mit. Mit hochgezogenen Brauen sehe ich die drei an.

„Alexander, der Täter hat Miriam und Emma persönlich angegriffen. Beide Frauen wurden in der Öffentlichkeit mit dir gesehen. Beides passt nicht zu dem Brandanschlag auf Frauke", führt meine Mutter die vorgebrachten Argumente aus. Im Nachhinein bin ich sehr dankbar, dass Frauke darauf bestanden hat, nicht mit mir in Verbindung gebracht zu werden.

„Wenn es also jemand auf die *ernst gemeinten* weiblichen Beziehungen von Alexander abgesehen hat, bedeutet es dann nicht, dass es sich wahrscheinlich um eine Täterin handelt?" Entsetzt sehe ich meine Tante neben mir an.

„Willst du damit andeuten, ich habe eine verdammte Stalkerin am Hals?" Eiskalt läuft es mir den Rücken herunter.

Schweigen.

Niemand von meiner Familie widerspricht meiner Befürchtung. Keiner meiner mir bekannten Arbeitskollegen hatte je mit so einer kranken Person zu tun. Klar, hier und da einen etwas zu enthusiastischen Fan. Doch nichts, was man mit einem klärenden Gespräch nicht wieder in normale Bahnen bringen konnte. Warum muss mir das dann passieren? Erneut kommen die Erinnerungen von einst zurück. Gehen zu dem Unglück zurück, dass dieser Mensch über meine Familie gebracht hatte. Ich selber war damals noch nicht geboren. Die Spuren jedoch, die dieses schreckliche Ereignis hinterlassen hat, spüre ich noch heute. Hier ebenso, wie bei meinen Besuchen in Clinton.

„Was mache ich jetzt?", frage ich leise. Mutlosigkeit legt sich über mich. Ich habe das Gefühl, dass sich alles und jeder gegen Frauke und mich verschworen hat. Wahrscheinlich vermutet sie nach meinem Verschwinden vorhin, dass ich nicht richtig ticke. Oh Mann, ich muss sie unbedingt anrufen. Ich greife nach meinem Telefon, das vor mir auf dem Tisch liegt. Noch während ich Fraukes Nummer heraussuche, wende ich mich an meine Mutter.

„Woher wusstest du überhaupt, wo ich war?"

„Wen rufst du jetzt an?" Gegenfragen statt antworten, wie typisch. Das Freizeichen ertönt und ich halte dem Blick meiner Mutter auffordernd stand.

„Es gibt doch für alles Apps", tut sie mit einem Schulterzucken ab. Das Geräusch aus meinem Handy bricht ab. Ich wurde weggedrückt. Verdammt noch mal! Schnell öffne ich WhatsApp.

„Ist das nicht ungesetzlich?", frage ich verärgert und schreibe gleichzeitig eine Nachricht.

„Nein." Ihre Antwort ist so kurz und knapp, dass ich sie zweifelnd ansehe. Wenn dieser ganze Spuk vorbei ist, werde ich mir ein neues Smartphone besorgen, von dem meine Eltern nie etwas erfahren werden.

Hallo Frauke, es tut mir leid, dass ich so schnell weg musste. Ein Notfall. Bin gerade bei meinen Eltern. Bitte, lass uns telefonieren.

Hoffnungsvoll sehe ich der Nachricht nach. Die Übermittlung endet mit einem grauen Häkchen.

NEUNUNDFÜNFZIG

Frauke

Es ist Montag, endlich. Das restliche Wochenende, also nachdem ich die Gegensprechanlage gedrückt hatte und dem Geräusch des wegfahrenden Sportwagens gelauscht habe, war erfrischend ruhig. Ich habe mich die ganze Zeit in meinem Zimmer aufgehalten und ferngesehen. Kai und Erik erzählte ich nichts von dem erneuten Eintreffen Alexanders. Wer könnte schon mit mehr als einem verwirrten Kopfschütteln auf diese Aktion reagieren. Eine Stunde später versuchte Alexander mich anzurufen, doch da stand mein Entschluss schon fest.

Mein Arbeitskollege und Gastgeber parkt gerade vor der Werkhalle der *Harmann-Motorräder*.

„Es tut mir wirklich leid. Das mit Alexander, meine ich. Ich hätte nie gedacht…"

„Kai, es ist alles in Ordnung", unterbreche ich ihn. „Lass uns an die Arbeit gehen." Schnell öffne ich die Wagentür, nicht dass er mir noch ein Gespräch anbietet.

Noch während Kai und ich mit den Chefs ein „Moin" austauschen, schau ich auf mein Auftragsfach. Es ist zum Glück gut gefüllt. Also keine Zeit zum Nachdenken.

Bevor ich mich nach hinten zu den Umkleideräumen begebe, lege ich Andreas das ausgeschaltete Handy vor ihm auf den Schreibtisch.

„Danke", sage ich mit fester Stimme, „ich brauche es nicht mehr."

„Hast du dir eine aktuellere Version gekauft?", fragt er und greift nach dem Smartphone. Ein wenig beugt er sich runter, um eine der unteren Schubladen seines Schreibtisches zu öffnen.

„Nein, ich brauche kein Handy. Die letzten Jahre hatte ich auch keines." Andreas hält inne, dass Telefon in das Fach zu legen.

„Bist du sicher?" Ich nicke zur Bestätigung. „Es hat uns ein gutes Gefühl gegeben, dich mit einem Handy ausgestattet zu wissen." Er meint ganz offensichtlich das Gefühl der Sicherheit, denn seine Stimme nimmt einen bittenden Ton an.

„Ich vergesse sowieso immer es aufzuladen und meistens weiß ich nicht einmal, wo ich es hingelegt habe", argumentiere ich ein letztes Mal und gehe weiter, um mich endlich umzuziehen.

„Frauke!" Bei dem Gebrüll von Blue zucke ich unvermittelt zusammen. Seit Stunden arbeite ich voll konzentriert an verschiedenen Motorrädern. Handgriffe, die normalerweise automatisch ablaufen, rufe ich Stück für Stück in meinem Kopf ab. So vermeide ich, an etwas anderes zu denken, als an meine Arbeit. Oder an jemand bestimmten. Eigentlich wollte ich Frühstücks- und Mittagspause ausfallen lassen, doch das war mit den Männern hier nicht zu machen.

„Ins Büro!", kommandiert der Ire in der gleichen Lautstärke weiter.

„Herrgott. Elender Brüllaffe", schimpfe ich im Flüsterton vor mich hin.

„Hast du etwas gesagt?"

„Nein! Bin schon u-unterwegs." Auf dem Weg zum Büro ziehe ich mir die Arbeitshandschuhe aus und stopfe sie in die hintere Tasche meiner Arbeitsjeans.

Mit hochgezogenen Brauen sehe ich meinen Chef fragend an, der mit vor der Brust verschränkten Armen vor der Tür des Büros steht.

„Du hast Besuch", sagt er und nickt kurz in den Raum hinter ihm.

Sofort schlägt mein Herz bis zum Hals. Es gibt nur eine Person, die einen Grund und die Unverschämtheit hat, hier aufzukreuzen. Ganz sicher will ich sie nicht sehen, geschweige denn mit ihr reden. Andreas bemerkt mein Zögern oder vielleicht auch den Verlust meiner Gesichtsfarbe.

„Es ist nicht er", raunt er mir zu, als er wieder an seine Arbeit geht.

Die Erleichterung, währt nur einen Augenblick. Denn Susanne Harmann, Alexanders Mutter sitzt hinter dem Schreibtisch. Ich will nicht, dass sie hier ist. Weder sie noch ein anderes Mitglied ihrer Familie. Die letzten Wochen, seit Alexander in mein Leben eingedrungen ist, sind ein einziges Fiasko. Dieses Ewige hin und her und hoch und runter. Ich kann das einfach nicht mehr ertragen, weil ich müde bin. Schon beinahe zermürbt. Samstag Abend habe ich wie eine Idiotin zweimal seinen Namen in die Gegensprechanlage gerufen. Erst hoffnungsvoll, dann ungläubig. Keine Ahnung was für ein Spiel er mit mir spielt, doch es ist beendet. Deshalb will ich nichts mehr mit dieser Familie zu tun haben. Noch einmal atme ich tief durch, dann betrete ich das Büro um der Frau vor mir meinen Entschluss klar zu machen.

„Hallo Frauke", werde ich freundlich begrüßt. Ausdruckslos und abwartend sehe ich sie an. Unfassbar, dass sie sich offensichtlich von ihrem Sohn hat herschicken lassen.

„Setz dich doch." Mit einem Griff ziehe ich meine Handschuhe wieder aus der Hosentasche.

„Ich habe zu tun", antworte ich, ohne zu stottern.

„Wie geht es dir?"

„Super", antworte ich sarkastisch.

„Ich habe vergessen, dass du für Small Talk nicht zu haben bist", schmunzelt sie. „Also, ich habe gehört, dass du nicht an dein Telefon gehst."

„Es gibt k-keinen Grund dafür." Susanne faltet ihre Hände auf dem Schreibtisch zusammen und sieht mich prüfend an.

„Doch, den gibt es. Und es ist ein guter Grund. Also bitte, setz dich." Kurz überlege ich, einfach wieder an meine Arbeit zurückzukehren. Doch was passiert als Nächstes, wird Hannah mich anrufen? Werde ich gefeuert, weil ich respektlos zu ihrer Mutter war? Verärgert ziehe ich den Stuhl vom Tisch und setze mich. Ich sollte kündigen.

„Danke." Ich gehe auf ihre Freundlichkeit nicht ein. Mit vor der Brust verschränkten Armen warte ich, dass sie endlich zur Sache kommt.

„Vor fast genau vier Jahren trat eine Organisation an Alexanders Management heran, die es sich zur Aufgabe gemacht hat, unheilbar kranken Kindern und Jugendlichen einen Wunsch zu erfüllen. Die Eltern eines jungen Mädchens wünschten sich für ihre Tochter, dass mein Sohn sie auf ihrem anstehenden Geburtstag überraschte. Emma, so ihr Name, schwärmte schon sehr lange für Alexander." Susanne zögert kurz und sieht mich mit einem etwas beschämten Ausdruck an.

„Ich muss zugeben, dass ich am Anfang wenig begeistert davon war. Die Vorstellung, Alexander so nah an dem Leid eines anderen Menschen zu wissen, war alles andere als angenehm. Ich wollte ihm ersparen, etwas Schreckliches mitzuerleben, das wir nicht ändern können. Doch Alexander zögerte nicht einen Moment und so kam es, dass er an Emmas sechzehnten Geburtstag das erste Mal mit einem großen Blumenstrauß vor ihrer Tür stand." Offensichtlich ist sie fertig mit ihrer Geschichte, denn sie sieht mich mit hochgezogenen Brauen an. Ich benötige nur eine Sekunde, bis der Groschen fällt.

„Das YouTube V-Video." Oh Mann. Ich fühle mich wie ein selbstsüchtiges Miststück. Warum hatte ich ihn nur nicht gefragt? All meine Zweifel die ich am Samstag schon hatte, kommen wieder hoch. Aber auch Ärger.

„W-Warum hat er m-mir nichts davon e-erzählt?", stottere ich.

„Das wollte er, als er erneut vor deiner Tür stand. Im gleichen Moment informierte ich ihn allerdings darüber, dass Emma überfallen wurde und forderte ihn auf, sich augenblicklich bei uns einzufinden."

„Wie geht es ihr?"

„Nicht gut. Sie liegt im Koma." Susannes Mitgefühl für die junge Frau ist unübersehbar. Meine Anteilnahme gilt Alexander. Natürlich verstehe ich jetzt, warum er mich so abrupt hat stehen lassen. „Weißt du über Miriam Bescheid?", fragt Alexanders Mutter. Verwirrt durchforste ich mein Gedächtnis.

„Das ist seine P-Personenschützerin", fällt es mir wieder ein.

„Ja. Sie wird seit einer Woche vermisst." Ich kann nicht glauben, was Susanne da sagt.

„Jemand h-hat es auf Alexander abgesehen?"

„Wohl eher auf die Frauen in seinen engeren Umkreis. Das ist jedenfalls der Grund, warum ich hier bin. Die Polizei arbeitet mit Hochdruck an dem Fall und ich bin zuversichtlich, dass wir bald Ergebnisse vorliegen haben. Doch bis es so weit ist, solltet Alexander und du euch erst einmal nicht mehr treffen." Mit einem aufmunternden Lächeln reagiert sie auf mein immer noch ungläubiges Starren.

„Tja, ich muss wieder los", höre ich sie sagen, als sie schon neben mir steht. Nicht einmal nicken kann ich. Noch immer versuche ich, die Information zu verarbeiten.

„Ach und Frauke, auch wenn ihr euch nicht sehen solltet, telefonieren ist kein Problem." Mit diesem Hinweis tätschelt sie mir kurz die Schulter und geht.

Ich komme mir vor, wie in einem schlechten Kriminalroman. Mein Stiefvater wird aus dem Gefängnis entlassen; der Brandanschlag auf das Haus. Ich fürchte um mein Leben; doch anscheinend grundlos. Und jetzt das!

Hannahs Angebot, sie in Clinton zu besuchen, kommt mir in den Sinn. Was für eine Erleichterung wäre es, einmal einen klaren Schnitt von all dem hier zu haben. Ich fühle mich müde und ausgelaugt.

„Na, alles in Ordnung?" Bei Andreas Stimme zucke ich unwillkürlich zusammen. Schwerfällig erhebe ich mich.

„Ja. Alles super." Am Türrahmen bleibe ich stehen und drehe mich wieder zu meinem Chef um. „Könnte ich das Handy wiederhaben?"

SECHZIG

Alexander

Die Tür des *Angelsachsen* öffnet sich und mein Freund Thomas betritt unsere Lieblingskneipe. Es ist Mittwoch Abend. Die Zahl der Gäste ist übersichtlich, so, dass er mich sofort am Tresen sitzen sieht. Eine kurze Begrüßung und einen Moment später sitzt er neben mir und sieht mich besorgt an. Erst nachdem auch er ein Bier vor sich stehen hat, spricht er mich an.

„Ich habe das mit deiner Freundin gehört. Wie geht es ihr?", fragt er leise.

„Unverändert. Sie ist stabil aber noch nicht über dem Berg." Ich nehme einen großen Schluck aus meinem Glas. Mein Blick geht zu der Auswahl hochprozentiger Flüssigkeiten, die aufgereiht jenseits des Tresens stehen. Vielleicht würden vier oder fünf Whiskys helfen, dass ich heute Abend endlich wieder schlafen kann.

„Ich telefoniere jeden Tag mit Bettina, ihrer Mama", berichte ich Thomas. „Nichts Neues über den Gesundheitszustand ihrer Tochter. Doch ein Nachbar hatte einen Mann zu dem Tatzeitpunkt aus dem Haus der Familie kommen sehen. Einen Mann! Es liegt also nahe, dass der Täter aus dem Bekanntenkreis von Emma kommt." Verständnislos sieht mich Thomas an.

„Ich dachte, die Frau heißt Isabella." Jetzt bin ich es, der verwirrt ist. Erst einen Moment später wird mir bewusst, was er meint. Letzte Woche in Paris erzählte ich ihm von meinen Gefühlen für Frauke. Doch durch einen kleinen Funken Unsicherheit in mir, hatte ich ihm Fraukes richtigen Namen gesagt: Isabella.

„Nein, Emma wurde überfallen! Ich habe dir doch von ihr erzählt. Das Mädchen, das durch eine seltene Krankheit erblindet ist; das ich seit vier Jahren zu ihrem Geburtstag besuche", erinnere ich ihn. In einem Zug trinkt er sein Bier leer und bestellt zu einem Weiteren noch eine der härteren Spirituosen, mit der ich ebenfalls gerade geliebäugelt habe.

„Ist alles in Ordnung?"

„Ja", stößt er mit verzehrtem Gesicht hervor, nachdem er das Glas Whisky hinunter geschüttet hat. „Ich weiß, das hört sich jetzt mies an, aber ich bin erleichtert, dass es nicht dein Mädchen ist, das überfallen wurde."

„Ich auch", gebe ich schuldbewusst zu.

„Wieso warst du überrascht, dass es wahrscheinlich ein Mann war, der die junge Frau überfallen hat?"

„Weil wir vermutet hatten, dass irgendeine durchgeknallte Frau, die das YouTube Video gesehen hat, Amok gelaufen ist. Aus Eifersucht. Wegen mir", erkläre ich abgehackt.

„Wer hat das vermutet? Deine Eltern? Wie kommen die denn darauf?", fragt er erstaunt.

„Weil Miriam verschwunden ist", informiere ich meinen Freund. Er scheint einen Augenblick zu überlegen.

„Der Rotschopf von Hannahs Jubiläum", fällt es ihm dann ein. „Vielleicht hatte sie nur keine Lust mehr auf dich und hat sich eine andere Bleibe gesucht? Dachte ich mir doch, dass da mehr zwischen euch läuft als eine Wohngemeinschaft." Wieder dieses Oberlehrergetue, das mir langsam auf den Geist geht. Ich nehme einen Schluck von meinem Bier und bedaure, dass ich Thomas angerufen habe. War er schon immer so? Ich frage mich, wer oder was sich geändert hat? Er oder ich? Wir sind erwachsen geworden, natürlich. Und seit Frauke in mein Leben getreten ist, oder ich in ihres, sehe ich einige Dinge anders. Vielleicht muss mein Freund auch erst die richtige Frau treffen, um zu verstehen, dass man nicht der König der Welt ist. Das jeder andere Mensch genauso viel wert ist wie man selber. Zumindest, wenn er so ein Wesen wie meinen Kobold trifft. „In welcher Produktion steckst du gerade?", wechsle ich das Thema, schließlich soll der Abend nicht mit einem Streit enden.

Die Landschaft, auf die ich sehe, rast an mir vorbei, ohne dass ich sie wahrnehme.

Es ist Mittwoch und Ich bin auf dem Weg nach Leipzig. Werbeaufnahmen für einen Wursthersteller, der sich schon seit einiger Zeit auf dem Markt der Vegetarier einen Namen gemacht hat.

Frauke hat immer noch nicht angerufen. Gestern Abend war ich bei meinen Eltern. Meine Mutter wollte wissen, ob sich Frauke bereits gemeldet hatte. Die Frage wurde mit einer Selbstsicherheit gestellt, die mir nicht fremd war. Auf mein Nachhaken hin beichtete sie, Frauke auf ihrer Arbeit aufgesucht zu haben. Natürlich nur um ihr von dem Überfall auf Emma und das Verschwinden von Miriam zu berichten. „Ich wollte einfach nur richtigstellen, dass es nicht deine Schuld ist, dass ihr euch zurzeit nicht treffen könnt", erklärte sie beschwichtigend, als ich mich später von meinen Eltern verabschiedete.

Nach den heutigen Aufnahmen muss ich für zwei Wochen nach Atlanta. Eigentlich müsste ich ganz euphorisch sein, schließlich dient der Aufenthalt dort meiner beginnenden Karriere in den USA.

Doch nichts ist mehr, wie es sein sollte. Emma ist heute Morgen ihren schweren Verletzungen erlegen. Bettina hat mich vor einer halben Stunde angerufen. Nur diesen einen Satz hat sie gesagt und dann aufgelegt. Sie gab mir nicht die Möglichkeit etwas zu erwidern. Mir hätten ohnehin die Worte gefehlt. Was sagt man zu einer Mutter, deren zwanzigjährige Tochter getötet wurde?

Immer wieder erinnere ich mich an den Moment, als ich Emma das erste Mal traf. Ich wartete vor der Tür des kleinen Endreihenhauses, dass mir das Geburtstagskind öffnete. So war es mit ihren Eltern abgesprochen. Ich sollte zu einer bestimmten Zeit klingeln und ihre Tochter an der Tür erscheinen. Zweimal vergewisserte ich mich, dass ich vor dem richtigen Haus stand. An meinem sechzehnten Geburtstag hatte die ganze Straße gewusst, wo die Feier stattfand. Doch an dem Abend vernahm ich nicht das leiseste Geräusch. Schließlich wurde die Tür geöffnet und vor mir stand Emma. Das Erste, was mir auffiel, war diese Brille. Ich selber benötigte nicht einmal eine Lesebrille, deshalb hatte ich keine Ahnung von Sehstärken und Dioptrien. Die dicken Gläser der Brille ließen Emmas natürliches Gesicht beinahe verschwinden.

„Ein Paket für Emma Großmeister", sagte ich. Auf der Zugfahrt von Hamburg nach Meißen hatte ich überlegt, was ich sagen sollte. Ich war so aufgeregt gewesen. Schließlich wollte ich nichts Falsches, womöglich Pietätsloses sagen. Also entschloss ich mich für diesen harmlosen Satz. Emma kniff prüfend ihre Augen ein wenig zusammen und trat näher. Sie stellte sich auf die Zehenspitzen und fast stießen unsere Nasen zusammen. Nur meine Augen fixierte sie, nichts anderes.

„Du bist Alexander Harmann", hauchte sie. „Diese Augen würde ich selbst erkennen, wenn sie vor mir auf dem Teller lägen." Etwas irritiert zog ich hinter meinem Rücken einen großen Blumenstrauß hervor.

„Alles Gute zum Geburtstag", wünschte ich aufrichtig und drückte ihr einen Kuss auf die Wange.

Emma führte mich in das etwas altbacken eingerichtete Wohnzimmer. Ihre Eltern standen bereit, um mich herzlich zu begrüßen. Die offensichtliche Dankbarkeit über mein Kommen war mir peinlich und so war ich ganz froh, als Emma mich hoch in ihr Zimmer nahm.

„Hier findet die richtige Feier statt", raunte sie verschwörerisch, kurz bevor sie die Tür öffnete. Zwei Mädchen saßen auf dem Bett, das sie nach einem überraschten Blick auf mich, kreischend verließen.

Es war ein schöner Abend gewesen, selbst wenn mich die hochwertigen, gerahmten Poster von mir etwas irritierten. Die drei brachten mich dazu, fast mein ganzes Leben vor ihnen auszubreiten. Selbst die Eltern, mit denen wir später zusammen aßen, waren sehr an meiner Arbeit als Model interessiert.

Am nächsten Morgen, ich hatte das Angebot, bei ihnen zu übernachten, gern angenommen, traf ich Bettina allein in der Küche. Zusammen deckten wir den Frühstückstisch und unterhielten uns leise. Als sie sich erneut bei mir bedanken wollte, versicherte ich ihr, wie viel Spaß ich gehabt hatte.

Auf mein Bitten hin erzählte Bettina nach einem Moment des Schweigens, wie Emmas Leben und das der Familie zukünftig aussahen. Dass alles auf die Erblindung ihrer Tochter vorbereitet wurde. Ich erfuhr, dass der Berufswunsch des Mädchens schon immer Look Führerin gewesen war und es bisher keine Alternative gab. Sie berichtete verbittert, dass die beiden Mädchen vom Vorabend, die Einzigen seien, die von einem umfangreichen Freundeskreis übrig geblieben waren. Ich hörte nur still zu, denn das gleiche hatte ich mit Hannah erlebt. Ich ersparte ihr Floskeln wie: „Emma schafft das schon", „Es könnte noch schlimmer sein". Es gab nur eine feste Umarmung zum Zeichen der Anteilnahme und des Verstehens von mir.

Von Emma verabschiedete ich mich an dem Morgen mit den Worten: „Bis nächstes Jahr."

Ich bete, dass Emmas Tod nicht in Zusammenhang mit mir steht. Mir ist klar, dass, selbst wenn ich der Auslöser für diese schreckliche Tat wäre, nicht die Schuld daran trage. Jedoch liegt schon jetzt dieser Schatten auf mir. Dieses leise Gefühl der Verantwortung und des Versagens.

Mein Handy vibriert auf dem kleinen Tisch vor mir. Das Bild einer hübschen Frau erscheint auf dem Display. Sie trägt alte Jeans, ein verschmutztes T-Shirt und hat grüne Haare.

EINUNDSECHZIG

Frauke

Ich höre das Freizeichen, das vierte und meinen Herzschlag das gefühlt hundertste Mal. Doch im Gegensatz zu meinem Organ endet das Tuten abrupt. Wenn ich das richtig interpretiere, wurde mein Vorhaben, mit Alexander zu sprechen, gerade weggedrückt. Etwas hilflos sehe ich auf das Smartphone in meiner Hand. Ist er gerade zu beschäftigt um mit mir zu reden oder habe ich zu lange mit dem Anruf gewartet? Soll ich auf einen Rückruf warten oder es später noch einmal versuchen? Frustriert schiebe ich das Telefon zurück in meine Jeans und nehme mir einen neuen Auftrag aus meinem Fach. Ich hatte schon gestern vorgehabt ihn anzurufen. Aber irgendwie war ich noch so durcheinander von den ganzen Dingen, die mir Susanne mitgeteilt hatte. Doch nun bin ich mir sicher, dass ich unbedingt mit Alexander sprechen muss. In meinem Kopf habe ich mir schon alles zurechtgelegt. Damit ich nicht wieder wie die Stotterliesel dastehe oder erst gar kein Wort herausbekomme. Es hilft nichts, weiter zu spekulieren, warum der Schönling jetzt nicht mit mir sprechen kann oder will. Also, ran an die Arbeit.

Heute Abend habe ich einen Besichtigungstermin für eine Wohnung. Liam gab mir heute Morgen die Telefonnummer eines Freundes mit dem Hinweis, dass dieser eventuell eine neue Bleibe für mich hätte. Bei dem Gedanken, wieder eigene vier Wände zu haben, sogar mit einem Garten, bekomme ich vor lauter Vorfreude eine Gänsehaut.

Endlich Samstag. Heute steht Stöbern im großen schwedischen Möbelhaus in Hamburg an. Damit ich schon mal das eine oder andere kaufen kann, leiht mir Erik sein Auto. Einen Tag nach der Besichtigung der Wohnung habe ich den Mietvertrag unterschrieben und jetzt wird es Zeit einzukaufen. Durch den Brand habe ich alles verloren. Meinen kompletten Hausstand. Nichts war mehr übrig. Während ich mit Erik Klamotten shoppen war, hatte es mich schon gejuckt Geschirr, Handtücher oder Bettwäsche zu kaufen. Doch es wäre unsinnig gewesen, mein Zimmer auch noch mit solchen Dingen vollzustellen. Das Einzige, was ich schon mal erneuerte, war die Anzahl meiner Bücher. Da konnte ich nicht widerstehen. Drei Straßen entfernt von der Wohnung, in der ich zurzeit noch wohne war ein kleiner Buchladen. Mindestens einmal die Woche ließ mich Kai dort aussteigen, wenn wir von der Arbeit heimfuhren. Mit einer kleinen Liste meiner Literaturwünsche betrat ich dann das Geschäft.

Aus diesem Grund stand auf meiner Möbelliste als Erstes ein Bücherregal.

An jedem Abend in der letzten Woche war ich in der Wohnung gewesen. Mit der Erlaubnis des Vermieters hatte ich schon einmal mit dem Streichen und Ausmessen begonnen. Es gab keinen Abend an dem ich nicht total erledigt ins Bett fiel. Jedenfalls werde ich heute meine Gedanken ausschließlich an mein neues Heim haften. Mit dem Einkauf und Aufbau eines oder zweier Kleinmöbel werde ich mich den ganzen Tag beschäftigen. Nächste Woche Sonntag war der Erste. Gleich wollte ich die komplette Wohnungseinrichtung aussuchen und mithilfe von Kai und Erik dann am nächsten Samstag abholen.

Mit Zettel und Bleistift bewaffnet laufe ich durch alle Abteilungen des schwedischen Möbelanbieters. Notiere mir Namen und Nummer von Wohnzimmer- und Schlafzimmermöbeln, die mir auch noch gefallen, nachdem ich sie ausgiebig begutachtet und wenn erforderlich ausprobiert habe. Geschirr, Handtücher, Bettwäsche und allerlei Nützliches füllen meinen Einkaufswagen.

„Es ist alles auf Lager. Sie könnten es gleich mitnehmen, wenn Sie möchten", erklärt mir die junge Frau freundlich, nachdem ich mit meiner Liste bei ihr vorstellig wurde.

Alles gleich mitnehmen? Eine weitere Woche wäre ich nach Feierabend beschäftigt. Kai müsste mir bei dem Aufbau des Bettes und des Kleiderschranks helfen, doch den Rest würde ich allein schaffen. Die Vorstellung, in aller Ruhe aufzubauen, einzuräumen und weitere Zettel zu machen mit Dingen, die noch fehlten, gefällt mir gut.

Unermüdlich würde ich mich daran hindern, an Alexander zu denken. Daran, dass er weder zurückgerufen, noch meine Nachrichten gelesen hatte.

„Ich dachte, du wolltest nur Kleinigkeiten kaufen", bemerkt Erik ungläubig, während er auf die fünf großen, vollbepackten, etwas überladenen Einkaufswagen sieht, die sich um mich herum befinden.

„Dein Auto kam mir größer vor", argumentiere ich etwas verlegen. Ich bin so erleichtert, dass Kai seinen großen starken Freund mitgeschleppt hat.

„Es ist ein Kombi, kein Möbelwagen."

„Du kannst es wohl gar nicht erwarten, bei uns auszuziehen", schmunzelt mein Arbeitskollege, während er die Türen des Sprinters öffnet. Ich bleibe ihm die Antwort darauf schuldig. Denn wie soll ich ihm erklären, dass unser zusammenwohnen den Teil meiner Vergangenheit wieder erweckt, auf den ich wahrhaftig verzichten kann.

Lucian war mein Papa gewesen. Wir verbrachten viel Zeit miteinander, ohne dass ich darum bitten musste. Gemeinsam saßen wir an meinen Hausaufgaben, fuhren in die Stadt zum Eis essen oder werkelten im Garten. Die liebste Zeit war mir, wenn wir zusammen angeln gingen. Dann erzählte er mir von seiner Familie und seiner Heimat. Jeden Abend las einer von ihnen mir eine Gutenachtgeschichte vor, obwohl ich schon viel zu alt dafür war. Vertrauensvoll wie Kinder nun mal sind, kuschelte ich mich oft an ihn. Einfach so, weil mir danach war. Ich liebte ihn genauso wie meine Mama. Natürlich bemerkte ich, als sie anfingen sich zu streiten. Die Auseinandersetzungen gingen meist von meiner Mutter aus. Da ich keine Ahnung hatte, worum es bei den Wortgefechten ging, bat ich meine Mama damit aufzuhören. Ich wollte Lucian nicht verlieren. Die Stimmung im Haus wurde immer schlimmer. Schließlich setzte meine Mutter ihren Mann vor die Tür. Noch heute fühle ich mich schuldig bei den Vorwürfen, die ich ihr deshalb machte. Ich verstand nicht. Eines Abends, ich lag schon im Bett, hörte ich aufgebrachte Stimmen vor dem Haus. Ich schlich mich in das Schlafzimmer meiner Mutter, das sich genau über der Haustür befand. Und dann hörte ich ihn. Er beschimpfte meine Mama mit hasserfüllten Worten. Verlangte Geld, weil er ein guter Ehemann ist. Erwartete Wiedergutmachung für die verlorene Zeit, die er mit „diesem verdammten Balg" verplempert hatte. Trotz der harten klaren Worte gab ich immer noch meiner Mutter die Schuld. Am nächsten Morgen, nach einer schlaflosen verweinten Nacht, forderte ich sie auf, Lucian Geld zu geben. Ich befand, dass das die einzige Lösung war, damit wir wieder eine Familie sein würden. Erst da erklärte sie mir, warum aus meinem Vater so ein schrecklicher Mensch geworden war, und das Einzige was ihm helfen würde, eine Therapie wäre. Tage später tauchte mein Vater erneut bei uns auf. Statt zu brüllen, weinte und bettelte er meine Mutter um Geld an. Ich saß hinter der Haustür, hörte ihm mit tränennassem Gesicht zu, während mein Herz brach. Meine Mama drohte mit der Polizei und schickte ihn weg. Schnell lief ich die Stufen zu meinem Zimmer hinauf. Ohne zu zögern, zertrümmerte ich mein Sparschwein mit dem kleinen Hammer, der daneben lag. Seit fast einem Jahr sparte ich auf ein Teleskop. Ich wollte mehr von dem Himmel sehen, ihm näher sein.

Hastig sammelte ich alles zusammen, Scheine, Eurostücke sogar Cent Münzen und eilte meinem Papa hinterher, bevor meine Mutter mich aufhalten konnte. Ich weiß noch, dass ich ihn erreichte, bevor er in das Auto steigen konnte. Er hatte sich den Pkw von einem Freund geliehen, sein eigener Wagen war schon längst verkauft. Wie eine Gabe hielt ich ihm mein Erspartes hin. Und nur das sah er. Gierig riss er mir das Geld aus den Händen, stopfte es in die Hosentasche, bückte sich nach einem 10 Cent Stück das zu Boden gefallen war und fuhr weg. Ohne ein Wort. Keinen Blick hatte er für mich.

„Wenn wir ihn mit Geld heilen könnten, würde ich ihm alles geben, was wir haben", sagte meine Mutter tröstend, als ich wieder vor ihr stand.

Immer wieder tauchte er auf, verlangte oder bettelte um Geld. Zu Hause von meiner Mutter, an der Schule von mir. Irgendwann verstand ich endlich. Der Mann war nicht mehr mein Papa und mit der Zeit hatte ich Bedenken, dass er es je gewesen war. Er hatte seine Zuneigung zu meiner Mama und mir nur vorgetäuscht. Nichts war echt gewesen. Kein Wort, kein Lachen, keine Umarmung. Nichts. Immer öfter hinterfragte ich die Liebesbekundungen meiner Mutter. Vielleicht spielte auch sie mir nur etwas vor. Und was war mit meiner besten Freundin Gesa, tat sie ebenfalls nur so? Das neue Leben, einige Monate später in Peine, war geprägt vom Verlust meiner Mutter und Misstrauen. Selbst Jahre später, suchte ich bei meinen Pflegeeltern, Paul und Sara, Anzeichen von Täuschung und Verrat. Meine Schulzeit tat sein Übriges dazu bei.

In der achten Klasse stand ein dreiwöchiges Praktikum auf dem Lehrplan. Meinen vorgesehenen Platz war mir dank Paul, meinem Pflegevater, und seiner Liebe zu motorisierten Zweirädern, schon seit Langem sicher. Überrascht und erfreut stellte ich am ersten Tag des Volontariats fest, dass mein Mitschüler Philipp ebenfalls bei *Motorrad Bensler* einen Platz ergattert hatte. Das Verhältnis zu meinen Klassenkameraden konnte man bestenfalls als nicht existent, ehrlicherweise jedoch als die Hölle bezeichnen. Meine stark introvertierte Art, geschuldet durch mein Stottern und dem erlebten Trauma, war eine beliebte Angriffsfläche. Nicht nur für die angesagten Cliquen der Schule, allen voran die Gruppe um Carolina Uhlemann, war ich ein regelmäßiges Opfer von Hohn und Spott. Jeder mit schlechter Laune trug einen Teil zu meiner täglichen Dosis Mobbing hinzu. Philipp gehörte nicht zu einer der Gruppen, die mir das Leben schwer machte. Er war ein ruhiger Schüler, hatte jedoch aufgrund seines guten Aussehens keine Repressalien zu befürchten. In den vergangenen Jahren unserer Schulzeit war in mir eine heimliche Schwärmerei für ihn gewachsen. Auf Grund unseres gemeinsamen Interesses für Motorräder wurde aus dem zurückhaltenden Philipp in kürzester Zeit ein offener und sehr netter Kerl. Wir verbrachten die

Mittagspausen zusammen und fuhren gemeinsam die rund fünfzehn Kilometer mit dem Fahrrad zu Bensler und zurück. Es dauerte nicht lange, da war ich das erste Mal verliebt. Es war ein so neues, schönes und hoffnungsvolles Gefühl. Oft war ich richtig gehend berauscht von diesen unbekannten Empfindungen. Schmetterlinge im Bauch und die wohlig kribbelnde Gänsehaut, die mich überkam wenn ich an ihn dachte, war wie der Beginn eines neuen, besseren Lebens. An dem darauffolgenden Wochenende lud mich Philipp zum Eis essen ein. Mittlerweile konnte ich mich schon recht flüssig mit ihm unterhalten. Wir sprachen über unsere jeweiligen Zukunftspläne und Hobbys. Über das Schicksal meiner Mutter verlor ich jedoch genauso wenig ein Wort, wie die ständige Drangsalierung meiner Mitschüler Erwähnung fand. Ich hatte vorgeschlagen, die Praktikumsberichte gemeinsam zu schreiben, und so kam er zwei Mal die Woche zu mir nach Hause. Meine Pflegeeltern waren begeistert, dass sich offensichtlich jemand für mich interessierte. Eines Abends, Philipp und ich saßen in meinem Zimmer auf dem Bett und arbeiteten unsere Berichte durch, verabschiedeten sich Paul und Sara von uns. Sie waren mit Freunden zum Essen verabredet und wiesen freundlich aber bestimmt darauf hin, dass mein Gast zur gewohnten Zeit nach Hause fahren sollte. Im Gegensatz zu mir wurde Philipp weder rot noch stumm. Er war immer sehr höflich zu ihnen und deshalb gern gesehen. Als es für ihn Zeit wurde zu gehen, räumte er artig seine Sachen zusammen und ich brachte ihn zur Tür.

„Ich muss dir etwas sagen", erklärte er leise, als seine Hand schon an dem Türgriff lag. Ich stand ihm gegenüber, bemerkte sein Erröten und war mir in dem Moment sicher, dass er mir mitteilen würde, dass er nicht mehr herkommen wollte.

„Ich mag dich, sehr sogar." Einige Sekunden starrte ich ihn ungläubig an. Erst als mein Herzschlag wieder einsetzte, stammelte ich ein euphorisches: „Ich d-dich a-auch".

„Das ist gut", stellte er mit strahlenden Augen fest. Er lehnte sich vor und dann bekam ich meinen ersten Kuss. Er war kurz und unschuldig, doch ich spürte seine weichen Lippen noch den ganzen Abend. Am nächsten Morgen, in der Werkstatt von Bensler, fragte ich ihn das erste Mal, ob wir nun zusammen wären. Und er nickte mit diesem süßen Lächeln. Jeden Morgen, wenn wir uns trafen, gab er mir einen Kuss und immer bat ich um die Bestätigung, dass wir noch zusammen waren. Die Antwort war stets ein leises, beruhigendes „Natürlich". Mir war klar, täglich diese Frage zu stellen war dumm und demütigend, doch ich benötigte das Wissen um unsere Beziehung für mein Seelenheil.

Die nächsten Tage vergingen mit Händchen halten und kurzen Küssen, wenn wir unbeobachtet waren. Noch nie in meinem Leben war ich so glücklich. Es war das erste Mal seit Jahren, dass ich mit einem Lächeln erwachte und wieder schlafen ging.

Am letzten Freitag unseres Praktikums fragte er, ob ich nicht Lust hätte, am nächsten Tag mit ihm ins Kino zu gehen. Ich hatte mein erstes richtiges Date! Wie gern hätte ich eine Freundin gehabt, um sie in den Wahnsinn zu treiben mit meiner Freude und Nervosität. Ich hatte nichts in meinem Schrank außer Jeans, Pullis und T-Shirts. Nicht einmal eine hübsche Bluse oder etwas Ähnliches besaß ich. Also tat ich etwas, das ich eigentlich nicht für möglich gehalten hätte. Ich fragte meine Ziehmutter, ob sie mit mir shoppen gehen würde. Ich weiß noch dass, sobald ich meine Bitte vorgebracht hatte, sie begeistert hochfuhr und umgehend loswollte.

Am darauffolgenden Nachmittag stand ich etwas zu früh im Foyer des Kinos und wartete auf Philipp. Ich sah mich in der Spiegelung der Eingangstür und mein Herz raste vor Aufregung. Sara hatte nicht nur auf eine überaus hübsche blaue Bluse bestanden. Eine enge schwarze Jeans, neue Schuhe und einen modisch geschnittenen Kurzmantel fanden den Weg in ihre große Einkaufstasche. Mein blondes Haar trug ich heute offen und ich hatte mir sogar einen dezenten Lippenstift von meiner Pflegemutter geliehen. Die euphorische Versicherung der beiden, dass ich umwerfend aussah, stufte ich zu einem Unsicheren hübsch herunter. Ich machte mir nicht sofort Gedanken, als mein Begleiter zehn Minuten nach der vereinbarten Zeit immer noch nicht auftauchte. Vormittags hatten wir noch telefoniert, deshalb wusste ich, dass er seinem Vater beim Entrümpeln der Garage zur Hand gehen musste. Aus den zehn Minuten wurden zwanzig und aus den zwanzig dreißig. Ich saß im Vorraum des Kinos und starrte auf den Sekundenzeiger der Wanduhr. In meinen kalten Händen hielt ich mein

Handy. Weder hatte Philipp mir eine Nachricht hinterlassen noch meine gelesen oder meinen Anruf entgegengenommen.

Gelächter hinter mir erregte meine Aufmerksamkeit. Als ich mich umdrehte, erkannte ich augenblicklich einige meiner Mitschülerinnen. Mit unverhohlenem Spott sahen sie mich an. Ganz vorn mit einem Eimer Popcorn unter dem Arm stand Carolina Uhlemann. Ihre Schadenfreude über meine naive Dummheit lag in einem boshaften Lächeln auf ihren grellroten bemalten Lippen.

„Schönen Gruß von Philipp", sagte sie höhnisch, während sie auf mich zu kam. „Ihr seid nicht mehr zusammen." Mit ihrem letzten Wort hob sie den Behälter in ihrem Arm und schüttete den Inhalt über mich aus. Das brüllende Gelächter der anderen Mädchen und das übertrieben mitleidige Gesicht Carolinas verfolgte mich lange Zeit. Meinen Pflegeeltern erzählte ich nichts davon. Was hätte es geändert? Ein paar Tage später erklärte ich auf ihre Nachfrage hin, dass Philipp und ich uns getrennt hätten. Philipp hatte sich nie für seine Täuschung entschuldigt. Kein einziges Wort kam je von ihm. Und auch wenn ich tunlichst darauf achtete, niemals in seine Richtung zu sehen war doch offensichtlich, dass er sich wohl fühlte im engen Kreis um Carolina.

Seltsamerweise half mir das einsame Leben auf dem Gelände der Werkstatt. Nach und nach begegnete ich meiner neuen *Familie*, den drei Chefs und Kai, unvoreingenommen. Wahrscheinlich lag es daran, dass ich die Annäherung selbst entscheiden konnte und ich nicht von ihnen abhängig war. Ewig hielt die freie Wahl über Interaktion außerhalb meiner Arbeitszeit nicht. Einmal im Monat fand bei Sergey ein sonntäglicher Brunch statt. Nachdem ich zweimal eine Einladung abgelehnt hatte, stand irgendwann eine füllige hübsche Frau mittleren Alters vor mir. Sie ergriff meine Hand und lächelte so liebevoll, dass ich sie einfach nur anstarrte.

„Frauke! Ich bin Larissa, Sergeys Frau. Du kommen heute zu uns zum Essen, ja?", forderte sie mit einem russischen Akzent. Ihr Gesicht strahlte und ihre großen braunen Augen waren voller Vorfreude, dennoch duldeten sie keinen Widerspruch. Ich war immer noch so perplex, dass ich nicht antworten konnte. Zum Abschied bekam ich noch eine innige Umarmung, Küsse auf Stirn und Wange und weg war sie. Ich sah noch, wie sie sich mit Daumen hoch von ihrem Mann verabschiedete und meinen bis dahin sicheren Arbeitsplatz verließ. Von da an wagte ich nie wieder, eine Einladung meiner Chefs abzulehnen. Und so wurde meine Familie größer und größer. Denn nicht nur Larissa tolerierte kein Nein, auch die Frauen von Andreas und Liam waren hartnäckig. Erst Wochen, Monate später wurde mir bewusst, wie sehr ich die Nähe der Frauen, vor allem aber Larissas, genoss. Ihr mütterliches herzliches Umsorgen wurde nicht nur mir zuteil. Kai, der große starke Erik und alle Anwesenden kamen, gewollt oder nicht, genauso in den Genuss ihrer Fürsorge. Meine Zweifel waren so klein, fast nicht mehr existent, geworden.

Und dann kam Alexander. Die Angst vor Lucian, vor Entdeckung, war der anfängliche Grund, warum ich mich gegen Hannahs Bruder wehrte. Je näher wir uns jedoch kamen, umso mehr rückte ein weiteres Gefühl in den Vordergrund. Einsamkeit. Nicht, dass mir die Einsamkeit neu gewesen wäre, dennoch hat sie mich nicht gestört. Es war sicherer allein zu sein. Aber seit Alexander war diese Empfindung... schmerzhaft und selbst in der Gesellschaft meiner *Familie* nicht vollständig verschwunden. Der Wunsch mit Alexander zusammen zu sein, seine Stimme zu hören, mit ihm zu schreiben, prägte jeden meiner Tage, seit er das erste Mal bei mir übernachtet hatte. Natürlich flammte regelmäßig Skepsis in mir auf. Unmöglich, dass er es wirklich ernst mit mir meinte. Oft stellte ich alles infrage. Jedes Wort, jede Mimik kam auf den Prüfstand. Doch Geborgenheit, tiefe Zuneigung und Vertrauen überwiegte in seiner Gegenwart oder wenn ich an ihn dachte.

Ich sollte erleichtert sein, dass es nun vorbei ist. Leider hilft nicht einmal, dass ich mit meinem Zweifel offensichtlich recht hatte. Um zurück zu der Zeit vor Alexander zu kommen, muss ich wieder allein sein. Denn mitzuerleben in welchem innigen Verhältnis Kai und Erik leben, erweckt diese unangebrachte Wehmut die schon an Neid grenzt.

Eine Stunde später parke ich den Kombi vor meiner neuen Adresse. Sie liegt, wie schon meine alte Wohnung, etwas außerhalb. Deshalb habe weder ich, noch meine beiden Gefolgsleute, die mir mit dem Sprinter folgen, ein Problem einen Parkplatz zu finden.

Gerade stehen Kai, Erik und ich vor den geöffneten Türen des Transporters, als mich eine Stimme zusammenzucken lässt.

„Du weißt, wofür IKEA steht, oder? Ich **K**rieg **E**inen **A**nfall!" Wir drei drehen uns überrascht zu der uns bekannten Stimme um.

„Oder: **I**dioten **K**aufen **E**infach **A**lles", bemerkt eine zweite Stimme mit einem kopfschütteln auf die Unmengen von Kartons. Vor uns stehen Wotan und Jegor, die Söhne von Andreas und Sergey.

„Was macht ihr denn hier?", frage ich erfreut, nachdem wir einander begrüßt haben.

„Mein Vater meinte, du bräuchtest vielleicht etwas Unterstützung."

„Ich habe Andreas gefragt, ob der Sprinter frei ist. Er wollte wissen wofür ich ihn brauche", erklärt Kai sichtlich erfreut, dass weitere Verstärkung angerückt ist.

„Und da mein alter Herr mit seinem", Wotan zeigt kurz auf Jegor, „über den Plänen des neuen Motorrades zusammen hockten, sind wir jetzt hier."

So viel zu meiner Absicht, die ganze nächste Woche Möbel zusammenzuschrauben.

„Also los", unterbricht Erik unser sprachloses Starren auf die unzähligen Kartons.

„Ich bestell gleich Pizza. Wie weit seid ihr?", frage ich die zwei Männer in meinem Schlafzimmer und begutachte zugleich ihre Fortschritte. Wir hatten uns aufgeteilt. Kai, Erik und ich im Wohnzimmer, Wotan und Jegor im Schlafzimmer. Wobei ich neben dem Zusammenbau der Kleinmöbel ebenfalls als Springer, Schweißabwischer und Beschwerdeannahmestelle fungiere. Der Raum ist so gut wie fertig. Mein erstes richtiges Schlafzimmer. Mit eigenen Möbeln. Die ganzen Jahre, in denen ich in dem möblierten Haus von Hannah wohnte, habe ich mir nie Pläne gemacht, das Haus neu einzurichten. Die Einrichtung war praktisch und gleichzeitig gemütlich. Erst als ich bei Alexander und später bei Konstantin unter kam, machte ich mir darüber Gedanken, was für Möbel ich gerne in meiner eigenen Wohnung hätte. Ich recherchierte im Internet und blieb ständig an dem großen Schweden hängen. Dieses Bett, auf das ich mich gerade setze, hatte es mir schon am Laptop angetan. Genau wie der Schrank war es im Landhausstil hergestellt. Der passende Nachtschrank steht, von mir fertig zusammengebaut, wartend im Flur. Schmunzelnd denke ich an den Moment zurück, als Wotan mich zu seinem Arbeitsplatz rief und auf einen Haufen kleiner und großer Leisten zeigte.

„Auch wenn es nicht danach aussieht, das ist dein Lattenrost. Zusammenbauen", befahl er und wendete sich kopfschüttelnd wieder seiner Aufgabe zu.

„Noch zehn Minuten", brummt Jegor, während er die Scharniere der rechten Tür des Kleiderschranks anbringt.

„Okay, welche soll ich für euch bestellen?"

„Egal", höre ich von dem Einen, „Nur nichts mit Salat oder Obst", informiert mich der Andere.

Im Wohnzimmer stelle ich die gleiche Frage. Kai und Erik nehmen das Übliche. Ich gehe in den einzigen Raum der schon fertig ist, die Küche, greife mir mein Handy und bestelle die Pizzen.

Wotan und Jegor sind nach der Pizza und mit meinem hundertsten „Dankeschön" nach Hause gefahren. Kai und ich machen leise ein paar Pläne für den Garten, der zwar nicht annähernd so groß wie mein alter ist, dennoch potenzial hat. Erik ist nach dem Verzehr seiner Pizza im Ohrensessel eingeschlafen, den er mal kurz probesitzen wollte.

„Sehen wir uns gleich zuhause?", fragt Kai schließlich mit einem liebevollen Blick auf seinen Partner.

„Ich muss nur noch Eriks Auto ausräumen, dann düse ich ebenfalls los", erkläre ich und räume die leeren Pizzakartons zusammen.

„Was hast du denn noch alles gekauft?", fragt mein Arbeitskollege entsetzt.

„Na, zum Beispiel das Besteck, mit dem du gerade das Essen vertilgt hast. Oder meinst du, das gehört zur Wohnungseinrichtung?", frage ich kopfschüttelnd. „Und jetzt weck deinen großen starken Mann und fahrt nach Hause."

„Wenn jeder von uns drei Mal vollgepackt läuft, sind wir schnell fertig", behauptet Erik, als wir drei vor seinem offenen Kombi stehen.

„So viel ist es gar nicht" korrigiere ich schmunzelnd. „Los haut endlich ab. Ich räume am Montag die ganze Pappe aus dem Sprinter in den Container. Wir sehen uns nachher", versuche ich meine Freunde nun in ihr wohlverdientes Restwochenende zu schicken.

„Frauke, das ist doch quatsch. Du brauchst mindestens eine Stunde, um den ganzen Kram in deine Wohnung zu bekommen. Lass uns das eben zusammen machen." Mit dem Einwand greift sich Kai auch schon ein paar Decken und Kissen.

„Vielleicht kann ich helfen?" Drei Augenpaare fixieren den Neuankömmling. „Sorry, dass ich erst jetzt komme aber dafür übernehme ich ab hier." Kais Reaktion auf Konstantins Angebot besteht darin, die Dinge in seinen Händen und unter den Armen unverzüglich an seinen Blumenfreund zu übergeben.

„Kein Problem. Frauke freut sich über unverbrauchte Hilfe. Bis später."

Kai zieht Erik praktisch hinter sich her und somit stehe ich einen Augenblick später mit Konstantin allein vor dem vollgepackten Auto.

„Du hättest nicht kommen brauchen."

„Doch, klar. Meine Kollegin ist krank geworden, deshalb habe ich es nicht eher geschafft", erklärt er zerknirscht. „Aber es ist noch nicht zu spät!" Dankbar, dass der blonde Mann mich voller Elan angrinst, greife ich mir ebenfalls einige Dinge und gehe voraus zu meiner neuen Wohnung.

In den letzten beiden Wochen war Konstantin ein paar Mal abends bei Kai und Erik aufgetaucht. Nach der Arbeit der vergangenen Tage in meiner neuen Wohnung, leisteten mir die Männer Gesellschaft bei einem späten Abendessen. Konstantin ließ sich dann, genau wie meine Gastgeber, interessiert über meine Fortschritte berichten und sicherte mir seine Unterstützung zu, so weit erforderlich. Die Abende endeten harmonisch mit einem Glas Wein oder einer Flasche Bier. Ich freue mich schon jetzt darauf, im Sommer mit den dreien in meinem Garten zu sitzen.

„Es ist eine schöne Wohnung", befindet Konstantin, als das Auto eine halbe Stunde später ausgeladen ist. In jedem Raum befinden sich jetzt verpackte oder etikettierte Gegenstände, die das Leben nützlich oder gemütlicher machen werden.

„Ja, ich bin wirklich froh, sie bekommen zu haben", antworte ich und schaue in das offene Wohnzimmer, das im vorderen Teil einen Essbereich hat.

„Und du hast keine Treppen mehr."

„Dafür einen Nachbarn", bemerke ich, mit einem Augenrollen zur Decke.

„Hast du ihn schon kennengelernt?" Ich schüttle nur den Kopf. In der eintretenden Stille bemerke ich Konstantins unsicheren Blick. Fragend hebe ich meine Augenbrauen.

„Hat Alexander sich mittlerweile bei dir gemeldet?", fragt er vorsichtig. Noch am gleichen Abend, nachdem Susanne mir das YouTube-Video erklärt hatte, berichtete ich Kai und Erik davon. Sie waren nicht nur entsetzt angesichts des Überfalls auf Emma, sondern beschämt wegen ihrer falschen Annahme. Es ist das erste Mal, seit Emmas Tod, dass einer von uns Alexanders Namen mir gegenüber erwähnt.

Selbst wenn ich trotz aller Bemühungen noch viel zu oft an ihn denke, zucke ich bei der Nennung seines Namens innerlich zusammen. Ich weiß von Kai, der weiterhin Alexander bei Instagram und Co stalkt, dass dieser zwei Wochen in Atlanta war. Nach dieser Information habe ich einen Moment gedacht, das wäre die Erklärung, warum er sich nicht bei mir meldete. Liebe macht aus Menschen Wesen ohne Hirn und Verstand.

„Nein", antworte ich knapp. Offensichtlich bemerkt Konstantin, dass Alexander kein gutes Thema ist.

„Hast du den Garten für dich allein?", fragt er und nickt Richtung Terrassentür.

„Ich denke schon", sage ich dankbar für die Ablenkung. Der Mann neben mir hat die Hoffnung auf mehr als Freundschaft mit mir, noch nicht aufgegeben.

Konstantin ist ein guter Mensch. Wenn ich Leute um mich haben möchte, dann welche wie er. Er ist freundlich, ehrlich, sensibel und dazu noch gut aussehend. Vielleicht, wenn ich es mir erlauben würde, könnte aus uns doch mehr werden als nur Freunde. In Alexander habe ich mich jedenfalls nicht auf den ersten Blick verliebt. Das jedoch ist der Knackpunkt. Eine Schwärmerei kann man vielleicht an- und abstellen, aber das, was ich für Hannahs Bruder empfinde, ist weiterhin da, wenn auch in einer sehr unglücklichen Form. Nein, ich bete, dass Konstantin weiterhin mein Freund bleiben wird, selbst wenn es kein *mehr* geben wird.

ZWEIUNDSECHZIG

Alexander

Leichte Schläge auf meine Wangen und eine tiefe männliche Stimme, die mich auffordert aufzuwachen, holen mich aus der Bewusstlosigkeit.

„Ich bin wach", nuschle ich und versuche die Augen zu öffnen.

„Herr Harmann sie müssen aufwachen."

„Ich bin wach", informiere ich meinen gegenüber erneut.

„Das sagen Sie jetzt schon das achte Mal. Geht es Ihnen nicht gut, soll ich einen Arzt kommen lassen?", fragt er mit besorgter Stimme. Irgendwie schaffe ich es endlich meine geschwollenen Klüsen zu öffnen. Ein erleichtertes Lächeln erscheint auf dem gut aussehenden Gesicht des Mannes vor mir.

„Ich bin wach", wiederhole ich dann wohl zum neunten Mal. „Wo bin ich?" Meine Stimme ist ein einziges Kratzen. Mund und Hals fühlen sich an, als hätten sich dort fiese Viecher eingenistet.

„Wir sind vor vierzig Minuten gelandet", erklärt er und reicht mir unaufgefordert eine kleine Flasche Wasser. „Sie müssen das Flugzeug jetzt verlassen."

„Ja, klar." Gierig trinke ich die Flasche in einem Zug leer und öffne dann den Anschnallgurt. Wie ein alter Mann hieve ich mich aus dem Sitz und für einen Moment wird mir schwindelig.

„Alles in Ordnung Herr Harmann?" Ich nicke vorsichtig und fasse nach dem Griff über mir um mein Handgepäck aus dem Fach zu holen.

„Warten Sie, ich mach das." Während der freundliche Flugbegleiter mit dem Namen Dennis, so steht es auf seiner Uniform, mir die Tasche hinunterreicht, entschuldige ich mich für die Umstände, die er wegen mir hat.

„Das sind keine Umstände, Herr Harmann", sagt er mit einem Lächeln und errötet. So benebelt kann ich von den zwölf Reisepillen gar nicht sein, um sein Verhalten fehlzuinterpretieren. Vor mir steht ein Fan. Ich bete, dass er mir jetzt nicht seine Handynummer gibt. Da er die Griffe meiner Reisetasche nicht sofort freigibt, sehe ich ihn erwartungsvoll an.

„Äh, wäre es möglich, dass wir ein S-Selfie machen?", stottert er schüchtern.

„Klar, wenn du zufällig das passende Make-up dabei hast, damit niemand annimmt, meine Leiche wäre überführt worden." Ich benötige keinen Spiegel um auch nur zu erahnen wie ich aussehe. Eigentlich erstaunlich, dass der Mann mich überhaupt erkannt hat.

„Reicht die hier?" Vorsichtig zupft er die Sonnenbrille aus meinem völlig zerknitterten Sakko. Also los, fordere ich mich selber auf, sei kein Arsch. Ohne einen genervten Seufzer gebe ich meine Tasche frei, die Dennis auf den Sitz neben sich stellt. Während er sein Smartphone für das gewünschte Foto bereit macht, kämme ich mir mit den Fingern durch das Haar und setze die Brille auf.

Bei dem Blick in die Kamera zucke ich unwillkürlich zusammen. Ich sehe schrecklich aus. Die Brille verdeckt zwar die geröteten Augen, sowie die dunklen Ringe darunter, die eingefallenen Wangen und den eher grauen Teint jedoch nicht. Ich lege den Arm um Dennis Schultern, lächle breit und gebe mein Okay.

„Das Bild ist nur für mich persönlich", informiert mich der freundliche Flugbegleiter, dem offensichtlich nicht entgeht, wie erschrocken ich über mein Aussehen bin. Seine Versicherung ist nett gemeint, interessiert mich allerdings nicht sonderlich. Ich will nur nach Hause.

Mein Handy gibt den Ton für eine eingehende Nachricht von sich. Das ist entweder Thomas oder Berit, meine Ansprechpartnerin beim Management. Ich habe mein Vorhaben in die Tat umgesetzt und mir ein neues Handy besorgen. Nur diesen beiden Personen die Nummer gegeben. Beiden habe ich mit der Kündigung aller bestehenden Verbindungen gedroht, sollten sie die Nummer an meine Familie oder sonstige Personen weitergeben. Natürlich habe ich meine Eltern aus Atlanta über das Hoteltelefon auf dem Laufenden gehalten, ohne bei dem Protest meiner Mutter, über die ihr nicht mitgeteilte neue Handynummer, einzulenken.

Berit hat gestern Abend eine Erinnerung für meinen nächsten Termin geschickt. In zwei Tagen muss ich für Aufnahmen nach Lübeck. Ab nächster Woche geht es für eine Nebenrolle im *Tatort* in den Ruhrpott. Zwischendurch einige Gastauftritte und Interviews bei den verschiedenen Fernsehsender. Bald stehen schon Weihnachtsevents an. Bei der diesjährigen Spendengala „Ein Herz für Kinder" hat mein Management die Anfrage, ob ich der Gruppe zu versteigerten Personen beitreten möchte, zugesagt. „Das wird witzig!", versuchte Berit mir diese Demütigung schönzureden. „Außerdem stehst du vor einem Millionenpublikum!" Diese Tatsache konnte mich nicht daran hindern, meinen Anwalt zu kontaktieren, damit solche Entscheidungen in Zukunft nicht mehr ohne mich getroffen wurden. Rückgängig machen wollte ich die Zusage nicht mehr, jedoch hielt sich die Begeisterung weiterhin bei null.

Lust auf Frühstück? Die Frage kommt von meinem Freund.

Klar. Kommst du her? Ich habe keine Lust, vor die Tür zu gehen.

Keine halbe Stunde später klingelt es an der Tür. Das freudige Grinsen meines langjährigen Freundes mischt sich mit Verwunderung.

„Oh Mann, anscheinend hast du es drüben ganz schön krachen lassen", begrüßt mich Thomas, sobald er mit der mitgebrachten Brötchentüte durch die Wohnungstür tritt. Seine Miene zeugt von Missbilligung. Viel besser als gestern Abend sehe ich nicht aus. „Abgenommen hast du noch dazu", stellt er nach einer kurzen Umarmung kopfschüttelnd fest.

„War stressiger als angenommen", gebe ich zu. Gemeinsam gehen wir in die Küche, wo ich schon für uns eingedeckt habe. Während ich uns Kaffee zubereite, wirft Thomas in gewohnter Manier seine Jacke auf das Sofa im Wohnzimmer.

„Aber ...", ich drehe mich zum Kühlschrank, um die Flasche Sekt heraus zu holen, „überaus erfolgreich."

„Hey, Glückwunsch!!" Mit zwei, drei Schritten seiner langen Beine ist er um den Tresen und drückt mich an sich. Die offensichtliche Begeisterung tut mir gut, deshalb bleibe ich einen Moment länger als üblich in seiner festen Umarmung.

„Du hast also den Vertrag! Wie geht es jetzt weiter?", fragt er so enthusiastisch, als wenn die Vereinbarung mit dem Management in Atlanta ihn ebenso mit einschließt. Die nächste Stunde fordert er alles Nennenswerte über meinen Aufenthalt in Amerika. Er lässt sich immer nur kurz von dem Thema abbringen.

„So, genug von mir", fordere ich Thomas das dritte Mal auf. „Jetzt erzähl endlich, wie weit die Verhandlungen für *Maryland* sind. Ich will mehr über deinen ersten Kinofilm erfahren. Mit welchen Schauspielerkollegen wirst du zusammenarbeiten? Und lass dir nicht alles aus der Nase ziehen", bitte ich ihn nachdrücklich. Mit einem Schmunzeln gibt er nach und beginnt, unerwartet bescheiden, schließlich über jede Neuigkeit, die das Filmprojekt betrifft, zu berichten. Ein Moment der Stille tritt ein, nachdem wir gemeinsam über sein Missgeschick beim Vorsprechen gelacht haben. Ich bin dankbar für die positive Ablenkung durch Thomas. Ohne es zu bemerken, habe ich mein Brötchen sowie einen Teil des, von meiner Haushälterin, besorgten Obst und Joghurts verspeist. Entspannt recke ich mich und ein Gähnen entschlüpft mir.

„Sorry, ist wohl der Jet-Lag", entschuldige ich mich mit schwerer Zunge.

„Na, da werde ich dich mal nicht von deinem Schönheitsschlaf abhalten", sagt er verständnisvoll und rutscht von seinem Barhocker.

„Wie weit sind eigentlich die polizeilichen Untersuchungen zu Emmas Tod?" Bei seiner unverfänglichen Frage wird augenblicklich mein Mund trocken und meine Hände feucht. Da ist sie hin, die positive Ablenkung.

Mein Kopfschütteln und Schulterzucken hält ihn hoffentlich davon ab weiter nachzufragen. In den drei Wochen meiner Abwesenheit habe ich mich nicht einmal bei meinen Eltern über die Ermittlungen zu Emmas Ermordung erkundigt. Stattdessen schob ich bei den Telefonaten Hektik, Stress und Spaß vor, um nicht lange mit ihnen sprechen zu müssen. Offensichtlich verstehend geht er in den Wohnbereich um seine Jacke zu holen.

„Was hat Isabella eigentlich zu dem Vertrag gesagt?", fragt er schuldbewusst. „Das ist doch sicher nicht leicht für sie. Ich meine, du wirst monatelang nicht zu Hause sein."

„Wir haben uns vor meiner Abreise getrennt", antworte ich nüchtern, damit klar ist, dass ich nicht weiter über sie sprechen möchte.

„Oh, das tut mir wirklich leid." Sein Mitleid dauert nur einen Augenblick. „Dann können wir demnächst mal wieder durch die Klubs ziehen", schlägt er mit einem schmutzigen Grinsen vor. Ohne zu antworten, begleite ich ihn zur Wohnungstür.

„Schön, dass du da warst", sage ich ehrlich und erwidere seine Umarmung.

„Ja. Sehen wir uns am Wochenende?"

„Sicher."

Ohne mich mit dem Abräumen des Tresens in der Küche aufzuhalten, begebe ich mich sofort ins Schlafzimmer. Vielleicht schaffe ich es, ohne Schlafmittel ein paar Stunden Schlaf zu bekommen.

DREIUNDSECHZIG

Alexander

Was für eine bescheuerte Idee, jetzt durch die Straßen meiner Wohngegend zu wandern. Es nieselt, wie so oft in Hamburg und die Temperaturen sind auch nicht einladend. Das Licht der Straßenlaternen spiegelt sich auf dem Asphalt der Fahrbahn. Offensichtlich bin ich nicht der einzige Mensch, der keinen Schlaf findet. Hier und da erkenne ich in den zurückliegenden Häusern der Reichen und Schönen ein paar beleuchtete Fenster. Die Atmosphäre erinnert mich an so manche Szene eines Krimis, die zu meinem Lieblingsgenre in der großen Welt der Literatur gehört. Bevor ich mich in den warmen Mantel geworfen und mit Handschuhen und Mütze meine Wohnung verlassen habe, suchte ich im ruhelosen Zustand Ablenkung in meinem Atelier. Das Bild auf der Staffelei wollte fertiggestellt werden. Doch statt Entspannung kamen noch Frust und Enttäuschung hinzu. Also räumte ich meine ordentliche Wohnung auf, packte meine Tasche für die nächste Reise, um anschließend einen Roman zu lesen, ohne mich konzentrieren zu können. Schließlich wurde mir klar, dass ich nicht eine Minute länger in meinen vier Wänden bleiben konnte. Wahrscheinlich würde ich jetzt schlafen, wenn ich mich nach dem gemeinsamen Frühstück mit Thomas nicht todmüde und erschöpft im Bett herumgewälzt hätte ohne den ersehnten Schlaf zu finden. Entnervt und ängstlich, dass die Schmerzen wieder kommen, griff ich dann doch nach der Packung Schlaftabletten. Den ganzen Tag und Abend habe ich verschlafen. Erst um halb zwölf in der Nacht bin ich orientierungslos und durstig aufgewacht.

Ich schätze, es ist halb drei und es wird wirklich Zeit nach Hause zu gehen. Noch an drei großen Villen vorbei, dann kommt die Straße, in der ich wohne. Galle steigt augenblicklich in mir hoch, als unvermittelt Gedanken an Emma wie Blitze in meinem Kopf auftauchen. Sofort lenke ich sie in eine andere Richtung. Die jedoch darüber hinaus nicht besser ist, da ich Frauke schmerzhaft vermisse. Die letzten Wochen waren eine gute Ablenkung, um von den beiden Frauen Abstand zu gewinnen. Zumindest zeitweise. Ich habe meinen Aufenthalt in Atlanta sogar verlängert, um mir noch etwas Zeit ohne sie zu verschaffen. Doch selbst wenn ich keine Party ausgelassen und einige, der mehr als willigen Frauen benutzt habe, war an Entspannung oder Schlaf ohne pharmazeutische Hilfe nicht zu denken. Selbst mein Appetit ging mir verloren, dafür wurden die Schmerzen immer großflächiger. Aber Schluss damit! Ich spaziere nicht in einer miesen Novembernacht durch die Gegend, um mich mit den Damen meiner schlaflosen Nächte zu befassen. Tief atme ich durch und sehe stattdessen zu dem großen Kasten rechts von mir. Eigentlich traurig, dass ich keine Ahnung habe, wer hier wohnt. Dieses schlossähnliche Gebäude befindet sich nur einige Meter von meiner Wohnung, trotzdem sind mir diese und alle anderen Bewohner der Straße unbekannt. Die Kälte macht sich langsam bemerkbar, also ab nach Hause.

Ich öffne gerade die Haustür, da werde ich so brutal vorwärtsgedrängt, dass ich zu Boden gehe. Zwei Paar Hände greifen nach meinen Armen und ziehen mich wieder auf die Füße. In dem Licht des Hausflures erkenne ich drei maskierte Personen.

„Kein Mucks", zischt einer und beginnt meinen Körper abzutasten. Mit geübten Fingern greift er in die Taschen meines Mantels.

Zorn überkommt mich, drückt die Verwirrung bei Seite. Ich bin kein aggressiver Typ. Weder als Kind noch als Teenager habe ich mich je geprügelt. Doch jetzt wird alles in mir plötzlich… rot. Die ganze Hilflosigkeit wegen Emma, die Sehnsucht nach Frauke, der Frust über meine Schlaflosigkeit und Schmerzen, alles verwandelt sich in Wut. Mit einer ruckartigen Bewegung mache ich mich von dem Dreckskerl auf der rechten Seite los. Meine geballte Faust schlägt mit aller Kraft in das Gesicht des Arschlochs zu meiner linken.

„Schluss jetzt", fordert der Kerl vor mir drohend und hält mir eine Pistole vor die Nase. Sofort halte ich in dem Versuch inne, mich weiter zu befreien. Ein wenig Ahnung von Schusswaffen habe ich durch meine Eltern. Es ist eine Schreckschusspistole, die aus dieser geringen Entfernung abgeschossen, ebenso gefährlich sein kann wie eine scharfe.

„Verdammter Wichser", vernehme ich von dem Kerl, der gerade mein Ziel war und dann trifft mich ein harter Schlag in den Magen. Sofort bleibt mir die Luft weg und ich krümme mich unter Schmerzen zusammen.

„Hör auf hier den Helden zu spielen, du Idiot", sagt eine der Gestalten. Am Boden kauernd und um Luft ringend spüre ich, wie die Durchsuchung meiner Kleidung fortgesetzt wird.

„Nur den Schlüssel? Wer geht heute nur mit einem Scheiß Schlüssel aus dem Haus?", knurrt der Typ. „Los, hoch mit ihm." Augenblicklich werde ich auf die Füße gezerrt. Den Weg zum Fahrstuhl nehme ich kaum wahr. Viel zu sehr bin ich damit beschäftigt nach Atem zu ringen. Die Frage nach meinem Stockwerk beantworte ich erst nach der zweiten Nachfrage und der Drohung erneuter Schläge.

Kaum in der Wohnung angekommen, liege ich in kürzester Zeit mit Kabelbindern an Händen und Füßen gefesselt auf dem Boden meines Wohnzimmers.

Zwei Dinge, die ich aus Filmen kenne, sind absoluter Quatsch. Erstens, bin ich fest davon überzeugt, dass der Kerl mit dem Veilchen im Gesicht nicht annähert so viele Schmerzen hat wie ich in meinen Handknöcheln. Zweitens, nach einem Schlag in den Solarplexus läufst du niemanden davon oder hinterher.

An den Geräuschen um mich herum ist klar, dass meine Wohnung systematisch durchsucht wird. Da diese Verbrecher immer noch maskiert sind, werden sie mich sicher nicht umbringen. Zumindest rede ich mir das ein, damit mir die aufkommende Angst die wenige Luft, die ich gerade noch bekomme, nicht raubt. Ich bin zu keinem klaren Gedanken fähig. Trotz der Horrorszenarien, die in meinem Kopf herum wirbeln bin ich froh, dass ich alleine bin. Bei dem Gedanken Frauke jetzt und hier in dieser Situation bei mir zu haben, dreht sich mir fast der Magen um. Wer weiß, was diese Dreckskerle mit ihr machen würden. Ein Tritt in den Rücken beendet den unbewussten Versuch, mich zu befreien.

„Wie Nummer?" Der Mann, der neben mir hockt, spricht nur gebrochen deutsch. Um kein Missverständnis aufkommen zu lassen, hält er mir meine Bankkarte unter die Nase. Ich denke nicht einmal daran, ihm falsche Zahlen zu nennen. Es ist mir völlig egal, ob sie mein Konto leerräumen. Im Gegenteil, ein flaues Gefühl überkommt mich bei dem Wissen, dass die Karte auf 1000 Euro limitiert ist. Ich will nur, dass die Dreckskerle endlich verschwinden. Eine Minute später ist er mit der gewünschten Information aus der Wohnung. Ich hebe den Kopf und horche angestrengt in die Wohnung. Sind alle weg oder nur der eine? Nichts. Kein Geräusch. Einen Moment der Erleichterung gönne ich mir und dann muss ich mich von diesen verfluchten Fesseln befreien. Endlich habe ich es im Schweiße meines Angesichts geschafft, mich auf den Bauch zu drehen und die Knie unter mich zu bekommen. Schritte über das Parkett lassen mich innehalten. Einen Augenblick später setzt sich einer der Männer auf das Sofa neben mir.

„Alexander." Der Kerl spricht mich an wie ein alter Bekannter. „Ich hatte gehofft, eines deiner Modelhasen hier zu treffen", sagt er in einem lockeren Tonfall.

„Hier kommen keine Frauen her", erkläre ich tonlos und versuche umständlich dem Kerl in seinem, immer noch maskiertes Gesicht zu sehen. Der zweite Mann, ein großer fetter Kerl, kommt ebenfalls ins Wohnzimmer und setzt sich in den Sessel. Was wollen die noch hier? Warten, dass der Dritte im Bunde ihnen bestätigt, dass ich die richtige Pinnummer herausgerückt habe? Um meinen Nacken zu entlasten blicke ich wieder zu Boden. Zufällig fallen mir die Boots des Typen neben mir auf. Es sind *Salvatore Ferragamo*. Ziemlich teuer. Unauffällig blinzle ich unter dem Couchtisch hindurch. Der Gaunerkamerad trägt alte No- Name Schuhe.

„Tja, wir brauchen keine deiner Modelschlampen um Spaß zu haben", erklärt der Mann neben mir süffisant. Unsere Blicke treffen sich. In seinen Augen steht eine widerliche Gier. In der gleichen Sekunde wie die beiden Kerle sich auf mich zu bewegen, brülle ich so laut ich kann um Hilfe. Nicht einmal das ganze Wort kommt über meine Lippen, da verpasst mir der fette Dreckskerl schon einen Fausthieb ins Gesicht. Einen Moment verschwimmt alles, aber dann wehre ich mich gegen die Hände, die mich hochziehen. Mit aller Kraft werfe ich mich mit meinem Gewicht gegen die Angreifer. Kurz schaffe ich es sogar, dass sie aus dem Gleichgewicht kommen. Doch schon in der nächsten Sekunde werde ich bäuchlings über die Rückenlehne des Sofas gedrückt.

„Nein!", brülle ich panisch. Nackte Angst befällt mich. Der fette Kerl presst meinen Oberkörper so fest an die Lehne, dass ich kaum atmen kann. Arme greifen um meine Mitte. Hände machen sich an dem Knopf meiner Jeanshose zu schaffen. Wieder versuche ich zu schreien, doch jeder Ton versinkt in dem Lederbezug der Couch. Mit einem brutalen Ruck wird mir Hose und Boxershorts über den Hintern gezogen. Gierige Hände begrapschen meine Backen.

Ein Wort beherrscht mich: Nein.

An meiner nackten Haut bemerke ich, wie der Kerl hinter mir an seiner Kleidung nestelt. Immer weiter versuche ich mich aus dieser brutalen Fixierung zu befreien. Ich kann und will die Hoffnung nicht aufgeben, dass ich irgendwie entkommen kann.

<h1 style="text-align:center">VIERUNDSECHZIG</h1>

Frauke

Lächelnd stehe ich in meinem neuen Garten. Von dem feuchtkalten Wetter lasse ich mich nicht abhalten, mit Zettel und Stift einen Plan für das nächste Frühjahr zu machen. Zwischen Blumen- und Gemüsebeeten, ist auch noch Platz für ein kleines Gewächshaus. Bei dem letzten Besuch im Baumarkt habe ich mir schon einige Utensilien zum Vorziehen von Samen für das nächste Jahr gekauft. Bei dem Erwerb von Biokulturen und Blumenzwiebeln habe ich mich zurückgehalten. Zumindest eine dreiviertel Stunde, dann befanden sich doch einige Packungen in meinem Einkaufswagen. Ich kann es nicht abwarten wieder im Boden zu buddeln, Gemüse zu ernten und die Insekten auf den Blüten meiner Blumen zu beobachten.

Das Vibrieren des Handys in meiner Hosentasche stört, und kurz überlege ich, es einfach zu ignorieren. Aber vielleicht ist es ja… ein Notfall. Wieder gebe ich mir selbst eine Ausrede für die bescheuerte Hoffnung, dass Alexander sich doch noch einmal bei mir meldet.
Susanne Harmann steht auf dem Display. Ich überlege so lange ob ich den Anruf annehmen soll, bis das auf lautlos eingestellte Telefon, das Vibrieren beendet. Erleichtert, dass mir die Entscheidung abgenommen wurde, schiebe ich das Gerät zurück in die Tasche. Warum sie mich wohl zu erreichen versucht hat? Kaum zwinge ich mich wieder an meinen Gartenplan zu denken, beginnt das Vibrieren erneut.

„Ja?", sage ich nur zur Begrüßung und wahrscheinlich hört es sich wie eine Frage an.

„Alexander braucht dich."

Seit einer gefühlten Ewigkeit stehe ich vor der überdimensionalen weinroten Zimmertür. Schon zweimal habe ich den Versuch gestartet anzuklopfen und bin kläglich gescheitert. Der Weg hierher war wie ein Blindflug. Ohne die Stimme des Navis und dem nervigen Hupen des nachfolgenden Verkehrs, hätte ich ihn nie geschafft. Erneut betrachte ich die große 18 rechts oben in der Ecke. Ich will in das Zimmer hinter dieser dämlichen Tür. Alles in mir verlangt nach Alexander. Mein Herz brüllt in einer Tour: Geh endlich hinein! Hände und Füße versuchen ein Eigenleben. Selbst das Kribbeln in meinem Magen beschwört mich, durch die Tür zu gehen. Doch mein Kopf ist hartnäckig, wie immer.

In den letzten Wochen habe ich mir, gegen meinen Willen, immer wieder eine Nachricht von ihm herbeigesehnt. Nun stehe ich hier und trau mich nicht in sein Krankenzimmer. Denn wie wahrscheinlich ist es, dass Alexander mich sehen will? Die Aussicht auf ein freudiges Lächeln, auf mehr wage ich gar nicht zu hoffen, tendiert gegen null. Wie wird es mir mit einer offenen Zurückweisung gehen?

„Entschuldigung", vernehme ich hinter mir. Erleichtert, dass mir die Entscheidung, die Tür zu öffnen abgenommen wird, trete ich zur Seite. Ein junger Mann klopft kurz und betritt eine Sekunde später das Zimmer.

„Herr Harmann, mit ihrer Unterschrift auf diesem Formular bestätigen Sie, dass Ihnen bewusst ist, dass Sie gegen ärztlichen Rat das Krankenhaus verlassen."

„Haben Sie einen Kugelschreiber?" Alexanders müde Stimme zieht mich in das Zimmer. Als Erstes sehe ich nur den dunklen Haarschopf mit den vielen Farbnuancen, der über das Schriftstück gebeugt ist. „Könnten Sie mir ein Taxi rufen?", fragt er, während er unterschreibt.

„Am Eingang stehen meist welche und wenn nicht, dann fragen Sie an der Anmeldung noch einmal nach."

„Du brauchst kein Taxi." Bei meinen Worten blicken beide Männer zu mir.

Vor mehr als drei Wochen habe ich Alexander das letzte Mal gesehen. Zumindest in echt. In meinem verkorksten Hirn und meinem bescheuerten Herz war der schöne Mann täglich präsent.

Doch jetzt wird mir das Herz schwer. Deutlich tritt ein Hämatom unter dem dichten Bartschatten hervor. Die Schatten unter seinen Augen erscheinen wie der Mittelpunkt in seinem blassen Gesicht. Er trägt Jogginghose und T-Shirt und sofort fällt mir auf, dass er mindestens 10 Pfund abgenommen hat. Neugier erkenne ich in seinem Blick. Keine Freude, zum Glück aber auch keinen Ärger. Einen Moment sehen wir uns nur an und schließlich nickt er. Alexander reicht dem jungen Mann vor ihm die Seiten mit seiner Unterschrift.

„Dann kann ich jetzt gehen?"

„Ja, Sie können die Dummheit begehen und gegen ärztlichen Rat das Krankenhaus verlassen." Der Krankenpfleger macht keinen Hehl daraus, was er von Alexanders Entscheidung hält. Mit dem Schriftstück in der Hand verlässt er kopfschüttelnd das Zimmer.

Ohne zu zögern, schnappt sich Alexander seine Tasche und stiefelt an mir vorbei.

Oh Mann, das wird heiter. Bevor ich hinter dem Schönling hereile, schreibe ich noch eine Nachricht an Susanne und schalte dann das Handy aus. Ein paar Minuten später verlassen wir das Krankenhaus. Nun brauche ich nicht mehr hinter ihn her hetzen, denn schließlich weiß nur ich, wo mein Auto steht.

Mit gesenktem Kopf und einen ergebenen Seufzer bleibt er vor dem Wagen stehen, den ich per Knopfdruck öffne.

„Stöhne nicht", ermahne ich ihn und öffne den Kofferraum meines Minis für seine Tasche. „In deinem Auto sitzt du noch tiefer." Ich spiegle seine hochgezogenen Augenbrauen und fragwürdigen Gesichtsausdruck wieder. Mit eingezogenem Kopf und gespielt umständlich steigt er endlich ein. Kaum sind wir angeschnallt, starte ich den Wagen. Immer wieder luschere ich heimlich zu ihm rüber. Mit beiden Händen halte ich das Lenkrad fest, ansonsten könnte es passieren, dass ich einfach mal zu ihm rüber fasse, um mich davon zu überzeugen, dass er wirklich neben mir sitzt. Ein Gefühl, als wenn ich meinen Hauptgewinn mit nach Hause nehmen kann, kriecht in mir hoch. Doch mir ist durchaus bewusst, dass Alexander das nicht ist.

Die Stille ist erdrückend, trotzdem will ich sie nicht durch mein Gestotter durchbrechen, dabei hätte ich so viele Fragen. Bei Instagram gab es die üblichen Urlaubs-, und Partybilder aus Atlanta für seine Fans. Doch mich interessiert, warum er so schlecht aussieht; wie es ihm mit dem Tod von Emma geht; warum er sich nicht mehr bei mir gemeldet hat und ob wir zumindest noch Freunde sind. Ich bin und bleibe einfach nur jämmerlich.

Ich weiß nicht genau, was ihm passiert ist. Susanne berichtete nur, dass sie ihren Sohn bewusstlos in seiner Wohnung aufgefunden hat. So wie er aussieht, hat er sich in Atlanta völlig verausgabt. Seine Schlafstörungen sind definitiv nicht besser geworden. Bei einem erneuten Seitenblick sehe ich, wie sein Kopf an der Nackenstütze gepresst ist und er mit geschlossenen Augen, konzentriert durch den Mund atmet. Mit flachen Händen streicht er immer wieder über seine Oberschenkel.

„Was ist los?", frage ich besorgt.

„Mir ist schlecht", stößt er gequält hervor. Sofort sehe ich mich nach einer geeigneten Stelle zum Anhalten um. Ein paar Meter vor uns wird das Logo einer Tankstelle sichtbar. Sogleich setze ich den Blinker und eine halbe Minute später biege ich in die Zufahrt ein. In der äußersten Ecke der Tankstelle, direkt neben der Waschanlage, halte ich und löse Alexanders Sicherheitsgurt. Mittlerweile ist er weiß wie eine Wand und Schweiß steht auf seiner Stirn. Mit einer fahrigen Bewegung öffnet er die Autotür und springt fast von seinem Sitz. Mit einer Hand an der Wand der Waschanlage abstützend, beugt er sich hustend und würgend über die kleinen, blattlosen Büsche. Um mich von der unschönen Geräuschkulisse abzulenken, wühle ich auf der Suche nach Taschentüchern im Handschuhfach. Gefunden. Kurz wage ich einen Blick zu Alexander. Gleiche Position, gleiche Handlung. Ob ich ihm noch Wasser oder Cola und Salzstangen aus dem Shop besorgen soll? Ich sollte ihn wohl eher wieder ins Krankenhaus bringen. Hilflos und etwas genervt steige ich aus.

„Kann ich irgendetwas für dich tun? Soll ich dir etwas zu trinken besorgen?", frage ich mit genügend Abstand. Ich bin nicht der Typ, der anderen beim Kotzen die Haare nach hinten hält oder ihnen beruhigend über den Rücken streicht. Ich gehöre zur Kategorie *Mitkotzer*.

„Nein, es geht schon wieder", sagt er und richtet sich auf. Ich halte ihm das Päckchen Taschentücher hin, als er sich zu mir umdreht. Mit zittrigen Händen fummelt er eines heraus und wischt sich den Mund ab, während er zum Auto zurückgeht.

„Wo fährst du hin?" Alexanders Frage kommt nachdem ich schon wieder eine viertel Stunde unterwegs bin. Offensichtlich ist er mit seinen Gedanken woanders, ansonsten wäre ihm schon nach kurzer Zeit aufgefallen, dass wir weder in Richtung seiner Eltern oder seiner Wohnung fahren.

„Wir fahren zu mir", kläre ich ihn nach einer kurzen Atempause auf.

„Nein. Fahr mich bitte zu dem Haus meiner Eltern."

„Ich habe bereits mit deiner Mutter gesprochen, sie weiß Bescheid. In meiner Wohnung bist du viel besser aufgehoben. Bitte Alexander, mir ist bewusst, wie wichtig dir deine Ruhe ist. Die meiste Zeit werde ich nicht da sein, du würdest die Wohnung für dich allein haben." So ernsthaft wie möglich wiederhole ich die Worte, die er zu mir gesagt hat, als ich nach dem Brand im Krankenhaus war. Mit zusammengekniffenen Augen erinnert er sich offensichtlich an seinen Text. Schmunzelnd schüttelt er den Kopf.

„Also gut. Morgen muss ich sowieso für einen Auftrag weg."

FÜNFUNDSECHZIG

Alexander

Grinsend schaue ich in den Spiegel, der über dem Waschbecken in Fraukes Badezimmer hängt. Ich weiß, dass ich lächle, sehen kann ich es jedoch nicht. Wenn ich mich aufrecht hinstelle, so wie jetzt, erkenne ich gerade eben noch meinen Kiefer. Den Spiegel hat sie ganz offensichtlich selber aufgehängt. Der Raum erinnert mich an ihr altes Bad, welches mit ihrem ganzen Haus abgebrannt ist. Auf der Ablage vor mir stehen ein Becher mit ihrer Zahnbürste, die übrigens mal erneuert werden könnte, Zahnpasta, Zahnseide, Gesichts-, und Handcreme, sowie ein Deo in Form von Pumpspray. Make-up, verschiedene Parfums, unterschiedliche Kämme und Bürsten oder andere Pflegeprodukte, die selbst zu meinem täglichen Leben gehören, findet man hier nicht. Dieses Badezimmer hat nicht die geringste Ähnlichkeit mit dem der Frauen, mit denen ich im Allgemeinen zu tun habe. Anstatt unterschiedlichen Badezusätzen sehe ich hier nur ein Stück Seife und Shampoo. Wahrscheinlich wird Frauke hinter der faltbaren Duschwand eher duschen. Ein deckenhoher Wandspiegel, sowie eine Waage sind offensichtlich auch kein Bestandteil dieses Badezimmers. Kurz kommt mir das Erlebnis in Yvonnes Badezimmer in den Sinn. Nach dem Duschen hatte ich mich auf ihre Waage gestellt. Als mein Gewicht auf dem Display erkennbar war, wurde ich von diesem Ding in Yvonnes Stimme mit einem Shitstorm der aller ersten Güte überzogen. Obwohl ich augenblicklich die Waage verließ, wurden mir trotzdem verschiedene Möglichkeiten aufgezählt, mein sinnloses Leben zu beenden. Offensichtlich hatte die sprechende Personenwaage angenommen, ich sei ihre Besitzerin und hätte fast dreißig Kilogramm zugenommen.

Aus meinem Kulturbeutel krame ich die Zahnbürste heraus. Ich muss endlich diesen furchtbaren Geschmack aus meinem Mund bekommen. Nachdem ich heute Morgen im Krankenhaus aufgewacht bin, konnte ich mich an nichts erinnern. Ich wusste noch, dass ich letzte Nacht durch die Siedlung gewandert bin, doch was danach geschehen war, konnte ich nicht sagen. Meine Mutter war am frühen Vormittag in meiner Wohnung aufgetaucht, weil ich mich nicht zurückgemeldet und auch nicht auf ihre Anrufe reagiert hatte. Natürlich rief sie sofort den Notarzt und ihre Kollegen von der Polizei, als sie mich bewusstlos und gefesselt in der Wohnung fand. Die ersten Untersuchungen ergaben, ein stumpfes Bauchtrauma, Abschürfungen an Fuß-, und Handgelenken und eine Prellung am Kiefer. Außerdem hatte man mir ein Betäubungsmittel injiziert. Zum Glück machte der Rest meiner

Familie gerade Urlaub in Frankreich, sodass ich nur meine Mutter bitten musste, mir meine Ruhe zu lassen. Doch kaum hatte sie mein Zimmer mit einer besorgten Miene verlassen, gönnte ich mir eine schnelle Dusche. Aus der Tasche, die sie mir vorausschauend gepackt hatte, kramte ich eine Jogginghose und ein T-Shirt. Nach dem Zähneputzen machte ich dem Personal klar, dass ich umgehend das Krankenhaus verlassen möchte. Noch während ich das Dokument unterschrieb, in dem das Krankenhaus und der behandelnde Arzt von jedweder Haftung befreit wurden, wusste ich nicht, wo ich überhaupt hin sollte. Meine Ausweispapiere, Geldkarten, Haustürschlüssel waren genauso weg wie meine Erinnerung an die letzten Stunden.
Und dann die vier Worte: „Du brauchst kein Taxi."
Da stand sie. Meine Frauke. Die Gewissheit, dass alles gut werden würde, überkam mich. Total bescheuert, denn schließlich ist sie keine Superheldin. Zum Glück konnte ich meine Erleichterung und Freude hinter meiner Schauspielermaske verstecken. Denn auch wenn ich sie am liebsten in die Arme genommen hätte, um sie nie wieder gehen zu lassen, hing Emmas Schicksal stets vor meinem inneren Auge.
Ich war so entspannt in ihrem kleinen Auto, wie seit langem nicht mehr. Gedankenverloren sah ich mir den Mann an, der vor uns die Straße überquerte. Er trug eine dunkle Regenjacke, Jeans und braune Schuhe. Braune Schuhe. Und plötzlich war alles wieder da. Der Schock des Überfalls im Hausflur. Die Wut, die Angst, die Panik, die Verzweiflung. Erleichtert wurde mir bewusst, dass mir offensichtlich das Schlimmste erspart geblieben war. Ich konnte und kann es selbst jetzt nicht einmal bei seinem schrecklichen Namen nennen. Die schlagartig aufkommende Übelkeit übermannte mich beinahe. Wenn Frauke mich nicht angesprochen und mich damit aus dieser Erinnerung geholt hätte, wäre ein paar Momente später ein fieses Unglück in dem kleinen Auto passiert.
Den Mund ausspülend wird mir bewusst, dass ich eigentlich noch einmal duschen will. Den Schweißfilm und seinen Geruch mit viel Seife und heißem Wasser abwaschen, abschrubben.

SECHSUNDSECHZIG

Frauke

Ich habe das Gefühl, es mit zwei Alexandern zu tun zu haben. Der eine ist ruhig, freundlich und ganz leicht im Flirt Modus. Der andere ist fahrig und gedankenverloren. Im Minutentakt wechseln die Persönlichkeiten. Beide achten allerdings tunlichst darauf, nicht über sich zu sprechen. Meine Frage, wie es in Atlanta war, wird mit einem „ganz nett" abgetan. Dafür möchte er sehr ausgiebig über meinen Umzug reden, wobei er zwischenzeitlich wieder mit seinen Gedanken abschweift. Er sieht so müde aus, dass ich ihm schon nach der Dusche ein Buch in die Hand drücke. Mit einem wissenden Schmunzeln legt er es allerdings auf den Beistelltisch des Ohrensessels. Der *normale* Alex sucht meine Nähe, ist immer kurz davor mich zu berühren. Der *unruhige Geist* achtet immer auf mindestens zwei Meter Abstand zwischen uns.

„Das war sehr gut", behauptet mein Gast, nachdem er sich seinen Mund mit der Servierte abgewischt hat. Zweifelnd und etwas beschämt sehe ich auf seinen leeren Teller. Er muss wirklich Hunger gehabt haben, denn das Essen das ich ihm gekocht habe, ist in kürzester Zeit verschlungen. Wobei *Kochen* ein zu großes Wort für die Spaghetti Bolognese ist. Aber ich hatte ihm die Wahl gelassen zwischen dem Bolognese-Fix von Knorr und einem Pizza-Lieferservice.

„Möchtest du ein Glas Wein, Pfefferminztee oder ein Wasser?", frage ich ihn, während ich die Teller in die Spülmaschine stelle. Mittlerweile brauche ich keine *Atempause* mehr, bevor ich mit dem Sprechen beginne. Ich bin mehr besorgt um den Schönling als nervös, so, dass sich das Stottern verflüchtigt hat. Mit dem Gedanken an ein Glas Wein drücke ich die Tür der Spülmaschine zu. Als ich mich umdrehe, stehe ich das erste Mal so nah vor Alexander wie seit Wochen nicht mehr. Überrascht sehe ich hoch in seinen grünen Augen. In diesem Moment wird mir klar, wie sehr er mir gefehlt hat. Wie viel Zeit ich damit verbracht habe, ihn mir herbeizusehnen. Wie sehr die Einsamkeit, an die er die Schuld trägt, mich niedergedrückt hat. Dabei kann er das Gefühl mit nur einem Blick, einer Silbe, einem Lächeln vertreiben.

„Ich hab dich so vermisst", gesteht er mit leiser, kratziger Stimme. Keinen Ton bringe ich heraus. Keine Silbe passt an dem Kloß in meinem Hals vorbei. Stattdessen schlinge ich die Arme um ihn. Bei seiner festen Umarmung wollen so viele Emotionen aus mir heraus, dass mir die Worte fehlen.

„Ich bin ein Idiot", höre ich ihn sagen. Die Worte vibrieren an meiner Wange, die an seiner Brust liegt. „Ich hätte nicht einfach gehen sollen, und deine Anrufe und Nachrichten unbeantwortet lassen, aber ich hatte immer nur Emmas Schicksal vor Augen." Sein Geständnis entlockt mir einen tiefen Seufzer. Die ganze Anspannung und Enttäuschung entweicht. Macht Platz für Hoffnung auf mehr. Ich will nicht daran denken, dass dieser Moment oder die nächsten Stunden nur wieder eine Blase sind.

„Wir müssen reden, unbedingt." Seine Hände streichen zärtlich über meinen Rücken.

„Ja, gleich morgen früh", nuschle ich an seinem T-Shirt. Er drückt seinen Oberkörper ein wenig von mir ab und das erste Mal seit Stunden sehen wir uns ehrlich in die Augen. Kein Ausweichen, kein Vorspielen mehr.

„Du bist müde", erwähne ich das Unübersehbare. „Lass uns morgen reden. Du solltest bald schlafen gehen." Ein Schmunzeln beginnt auf seinem aufregenden Mund. „Vergiss es", würge ich seine Fantasie sofort ab. „Ich schlafe auf der Couch."

„Nein", bestimmt er augenblicklich. Zur Verdeutlichung schüttelt er auch noch den Kopf. „Wenn es sein muss, verspreche ich dir meine Finger von dir zu lassen, aber du musst bei mir schlafen." Es ist seine Verzagtheit und meine Sehnsucht, die mich schnell einknicken lässt.

„Na gut", gebe ich mich mit einem Augenrollen geschlagen. Um ehrlich zu sein, fehlt mir die Vorstellung um Alexander in meinem Bett und mich auf dem Sofa schlafen zu sehen. Erleichtert zieht er mich wieder enger an sich.

„Ruf deine Mutter an", fordere ich streng und verschwinde ins Bad. Gerade habe ich mit Andreas telefoniert und um einen freien Tag für morgen gebeten. Er wollte nur wissen, ob alles in Ordnung sei und nach meiner Bestätigung, bekam ich meinen Urlaubstag.

Das wir irgendwann über den Grund seines Krankenhausaufenthalts sprechen müssen wird klar, als ich zurück ins Wohnzimmer komme. Da wandert der in sich gekehrte und verwirrte Mann von Mittags durch den Raum. Mit Handtuchturban dränge ich mich zwischen ihn und seine dunklen Gedanken. Ohne weiter nachzudenken, stelle ich mich auf meine nackten Zehenspitzen und drücke meine Lippen auf seinen Mund. Noch bevor sein wohliger Seufzer verklungen und seine Arme sich um mich schließen können, mache ich jedoch einen schnellen Rückzieher. Mit einem „Bad ist frei" husche ich schnell aus dem Zimmer. Ich beziehe die Schlafgarnitur für Gäste, während Alexander im Bad ist. Nervös schüttle ich das Kissen für Alexander auf. Es ist noch relativ früh, erst kurz nach neun Uhr. Ich könnte weiter in meinem Fantasie-Roman lesen. Vielleicht lenkt mich das Buch von der Tatsache ab, dass Alexander neben mir liegt. Ja Frauke, träum weiter. Normalerweise besteht meine Schlafkleidung aus Schlüppi und einem alten T-Shirt. Jetzt trage ich mein bestes T-Shirts und eine neuwertige Leggins. Das graue Baumwollteil habe ich mir damals auf der Einkaufstour mit Erik gekauft. Zum Glück sitzt sie locker flockig, und macht aus meinen Hintern und Oberschenkeln kein *Hingucker*. Während ich das Kissen glatt streiche, setzen Erinnerungen ein. Ich denke an die letzte Nacht, die Alexander und ich verbracht haben. Keine Überraschung, dass mein ganzer Körper sich anfühlt, als würde er in einer warmen Flüssigkeit getaucht. Die Schmetterlinge in meinem Bauch, gerade noch friedlich und glücklich vor sich hin seufzend, werden unruhig. Ihre feinen Flügel bringen mein Inneres zum Kribbeln. Eine wohlbekannte Gänsehaut überzieht meinen gesamten Körper.

„Ich denke, das Kissen ist jetzt glatt genug." Bei der Stimme meines Gastes zucke ich ertappt zusammen. Natürlich trägt er nur Boxershorts und ein frisches Shirt. Außerdem fällt mir nicht zum ersten Mal auf, dass er seine Beine nicht rasiert hat. Wer kam eigentlich auf die Idee, dass Frauen sich die Beine rasieren sollten? Wahrscheinlich ebenfalls eine Frau. Egal. Auf jeden Fall habe ich mich den gängigen Gepflogenheiten angepasst, und unter anderem, ebenfalls meine Beine rasiert. Warum auch immer.

„Ist es o-okay, wenn du auf dieser S-Seite schläfst?" Mit der gestotterten Frage unterbreche ich endlich mein Starren auf seinen halb nackten Körper. Ihm muss klar sein, warum ich so nervös bin und wie kurz ich davor stehe, mich doch auf das Sofa zu verziehen. Auf seinem Gesicht erkenne ich jedoch nur Müdigkeit und Wertschätzung.

„Natürlich."

„Brauchst du noch etwas aus der Küche?"

„Nein, danke."

„Gut, dann ab ins Bett", ordne ich nach einem kurzen durchatmen an.

SIEBENUNDSECHZIG

Alexander

Sie liegt so weit von mir entfernt. Wahrscheinlich fällt sie bei der kleinsten Regung in die falsche Richtung, aus dem Bett. Schade, dass sie nicht nur mein Bettzeug bezogen, sondern ihres gleich gewechselt hat. Nun bekomme ich nur das Apfelaroma ihres Shampoos in die Nase, wenn ich einatme. Trotz des wenigen Lichts, das durch die Straßenlaterne in das Zimmer scheint, erkenne ich ihre Konturen klar und deutlich. Ich weiß, dass sich ihre Gefühle für mich in den letzten Wochen nicht geändert haben. In jeder Handlung, in jedem Augenkontakt ist es zu erkennen. Dieses Wissen bringt mich dazu, etwas näher zu rutschen, meinen Arm um sie zu legen und sie zu mir in die Mitte des Bettes zu ziehen. Sie verspannt sich augenblicklich, atmet nicht einmal mehr. Es ist bedauerlich, dass die Sorge und Angst um den anderen aber ebenfalls mangelndes Vertrauen, so deutlich zwischen uns steht.

„Ich will dich nur halten", beruhige ich sie leise. Einen Moment später entspannt sie sich, rückt sogar noch ein wenig näher und streicht mit ihrer Hand über meinen Arm, der sie umfangen hält.

„Ich bin hier", flüstert sie. Ja, das ist sie. Und ich werde alles dafür tun, dass sie es auch bleibt.

„Schlaf jetzt", fordert sie. Mit einem beruhigenden, letzten Seufzer in ihren Haaren, schließe ich die Augen.

Im Dämmerschlaf höre ich, dass die Wohnungstür leise ins Schloss fällt. Ich öffne die Augen und nach einigem Blinzeln, klärt sich mein Blick. Auf Fraukes Radiowecker ist zuerkenne, dass es bereits nach neun Uhr ist. Fast zwölf Stunden Schlaf. Ohne Schlaf- oder Schmerzmittel. Warum ist das so? Warum schlaf ich so gut, wenn Frauke bei mir ist? Sicher, ein paar Mal bin ich nachts hochgeschreckt. Erinnerungen an den Überfall haben mir die Luft zum Atmen genommen. Doch kaum spürte ich Frauke neben mir, wurde es augenblicklich besser und ich konnte weiter schlafen. Es ist, als würden mein Herz, meine Seele sie so dringend brauchen, wie mein Körper die Luft zum Atmen. Nur widerwillig schäle ich mich aus dem Bett, doch ich will wissen wo mein Kobold hin ist. Der Spiegel im Bad vertraut mir an, dass es Millionen andere Menschen gibt, die schöner sind als ich. Ich bin meiner Mutter wirklich dankbar, dass sie so geistesgegenwärtig war, und meine gepackte Reisetasche mitgenommen hat. So habe ich zumindest meine Kulturtasche und Wechselklamotten für drei Tage hier. Nach der Rasur sehe ich nicht nur die Prellung an meinem Kiefer, auch die Schmerzen beim Zähneputzen führen mir die gestrigen Ereignisse wieder vor Augen. Da wird bei meinem nächsten Auftritt vor der Kamera, einiges an Make-up nötig sein, um mich wieder vorzeigbar zu machen. Ein Zettel auf dem Küchentisch informiert mich darüber, dass meine Gastgeberin Frühstück besorgt. Ich habe so fest geschlafen, dass ich nicht bemerkte, wie sie aufgestanden ist. Um mich nicht ganz überflüssig zu fühlen, mache ich schon mal Kaffee. Einen Moment stehe ich wieder ratlos vor dieser vorsintflutlichen Kaffeemaschine. Dass sie sich weiterhin von so

einer einfachen Maschine diesen langweiligen Kaffee brauen lässt, verstehe ich nicht. Ich kann mich noch sehr gut daran erinnern, dass sie sich von meinem Kaffeevollautomaten am liebsten einen Cappuccino zubereiten ließ. Fraukes Wohnung ist etwas moderner eingerichtet, als das alte Haus in dem sie mit den gebrauchten Möbeln meiner Schwester gelebt hatte. Bei der gestrigen kurzen Führung durch ihre Wohnung wurde ich durch die Entdeckung eines Ohrensessels abgelenkt. Er stand in einer Ecke des Wohnzimmers und mir wurde ganz warm ums Herz, bei dem Gedanken, dass sie ihn extra für mich angeschafft hat. Doch wenn ich mich jetzt so umsehe, ist von hochwertigen, namhaften Einrichtungsgegenständen nichts zu sehen. Meine Gedanken, über einen eventuellen Geldmangel, werden von dem Öffnen der Wohnungstür unterbrochen. Ein, zwei Minuten dauert es noch, bis sie die Küche betritt. Die Geräusche, die ich über das letzte leise Blubbern der Kaffeemaschine höre, lassen darauf schließen, dass sie sich ihrer Schuhe und Jacke entledigt.
„Guten Morgen", begrüßt sie mich etwas geknickt. „War ich zu laut?"
„Nein, nur nicht mehr da", antworte ich ehrlich.
„Entschuldige", sagt sie schmunzelnd, „ich dachte nur, du möchtest ein ordentliches Frühstück", erklärt sie ihre Abwesenheit. „Hast du gut geschlafen?", fragt sie. Mein Magen beginnt, bei dem Anblick von Brötchen, Butter, Käse, Saft und Obst zu knurren.
„Natürlich, wie immer wenn du bei mir bist", antworte ich und nehme die benötigten Utensilien für das Frühstück aus den Schränken.
Fünfzehn Minuten später sitzen wir an einem üppig gedeckten Tisch. Ich habe das Gefühl, dass die Frau mir gegenüber, einen Plan hat. Im letzten Moment konnte ich sie daran hindern auch noch Pfannkuchen zu backen. Gegen die duftenden Rühreier mit den frisch geschnittenen Kräutern habe ich mich allerdings nicht gewehrt.
„Was steht als Nächstes bei dir an?", fragt Frauke, nachdem ich die Eier unanständig schnell verschlungen habe. Ich hoffe, ich finde bald meinen Rhythmus aus Essen, Schlafen und Arbeit wieder, ansonsten habe ich wirklich ein Problem. Mein jetziges Aussehen ist schon eine Zumutung, aber das lässt sich mit Essen, Sport und Schlaf in ein paar Tagen wieder in Ordnung bringen.

„Ein schwieriges Gespräch", lasse ich sie wissen. Ich nehme mir zwar ein Vollkornbrötchen aus dem Korb, doch der plötzliche Druck auf meiner Brust, bringt auch sofortige Appetitlosigkeit mit sich. Wie schaffe ich es, dass Frauke sich auf mich einlässt? Ich weiß, dass sie Angst davor hat in der Öffentlichkeit zu stehen. Zumindest war es so, als sie noch dachte, ihr Stiefvater sei hinter ihr her. So berühmt, wie sie denkt, bin ich nicht. Ich kann mich durchaus im Freien bewegen, ohne erkannt zu werden. Vielleicht könnte ich eine Probezeit mit ihr aushandeln? Und was wenn sie „Nein" sagt? Ich weiß, dass sie mich mag. Aber ist es genug? Ist es dasselbe, was ich für sie empfinde, oder bilde ich mir das nur ein?

„Wenn du die Körner auf deinen Brötchen nicht magst, hättest du eines ohne nehmen können." Mit hochgezogenen Augenbrauen begutachte ich das Brötchen vor mir. Jedes einzelne Korn habe ich abgepult.

„Vielleicht kann ich dir aus meiner, unermesslichen Sammlung von Weisheiten, etwas abgeben. Sag doch einfach, worum es geht." Sie lächelt mir noch einmal ermutigend zu und beißt in eines der Apfelviertel, die noch unbedingt mit auf den Frühstückstisch mussten. Ihre großen blauen Augen, die mich so strahlend ansehen, sind plötzlich wie die Pfeife eines Schlangenbeschwörers. Mein Mund öffnet sich und heraus kommt: „Ich liebe dich." In der nächsten Sekunde drückt Frauke beide Hände vor ihren Mund. Vergeblich versucht sie alle Bröckchen, die mit Schwung wieder aus ihrem Mund und wahrscheinlich aus ihrer Luftröhre hinauswollen, einzufangen. Na toll! Der Gewinner des schlechtesten Drehbuchs aller Zeiten ist… Alexander Harmann. Schnell bin ich neben ihr und klopfe unterstützend ihren Rücken. Schließlich möchte ich nicht, dass sie an meinen drei Worten erstickt. Es scheint ewig zu dauern, bis sie wieder halbwegs normal atmen kann.

„Danke", keucht sie, erhebt sich vom Stuhl und verlässt den Raum. Wenn sie sich jetzt im Bad einschließt, schnapp ich mir meine Sachen und bin weg. Einen Augenblick später höre ich allerdings den Wasserhahn in der Küche. Gerade sitze ich wieder auf meinem Stuhl, da kommt sie zurück. Ihr hübsches Gesicht ist gerötet, wahrscheinlich wegen des Hustens. Doch ihr Mund zeigt ein Lächeln und ihre schönen Augen leuchten. Das ist genug um den Mut aufzubringen, nach ihrer Hand zu greifen und sie langsam zu mir zwischen meine Beine zu ziehen. Ich sehe hoch in ihr Gesicht und ich möchte jetzt endlich wissen, woran ich bin.

„Es wäre schön, wenn du etwas dazu sagen könntest", fordere ich sanft auf. Tief atmet sie durch. Bereitet sich vor zu sprechen. Ich genieße ihre Hände die meine Haare von der Stirn streichen, während sie tief durchatmet.

„Ich werde jetzt ganz ehrlich zu dir sein", bereitet sie mich nervös vor.

„Das hoffe ich", gebe ich schmunzelnd zurück.

„Ich habe mich auch in dich verliebt", eröffnet sie mir beim Ausatmen. Mich überkommt das Gefühl, als würde sie sich ihrem Schicksal ergeben. Und so wahr ich hier sitze und vor Erleichterung die Arme um sie lege und sie noch näher an mich ziehe, werde ich sie nicht enttäuschen. Egal, was das für mich bedeuten wird. Ich sehe hoch zu ihr. Sie lächelt immer noch, in ihren Augen jedoch, steht die Unsicherheit.

„Was ist los?", frage ich und streiche beruhigend über ihren Rücken.

„Nichts", antwortet sie schnell. Mein skeptischer Blick lässt sie seufzen. „Bist du dir sicher? Ich meine, dass du wirklich so für mich empfindest?"

„Frauke, glaub mir, ich bin mir sicher", erkläre ich und sehe sie fest an. „In den letzten Wochen habe ich jede Menge andere Erklärungen für die Gefühle für dich gesucht. Ich habe mich gefragt, warum ich immer so entspannt bei dir bin; warum ich dich ständig vermisse; mein Herz schneller schlägt wenn ich dich ansehe und was das komische Kribbeln in meinem Bauch bedeutet. Es hat nur so lange gedauert mir darüber klar zu werden, weil ich diese Gefühle noch nie hatte." Ganz verschwindet der Zweifel nicht aus ihren Augen. Nach einigen Momenten jedoch, umfasst sie zärtlich mein Gesicht und bevor sie ihre Lippen auf meinen Mund legt, haucht sie meinen Namen.

ACHTUNDSECHZIG

Frauke

Seine Worte hören sich an wie ein Geständnis. In seinen Augen erkenne ich keine Unsicherheit. Warum plagen mich dann Zweifel? Ja, warum bloß? Vielleicht, weil der Mann hier, eines der erfolgreichsten Models Europas ist? Kann es überhaupt möglich sein, dass Alexander sich in mich verliebt? Wieso fehlt mir die Vorstellung dazu?
Herrgott Frauke, nimm es doch einfach an! Lebe doch in dieser Blase, bis er bemerkt, dass es keine Zukunft für uns gibt. Ich kann seinen Gefühlen für mich nicht weiter misstrauen. Nicht, wenn er mich so in den Armen hält und aus seinen Augen das spricht, was auch ich für ihn empfinde. Ganz vorsichtig, wegen der Prellung an seinem Kiefer, nehme ich sein Gesicht in meine Hände. Dann schalte ich meinen Kopf aus und mein Herz spricht seinen Namen, bevor ich ihn küsse.

NEUNUNDSECHZIG

Thomas

Seit wann stecke ich in dem miesesten Drehbuch aller Zeiten fest? Dass ich im wirklichen Leben zum wiederholten Mal in einem dunklen Park stehe und auf einen Kriminellen warte, um ihn für eine Straftat zu bezahlen, kann nicht real sein. Ich sollte die Kälte, die sich dank des

Nieselregens durch meine Klamotten vorkämpft, willkommen heißen. Denn am Ende werde ich in der Hölle landen.

Dabei habe ich das alles nicht gewollt. Zumindest nicht in diesem Ausmaß. Ja, das sagen bestimmt viele, wenn sie vor dem jüngsten Gericht stehen. Ich könnte natürlich noch anführen, dass, wenn mein Bruder mich nicht von Beginn an belogen und hintergangen hätte, ich mich nicht gezwungen gesehen hätte, solchen Maßnahmen zu ergreifen.

Während ich außerhalb des Lichtkegels der Laterne weiter warte, suche ich in Gedanken den Moment, als ich dem Teufel in mir nachgab.

Vielleicht hätte ich nicht schon vor einer Ewigkeit dafür sorgen dürfen, dass Alexanders Handy mir bei Bedarf seinen Standort mitteilte. Ich finde immer noch, dass es keine große Sache ist, denn schließlich sind wir Familie. Dank des Trackers hatte ich immer eine Antwort, wenn ich mich fragte, wo Alexander seine Zeit verbrachte. Zu Anfang verstand ich nicht warum er die freien Wochenenden lieber auf dem Werksgelände seiner Schwester verbrachte, als mit mir. Schon bald war mir allerdings klar, dass eine Frau dahinter stecken musste.

Er besuchte keine unserer *Freundinnen* mehr, trotzdem war er so ausgeglichen wie nach einem Treffen mit den Frauen. Irgendwie sogar mehr. Neugierig stattete ich der Motorradwerkstatt einen kurzen Besuch ab. Sobald ich das Gelände betrat, fiel mein Blick auf das kleine Wohnhaus in dem Hannah, unsere Schwester, gewohnt hatte. Gerade war ich in einer unverfänglichen Unterhaltung mit Andreas, den ich schon so lange kannte wie den Rest der Familie, als eine Frau mit grünen Haaren aus dem alten Wohnhaus trat. Ganz blass erinnerte ich mich an ein Gespräch, in dem erwähnt wurde, dass eine Angestellte sich dort eingemietet hatte. Ich tat überrascht, und fragte mein Gegenüber, ob noch andere in dem Haus wohnten. Denn ganz ehrlich, dieses Wesen konnte unmöglich der Grund für Alexanders regelmäßige Anwesenheit hier sein. Frauke war das ganze Gegenteil seines sonstigen bevorzugten Frauentyps. Doch nach Andreas Verneinung, viel mir augenblicklich ein Stein vom Herzen. Das musste wieder irgend so ein soziales Projekt sein. Vielleicht hatte seine Schwester ihn gebeten, sich um sie zu kümmern. Schließlich fing das demütige Verhalten mir gegenüber, kurz nach dem letzten Besuch in Kanada an. Jetzt verstand ich, dass er sie nie mitbrachte oder überhaupt erwähnte. Frauke war ihm offensichtlich peinlich.

Ein paar Wochen später, Alexander hatte mich per WhatsApp für einen gemütlichen Abend außer Haus, mal wieder abgewimmelt, fand ich über die Ortung schnell heraus, wo er diesen Scheiß *gemütlichen Abend* verbringen wollte. Diese grünhaarige Frau war kein soziales Projekt. Sie war der Grund! Der Grund, warum sich mein Bruder und bester Freund von mir abwendete. Die Ursache für seine Lügen und Ausflüchte. Offensichtlich versuchte sie sich, zwischen uns zu stellen.

Wie ein Häufchen Elend fand ich mich ein paar Stunden später an der Bar unseres Lieblingsklubs wieder. Schon ziemlich angetrunken gestand ich dem Barbesitzer und langjährigen Bekannten meine verbotenen Wünsche und Hoffnungen auf ein baldiges Verschwinden Fraukes. Natürlich war das alles nur Spinnerei gewesen. Doch irgendwann steckte er mir, mit den Worten: „Der Kerl kann dir helfen“, Bernds Visitenkarte zu.

Ein paar Tage später, beim Sortieren der Wäsche, fand ich die Karte wieder. Ich starrte dieses kleine unscheinbare Kärtchen an. *Bernd Mancuso. Berater* und eine Handynummer stand da in einfacher schwarzer Schrift zu lesen. Von Anfang an war mir klar, dass ich meine Seele verkaufe, wenn ich mich an den Kerl wenden würde. Trotzdem landete sie nicht im Müll, sondern in der Schublade, mit den anderen Pappkarten.

Wahrscheinlich wäre alles anders gekommen, hätte ich sie gleich entsorgt. Oder vielleicht auch nicht. Denn meine Wut auf dieses *Pärchen* wurde immer größer. Frauke, die ihre Finger nicht von ihm lassen konnte und Alexander, dieser Schlappschwanz, der sich von der hässlichen Kuh einlullen ließ. Ich gab jedoch nicht auf. Immer wieder versuchte ich mit Alexander Kontakt aufzunehmen. Ich durfte unser brüderliches Band nicht an eine lockere Bekanntschaft verlieren. Dennoch bekam ich meist ein *„Sorry, bin beschäftigt. Melde mich später."* Oder ich wurde gleich weggedrückt.

Ich weiß noch genau, wann ich das Kärtchen von Bernd Mancuso erneut hervorkramte.

Am Set zu meinem aktuellen Dreh fiel ein Schauspielkollege aus, als Ersatz schlug ich Alexander vor. Der Produzent war zuerst skeptisch. Doch ich legte mich für meinen Bruder mächtig ins Zeug und schließlich schlug er vor, dass Alexander möglichst schnell vor Ort erscheinen und vorsprechen sollte. Er gab mir sogar, den für ihn gedachten Text mit. Ich wusste, dass Alexander es terminlich schaffen könnte, schließlich hatte ich seine ganzen Verpflichtungen im Kopf. Voller Vorfreude ihn endlich wieder um mich zu haben, rief ich ihn sofort an. Doch sein Handy war und blieb das ganze Wochenende aus. Ich hinterließ Nachrichten auf der Mailbox und rief sogar bei Susanne an. Nichts. Mir war sofort klar, wo er war.

Stunden später, war ich so wütend auf dieses verdammte Miststück, das mir meinen besten Freund vorenthielt, dass ich den schicksalhaften Anruf tätigte.

Das erste Treffen fand noch am gleichen Abend statt. Es kam mir vor, wie ein Besuch bei einem Therapeuten. Hier und da nickte oder schüttelte der schmächtige, gut gekleidete Mann verständnisvoll den Kopf, als ich ihm meine Lage erklärte. Viel zu schnell konnte er mich in meinem angeschlagenen Zustand, um den Finger wickeln.

„Oh Mann, Alexander is auf ein Grupi reingefallen", erkannte er genau richtig. „Is wahrscheinlich nur noch ne Frage von Tagen bis das Weibsstück ihn soweit hat, dass er alles für sie tut. Dabei will die doch nur an seine Kohle und sich durch ihn einen eigenen Namen machen. Glaub mir, diese Weiber kenne ich zu genüge." Dass er die Angelegenheit genauso sah wie ich, erleichterte mich ungemein. Jetzt war auch der kleinste Zweifel beseitigt, und ich würde alles tun, um meinen Bruder von seiner Plage zu befreien.

„Wenn ich das richtig verstehe, willste, dass die Schlampe aus dem Leben von deinem Freund verschwindet?", fragte er schließlich.

„Ja genau", antwortete ich mit fester Stimme. Ich machte mir überhaupt keine Gedanken darüber, wie der Mann vor mir, das bewerkstelligen wollte. Die Aussicht, Alexander wieder für mich alleine zu haben, ließ mich allem zustimmen.

„Alles klar Partner. Du brauchst dir keine Gedanken mehr zu machen", sagte er mit einem Grinsen. Ich gab ihm die Adresse von Frauke und alle weiteren Informationen die er haben wollte, inklusive die Daten zur Alexanders Lokalisierung. Als ich mich von dem Stuhl erhob um zu gehen, wurde das schlechte Gewissen von der Hoffnung verdrängt, dass bald alles wieder beim alten wäre.

Ein paar Tage später, in Mailand, bei den Bildern von Fraukes brennendem Haus, wurde mir das erste Mal bewusst, zu welchen Mitteln mein neuer *Partner* offenbar griff. Dass ich mit dem Arrangement richtig gehandelt hatte, zeigte mir der Abgang von Alexander. Ohne ein Wort oder Nachricht ließ er mich stehen und flog nach Deutschland. Ich wünschte Frauke nicht wirklich den Tod. Wahrscheinlich würde eine Brandverletzung schon ausreichen, damit mein bester Freund ihr wahres Gesicht sehen würde. Doch die erste *Rechnung* von Bernd bekam ich nicht für den Brand, sondern für die Observierung von Frauke und der Zustellung eines Päckchens. Offensichtlich hatte das Schicksal nichts übrig für grünhaarige Monteurinnen. Ein Brandstifter hatte ein ordentliches Feuer unter ihrem dicken Hintern gemacht. Endlich verscheuchte das *Päckchen* Frauke aus dem Leben von Alexander. Zwar vertraute er mir immer noch nicht die Wahrheit über die Frau an, aber ich hatte keinen Zweifel, dass sie von nun an Geschichte sei.

Auf Hannahs Jubiläumsfest hatte er dann tatsächlich eine hübsche Rothaarige mit, an der er ganz offensichtlich nicht ernsthaft interessiert war. Alles schien wieder, wie es sein sollte. Bis dieses verdammte Miststück auf der Feier erschien. Selbst Alexanders Begleitung konnte ihn nicht daran hindern, immer wieder zu der verkleideten Person hinüber zu starren. Und Frauke? Natürlich machte sie meinem Bruder weiter schöne Augen, schließlich hatte sie einen Plan.

Näherkommende Schritte unterbrechen meine dunklen Erinnerungen. Lässig durchschreitet Bernd mit Hut und Kurzmantel den hellen Schein der Laterne und kommt neben mir zum Stehen. Seine Kleidung ist von Kopf bis Fuß neu und hochwertig. Wahrscheinlich bezahlt von dem Geld, das ich nun regelmäßig an einem seinen Laufburschen bezahle. Meine Überlegung, wie viel von meinem Ersparten mittlerweile in den Taschen dieses Kerls gelandet ist, wird von dem Bericht zum Stillstand gebracht, den Bernd abliefert.

„Du hast was?" Vor Entsetzen bleibt mir der Mund offen stehen.

„Hättste mal sehen sollen, wie der gezappelt hat." Dieses alberne, dreckige Gekicher erzeugt einen bitteren Geschmack in meinem Mund.

„Herrgott, muss du immer dermaßen übertreiben?", herrsche ich ihn an.

„Reg dich ab, Mann. Du hast gesagt, wir sollen ihm eine kleine Abreibung verpassen."

„Verdammt Bernd, er ist mein Bruder!", presse ich wütend heraus.

„Is er nich", antwortet er lapidar. Mein Zorn über seine Ignoranz treibt mir den Schweiß auf die Stirn. „Ein bisschen Spaß steht mir auch zu. Außerdem, es is ja nichts passiert." Der letzte Satz kommt mit einem deutlichen Bedauern über seine Lippen. Ich weiß nicht was ich getan hätte, wenn er Alexander wirklich etwas so Schreckliches angetan hätte.

Alexanders Anblick gestern Morgen hat mir das Herz gebrochen. Noch nie hat er so schlecht ausgesehen. Ich hätte ihn nach Atlanta begleiten sollen. Wie immer auf ihn achten und beschützen müssen. Wenn ihm jetzt nicht klar ist, dass er mich braucht, wann dann? Dachte ich. Bis ich Isabella erwähnte. Warum hat mein Bruder mir nicht endlich die Wahrheit gesagt? Ehrlichkeit ist ja wohl das mindeste, was ich erwarten darf. Aber nein, noch immer rückte er nicht mit ihrem richtigen Namen raus oder dass sie bei ihm gewohnt hat; dass er seine Zeit lieber mit ihr verbringt als mit mir. Nichts. Er hält sie vor mir geheim. Vor mir und dem Rest der Welt. Unglaublich.

Aus irgend einen Grund kommt er nicht los von ihr. Seine Lügen gehen immer weiter und weiter. Ist es denn so schwer mir zu beichten, dass er von dieser Hexe nicht loskommt? Er muss doch wissen, dass ich alles für ihn tun würde. Mir war klar, dass er sich nicht von ihr fernhalten würde. Sich nicht fernhalten könnte. Keine Ahnung was diese Frau ihm gibt, aber sie ist nicht die Richtige für ihn. Seit wir uns kennen, hatte er mich nie versetzt oder gar „weggedrückt". Offensichtlich manipuliert sie ihn. Und nicht nur meinen besten Freund, sondern ebenso seine Familie. Bei einem Gespräch mit Susanne wurde mir schnell klar, dass Isabella eigentlich Frauke hieß und sich schon fest in die Familie Harmann eingenistet hatte. Ich will Alexander nicht verlieren. In den letzten Monaten hat er sich dermaßen verändert, dass ich kaum noch Zugang zu ihm bekomme. Dabei habe ich mich die ganzen Jahre aufopfernd um ihn gekümmert. Seine Karriere als Model und nun auch als Schauspieler, verdankt er nur mir. Hätte ich nicht darauf geachtet, dass er in der Öffentlichkeit keinen Scheiß baut, wäre er schon längst weg vom Fenster.

Wenn er gestern endlich ehrlich zu mir gewesen wäre, hätte ich nicht vor lauter Wut und Frust Bernd angerufen. Alexander ist schuld an diesen Schlamassel.

„Hey", Bernds Stimme unterbricht meine Gedanken. „Grüble nich so viel, gib mir lieber meine Kohle. Ich hab Besseres zu tun, als mit dir im dunklen Park rum zu stehen." Übertrieben lässt er seinen Blick nach rechts und links schweifen und tritt dann ganz nah an mich heran. „Stell dir vor, jemand würd uns hier beobachten", raunt er. Ich unterdrücke die aufsteigende Panik, Bernd jedoch erkennt sie trotzdem. Verschlagen grinst er mich an und dann lacht er laut los. „Na los", verlangt er und streckt fordernd seine Hand aus. Schnell ziehe ich den Umschlag mit dem Geld aus der Innentasche meines Mantels und halte ihn ihm hin.

„War wie immer schön, mit dir Geschäfte zu machen." Ohne einen Blick in den Umschlag zu werfen, verschwindet dieser in seiner hinteren Hosentasche. Er weiß genau, dass ich es nicht wagen würde ihn zu betrügen. Natürlich verzichtet er nicht auf eine gespielt herzliche Umarmung, bevor er sich lachend umdreht und den Weg zurückgeht, den er gekommen ist.

Unfähig meinen Heimweg anzutreten, sehe ich ihm nach, wie er in der Dunkelheit verschwindet. Jetzt stehe ich hier allein im Park und lasse mich von dem stärker werdenden Regen durchnässen.

SIEBZIG

Alexander

„Feierabend", ruft der Regieassistent endlich. Es ist schon nach 22 Uhr, immerhin sind die Szenen in denen ich mitspiele, im Kasten. Morgen früh geht es zurück nach Hamburg, zu Frauke, meiner Freundin. Schon wieder grinse ich wie ein Honigkuchenpferd vor mich hin. Ich befürchte, einige meiner Kollegen halten mich für debil. Doch was interessiert es mich?

Mit ein paar letzten Worten bedanke und verabschiede ich mich von dem Regisseur und den, mittlerweile befreundeten Schauspielern. Noch nie habe ich mich bei meiner Arbeit so wohl gefühlt, wie in den letzten Tagen. Die Leichtigkeit, mich in meiner komplexen Rolle hineinzuversetzen war richtig gehend berauschend. Es erscheint mir immer noch wie ein kleines Wunder, dass ich jeden Morgen ausgeschlafen und ohne Schmerzen aufwache. Schwer fällt mir nur, nicht jedem von Frauke zu erzählen. Alles in mir will es herausposaunen. Jeder soll an meinem Glück teilhaben.

Auf dem Weg zu dem kleinen Raum, in dem ich mich abschminken kann, überlege ich, ob es schon zu spät ist, um mit meiner Traumfrau zu telefonieren. Heute früh und gegen Mittag haben wir schon mit einander gesprochen, dennoch würde ich gerne noch einmal ihre Stimme hören.

Mein Lächeln sowie das wohlige Kribbeln, welches in meinem ganzen Körper ausbricht, sobald ich nur an Frauke denke, erlöschen bei dem Anblick von Julia. Herrgott, diese Frau geht mir echt auf die Nerven. Natürlich liegt es an meinem bescheidenen Ruf, dass die Tochter des Maskenbildners sich von meinem freundlichen „Nein danke", nicht abwimmeln lässt. Sie steht direkt vor meinem Raum und wartet offensichtlich auf mich.

„Hallo Alex", säuselt sie, sobald ich vor ihr stehe.

„Julia." Meine knappe und nüchterne Antwort sollte ihr klar machen, dass ich weiterhin kein Interesse an ihr habe. Mit dem Schlüssel in der Hand sehe ich sie auffordernd an. „Darf ich mal?"

„Soll ich dir beim Abschminken helfen?" Innerlich schüttle ich über mich selber den Kopf. Noch vor ein paar Wochen hätte ich dieses zweifelhafte Angebot, ohne mit der Wimper zu zucken, angenommen. Oder noch schlimmer, wäre diese billige Anmache von mir gekommen.

Mit einem „Nein danke" schiebe ich mich zwischen ihr und der Tür.

„Bist du sicher?", höre ich noch, während die Tür hinter mir zufällt. Julia ist jedoch vergessen, sobald mein Blick auf das Handy fällt.

Schläfst du schon? Tippe ich bei WhatsApp. Beim abschminken und erwartungsvollem Warten einer Nachricht, schweife ich kurz zu dem Gespräch mit Berit, meiner Managerin ab.

Mann war die sauer, als ich ihr gestern am Telefon mitteilte, dass ich den Vertrag für Atlanta nicht unterschreiben werde. Nach dem Schockschweigen wurde mir geraten, meine Gehirntätigkeit überprüfen zu lassen. Nachdem die Aufzählung der positiven Aspekte für meine Karriere nichts an meiner Meinung änderte, sah sie sich sogar zu einer kleinen Drohung veranlasst.

„Also Alexander, dann weiß ich nicht, ob die Agentur Wolf noch der richtige Partner für dich ist."

Vor ein paar Wochen hätte ich sofort an meinem Vorhaben gezweifelt, wenn ich überhaupt in Betracht gezogen hätte so eine Zusage abzulehnen. Doch nun, mit Frauke in Kopf und Herz, legte ich nach meinem letzten Satz, den ich je mit Berit sprechen würde: „Alles klar, dann suche ich mir eine neue Agentur", auf. Es dauerte nur wenige Sekunden, da versuchte sie mich telefonisch und über WhatsApp zu kontaktieren. Mir blieb gar nichts anderes übrig, als sie zu blockierten. Am darauf folgenden Tag schrieb mir Steffanie Wolf, von der Agentur Wolf, eine Nachricht. In den zwei Zeilen standen lediglich der Name und die Nummer meines neuen Ansprechpartners in der Agentur. Ich antwortete mit einem Daumen hoch.

Sobald mir die ersten Zweifel an Atlanta kamen, rief ich meine Schwester an. Ich wusste, dass sie mich darin bestärken würde Amerika abzusagen. Schließlich mahnte sie seit Jahren, dass mich meine Karriere die Gesundheit kosten werde. Und da ich sie schon mal am Apparat hatte, musste sie sich das ganze Liebesgesülze anhören, zu dem meine Gefühle zu Frauke sicher geworden sind. Ich liebte meine Schwester für ihren Zuspruch und Begeisterung über meine Beziehung zu ihrer Angestellten.

Mein Handy piept und zeigt somit eine eingehende Nachricht an. Das klopfende Herz entspannt sich genauso wie mein lächelndes Gesicht. Es ist nur meine Mutter: *Sehen wir uns morgen?*

Meinen Eltern mitzuteilen, dass ich meine beruflichen Ambitionen im europäischen Ausland und wenn möglich nur noch in Deutschland stattfinden lasse, war nicht einfach. Die ganzen Jahre hatten sie mich unterstützt. Und jetzt, da sich die große Chance auftat, über die Grenzen Europas erfolgreich zu werden, zog ich mich zurück. Ich kam mir so undankbar vor und hatte vor Schuldgefühlen die Nacht zuvor kaum schlafen können. Aufs Schlimmste gefasst, nahm ich bei einem Besuch zum Kaffee meinen Mut zusammen und stieß den Satz: „Ich habe Atlanta abgesagt", förmlich aus. Sekundenlang sahen mich beide völlig verdattert an. Dann stand meine Mutter ruckartig auf und verließ den Raum. Hilfesuchend blickte ich zu meinem Vater, der sich mit beiden Händen das Gesicht rieb. Die altbekannte Verspannung, die Angst des Versagens, kroch langsam meinen Rücken hoch. Einen Moment war ich sogar bereit, wie ein Schachtelteufel von meinem Stuhl hochzuspringen und zu rufen: „Es war nur ein Witz!" Doch selbst das hatte ich nicht geschafft. Wie versteinert saß ich, in dem Bewusstsein, meine Eltern zutiefst enttäuscht zu haben, da. Mit einer Flasche Sekt und drei Gläsern kam meine Mutter kurze Zeit später wieder zu uns. Sie öffnete die Flasche mit einem so breiten Lächeln, wie ich es nur selten sehe. Ich gebe zu, im ersten Moment kam mir der Verdacht, dass sie ein bisschen den Verstand verloren hatte. In dem Glas, das sie mir in die Hand drückte, war nur so wenig Sekt, dass ich ihn eigentlich nur riechen konnte. Sie hob ihren Sektkelch, der wie der meines Vaters bis zum Rand voll war und rief freudig: „Hallelujah"

„Ihr seid nicht… enttäuscht?", fragte ich immer noch zweifelnd. Die besten Eltern der Welt sahen mich an, als hätte ich den Verstand verloren.

„Alexander Harmann, du hast uns noch nie einen Grund gegeben, enttäuscht von dir zu sein", sagte meine Mutter streng.

„Wir sind erleichtert, dass wenigstens du weiterhin in unserer Nähe bleibst", gab mein Vater zu.

„Uns steht es nicht zu dir die Ohren voll zu jammern, wie sehr wir dich vermissen werden. Wir sind so stolz darauf, was du bisher erreicht hast. Wir wollten dich nicht mit unseren Verlustängsten belasten. Dein Vater hier", sie zeigte mit dem mittlerweile halb leeren Glas, übertrieben anklagend auf ihren Mann. „Hat sogar gehofft, dass du den Vertrag nicht bekommst." Entsetzt über den Verrat seiner Frau wand sich mein Papa an mich.

„Ich werde jetzt nicht aus dem Nähkästchen plaudern, zu welchen zwielichtigen Mitteln deine Mutter schon bereit gewesen war, nur um dich zumindest auf diesen Kontinent zu halten." Er hob das Glas und sagte erleichtert: „Schön, dass aus Atlanta nichts wird."

Ich antworte meiner Mutter, dass ich es noch nicht weiß, und wünsche ihr eine gute Nacht. Anschließend rufe ich mir ein Taxi, das mich zu meinem Hotel bringen soll. Eigentlich könnte ich den Weg zu Fuß gehen. Ein strammer Spaziergang von einer dreiviertel Stunde wäre vor zwei Wochen eine Selbstverständlichkeit gewesen. Ich bin überzeugt, dass es auch irgendwann wieder so sein wird. Heute Nacht jedoch nicht.

Mit Blick aus dem Fenster warte ich auf den Mietwagen. Immer noch keine Nachricht von Frauke. Wahrscheinlich schläft sie schon. Bestimmt hatte sie einen anstrengenden Tag. Alle die guten Gründe, warum sie mir nicht antwortet, helfen nichts gegen das ungute Gefühl, das mich befällt.

EINUNDSIEBZIG

Frauke

Vor Jahren, als Hannah mich eingestellt und zusätzlich noch in ihrem Haus hat einziehen lassen, war ich glücklich und zufrieden. Dachte ich zumindest. Seit 2 Wochen weiß ich, was glücklich wirklich bedeutet. Ich bin mit Alexander zusammen. Ganz offiziell. Na ja, so offiziell wie ich es erlaube. Wenn es nach meinem Freund gehen würde, wüsste es die ganze Welt. Am liebsten hätte er es auf jedem seiner sozialen Medien Accounts hinausposaunt. Doch soweit bin ich noch lange nicht. Jetzt wissen es die Harmanns und meine Monteurfamilie. Alle haben sich wirklich gefreut und meiner Bitte, es nicht weiter zu erzählen, zugestimmt.

Mein Schönling wohnt weiterhin bei mir. Noch immer weiß ich nicht genau, was in der Nacht des Überfalls in seiner Wohnung passiert ist. Er wird es mir erzählen, wenn er soweit ist. Es muss etwas Schlimmes gewesen sein, denn auch wenn seine Albträume weniger werden, so schreckt er immer noch gelegentlich aus dem Schlaf hoch. Außerdem hat er sein Zuhause seitdem nicht mehr betreten. Er konnte es nicht. Schweißgebadet stand er vor dem Haus, nicht fähig nur einen Schritt weiter zu gehen. Nicht einmal seinen Schlüssel gab er mir, damit ich weitere Kleidungsstücke für ihn holen konnte. Stattdessen fuhren wir nach Hamburg rein und kauften neue Klamotten. Selbst den Porsche nahm er nicht mit. Mittlerweile steht das Loft zum Verkauf und der Wagen hat einen neuen Eigentümer. Natürlich fragte ich mich gleich ob er vielleicht nur wegen des Überfalls bei mir war. Doch der Zweifel hielt nicht lange. Es gibt keinen Grund, Alexanders Gefühlen zu misstrauen. Er sagt und zeigt es mir, wann immer es aus ihm heraus will. Und das ist wirklich oft.

An meinem ersten Arbeitstag, nachdem ich Alexander aus dem Krankenhaus mit zu mir genommen hatte, fuhr er mich zur Werkstatt. Er hatte einige Dinge zu erledigen und ich bot ihm den Mini an. Mit diesem glücklichen Lächeln, das anscheinend gar nicht mehr von seinem Gesicht weichen will, nahm er meine Hand und begleitete mich bis zum Büro der Halle. Kai erblickte uns zuerst. Nach seinem „Oh mein Gott", drehten sich meine *Väter* eine Sekunde später zu uns um.

„Sie ist jetzt meine feste Freundin", erklärte er euphorisch, nachdem wir vor ihnen standen. Während meine Familie uns mit großen Augen und offenen Mündern anstarrte, klopfte mein Herz wie verrückt und mein Gesicht leuchtete wahrscheinlich in einem chinesischen Rot. Alexander verabschiedete sich von mir mit einem Kuss auf den Mund und der Zusicherung, mich um 17 Uhr abzuholen. Die Männer um mich herum konnten nur noch einen Blick auf den glückseligen Ausdruck auf seinem schönen Gesicht werfen, bevor er ging.

Kai war der Erste, der seine Stimme wieder fand.

„Ich übernehme die Honda", sagte er mit resignierter Stimme, „Frauke baut wahrscheinlich herzförmige Bremsscheiben ein."

Meine Chefs waren wohl der gleichen Meinung, denn trotz meiner erbosten Versicherung die Arbeit zuverlässig zu erledigen, überprüften sie jede meiner Tätigkeiten. Zwei Tage später wurde mein Handy am Tor eingesackt, obwohl ich versprach, es ausgeschaltet zu lassen. Ich gebe zu, dass ich dieses Versprechen schon am Vortag leichtfertig gegeben und nicht eingehalten hatte. Nicht einhalten konnte. Ich war richtiggehend süchtig nach den Schmetterlingen in meinem Bauch, die Alexanders Nachrichten jedes Mal wie verrückt umherschwirren ließen. Wann immer es ihm möglich war, kamen über WhatsApp seine Mitteilungen. *Ich vermisse dich. Wäre jetzt lieber bei dir. Bin verrückt nach dir. Ich liebe dich.* Zwei Tage nach dem Sicherstellen meines Telefons brüllte Andreas durch die Halle: „Frauke!" Aus meinen Gedanken gerissen sprang ich auf die Füße und sah in Richtung Büro.

„Dein Freund hat gerade angerufen. Ich soll dir ausrichten", er hielt sich einen Zettel vor die Nase, „dass du die klügste, beste und schönste Freundin bist. Er liebt dich und freut sich auf heute Abend."

Scarlet nennt man den Rotton in dem mir mein Gesicht aus dem Rückspiegel des Motorrads, welches gerade von mir inspiziert wurde, entgegenleuchtete. Es passte gut zu dem breiten Grinsen, das ich mir trotz des peinlichen Momentes, nicht verkneifen konnte.

Mittlerweile sind Alexander und ich übereingekommen, dass er mich nicht mehr über den Festnetzanschluss der Firma anruft. Und dass keine Blumensträuße zur Arbeit geschickt werden. Auch werden keine herzförmigen Luftballons mit Liebessprüchen durch singende Boten überbracht.

Von der Bekanntgabe unseres Beziehungsstatus waren meine Chefs wenig begeistert. Zu groß war der Argwohn dem Schönling gegenüber. Wahrscheinlich befürchteten sie das Schlimmste, sobald Alexander sich wieder von mir trennt. Inzwischen freut sich meine Familie für mich. Niemand, nicht einmal ich, hat einen Zweifel, dass Alexanders Gefühle für mich ehrlich sind.

Seit einer Woche ist er in Essen für seine Rolle im Tatort. Wir schreiben und telefonieren, wann immer es geht, dennoch fehlt er mir schrecklich.

Vor Atlanta fürchte ich mich richtiggehend. Nicht mehr lange, dann wird er für mindestens fünf Monaten dort sein. So sehr ich von seiner Liebe zu mir überzeugt bin, kann ich mir nicht vorstellen, dass eine Fernbeziehung funktionieren wird. Was, wenn seine Schlafstörungen, die Verspannungsschmerzen und die emotionale Überbelastung wiederkommen? Es ist Irrsinn zu glauben, dass es ihm reichen wird, mit mir zu telefonieren.

Weder Alexander noch ich, haben das Thema bisher angeschnitten. Zurzeit genießen wir nur uns.

Alexander ist nun schon ein paar Tage im Ruhrpott und meine Wohnung fühlt sich immer noch zu groß an. Und leer. Es sind kaum Sachen von ihm hier. Gerade ein paar Kleidungsstücke die, bereits gewaschen, auf der Kommode im Schlafzimmer auf ihn warten. Um mich ein bisschen abzulenken, blättere ich durch die Seiten meines neuerworbenen Kochbuchs, während ich meine Bratkartoffeln verputze. Gerade klebe ich einen weiteren Post-it-Zettel auf eine Seite, als es an der Haustür klingelt. Das kann unmöglich Alexander sein. Zumindest nicht persönlich. Kopfschüttelnd und breit lächelnd drücke ich in Erwartung eines Boten den Türöffner. Der große blonde Mann vor mir hat weder Blumen noch Ballons bei sich, allerdings kommt er mir bekannt vor.

„Hallo Frauke, wir müssen uns mal unterhalten."

<h1 style="text-align:center">ZWEIUNDSIEBZIG</h1>

Alexander

Immer noch keine Nachricht von Frauke.

In einer Stunde fährt mein Zug nach Hamburg. Hinter mir liegt die längste Nacht seit dem Überfall auf mich. Trotz der vorgerückten Zeit konnte ich mich gestern Abend nicht zurückhalten die Nummer meiner Freundin zu wählen. Dass sich sofort die Mailbox gemeldet hat, könnte bedeuten, dass sie vergessen hat, ihr Handy aufzuladen. Zu Beginn unserer Beziehung ist das einige Male vorgekommen. Mist, dass sie keinen Festnetzanschluss hat. Mein ungutes Gefühl hat sich mittlerweile zu einer kleinen Panik entwickelt, die ich mir ständig selber auszureden versuche. Erneut drängt sich Emmas Schicksal in meine Gedanken. In den letzten Stunden war ich oft davor meine Eltern anzurufen, um sie zu bitten, nach Frauke zu sehen. Natürlich habe ich es nicht getan. Wie lächerlich wäre es, wenn meine übermüdeten Eltern mitten in der Nacht Frauke aus dem Bett klingeln? Nur wegen meiner Paranoia.

Seit fünf Uhr bin ich auf, ziehe meine Kreise auf dem Teppich des Hotelzimmers und warte auf den Zeitpunkt, an dem Fraukes Wecker angeht. Um Punkt sechs rief ich sie wieder an. Nichts. Okay, sicher musste sie erst einmal merken, dass ihr Handy aus ist, versuchte ich mich zu beruhigen. Um sechs Uhr dreißig blieb nur noch ein kaputtes Telefon als Grund, warum ich sie weiterhin nicht erreichte.

Während ich im Taxi zum Bahnhof sitze, rufe ich in der Werkstatt an. Liam meldet sich. Ich lasse ihn gar nicht ausreden.

„Ich erreiche Frauke nicht", unterbreche ich ihn.

„Sie muss erst um 8 Uhr hier sein", erklärt er etwas verunsichert.

„Habt ihr euch gestritten? Hat sie eventuell deine Nummer blockiert?"

„Nein. Ich werde sofort auf die Mailbox umgeleitet."

„Okay, bleib ruhig", versucht er mich zu beschwichtigen. „Ich werde es ebenfalls gleich versuchen. Ansonsten muss sie in einer dreiviertel Stunde eh hier sein. Sobald sie durchs Tor kommt, wird sie dich anrufen, das verspreche ich dir."

„Gut, danke." Ich beende das Gespräch, bevor ich meine schlimmen Befürchtungen in Worte fasse. Zum Glück kommt der Zug pünktlich. Um 8 Uhr sitze ich an meinem Platz, in der verschwitzten Hand mein Telefon. Klingle! Klingle endlich! Ich fühle mich so verdammt hilflos. Mittlerweile schlägt mir das Herz bis zum Hals. Warum zur Hölle klingelt dieses scheiß Handy nicht?

Jede Sekunde, die vergeht, wird die Gewissheit größer, dass etwas Schreckliches passiert ist. Passiert sein muss, denn warum sollte Frauke sich nicht bei mir melden? Einen kurzen Augenblick überkommen mich Zweifel. Hat sie es sich anders überlegt, bin ich doch nicht der Richtige für sie? Auch für sie nicht genug? Zu viel unterwegs, zu aufdringlich, zu anhänglich? Nein, Frauke ist viel zu ehrlich, um mir das nicht gleich vor den Latz zu knallen. 8 Uhr und 10 Minuten. Wenn ich nicht angst hätte den erwarteten Anruf zu verpassen, würde ich schon längst die Nummer gewählt haben. Eine Minute warte ich noch. Endlich! Das Handy meldet einen eingehenden Anruf.

„Ist sie da?", frage ich leise. Meine Stimme hört sich selbst für mich völlig hoffnungslos an.

„Nein, aber Andreas ist schon unterwegs zu ihrer Wohnung. Vielleicht hat sie nur verschlafen oder sie ist krank. Auf jeden Fall sind wir in einer guten halben Stunde schlauer." Ich kann mir das nicht weiter anhören und breche das Gespräch ab. Ich habe es geahnt. Nein, ich habe es gewusst! Verzweifelt sehe ich auf die Innenseiten meiner Hände, der Schweiß dort kommt mir dick wie Blut vor. Vor meinem geistigen Auge spielen sich schreckliche Szenarien ab, die Andreas vorfinden wird. Bevor ich meine Fassung vollständig verliere, greife ich erneut nach dem Handy. Ich tippe auf die Nummer 2 des Kurzwahlmenüs und hoffe, dass sich nicht wieder eine Mailbox meldet.

Sobald ich aus dem Zug steige erblicke ich meine Tante. Ich bin dankbar für die wortlose, feste Umarmung, die sie mir zuteilwerden lässt. Noch mehr verharmlosende, bescheuerte Gründe, warum Frauke unauffindbar sein könnte, ertrage ich nicht mehr.

Der Wagen meiner Eltern und der Firmenwagen von *Harmann Motorräder* stehen vor dem Haus, aus dem die Frau verschwunden ist, in die ich mich verliebt habe. Seit Stunden bete ich, dass sie nicht aus diesem Grund fort ist.

Obwohl meine Mutter mir bereits mitgeteilt hat, dass es offensichtlich keinen Kampf in der Wohnung gegeben hat, lähmt mich unheilvolle Angst. Erst die warme Hand, die meine fest drückt, bringt mich dazu, aus dem Auto zu steigen.

Im Hausflur treffe ich auf meine Eltern, meinen Onkel Uwe und Andreas. Von ihnen gibt es keine Prognosen oder Versprechungen, nur feste Umarmungen und die stille Versicherung, immer für mich da zu sein.

Während der letzten Stunden habe ich einige Male mit meiner Mutter telefoniert. Zum Glück ging nicht ihr Anrufbeantworter ran, nachdem ich ihre Nummer wählte. Ohne mich zu unterbrechen, hörte sie sich den Grund meines Anrufs an. „Ich fahr zu ihrer Wohnung und melde mich dann bei dir", erklärte sie und verabschiedete sich knapp. Beinahe eine Stunde später teilte sie mir dasselbe mit wie mittlerweile schon Andreas, nämlich das Fraukes Mini vor der Tür steht, aber niemand öffnete. Fraukes Chef war vor Sorge um sie kurz davor, sich gewaltsam Zutritt zur Wohnung zu verschaffen, als er mit mir telefonierte. Keine Ahnung, woher ich die Kraft nahm, um ihn davon abzuhalten. Wahrscheinlich war es eher die Befürchtung, was er vorfand, wenn er die Wohnung betrat. Zumindest ließ er sich von der Tatsache, dass er Frauke durch keines der Fenster sehen konnte und dass meine Mutter unterwegs war, davon abhalten, mögliche Spuren zu verwischen.

„Kannst du nachsehen, ob sie da ist?", bat ich sie mit geschlossenen Augen.

„Ja", seufzte sie und wieder war die Leitung tot. Es waren schlimme, unheilvolle Minuten bis sie zurückrief.

„Sie ist nicht hier. Es gibt auch keine Spuren einer Gewalttat. Allerdings liegen auf dem Garderobenschrank ein Schlüsselbund und auf dem Esstisch das ausgeschaltete Handy. Ich schlage vor, du kommst gleich her sobald du in Hamburg bist. Es ist zu früh, eine Vermisstenanzeige aufzugeben aber vielleicht erkennst du Ungereimtheiten." Den Rest der Zugfahrt verlor ich mich in einem Strudel aus Angst und Vorwürfen.

Noch bevor ich über die Schwelle der offenen Wohnung trete, atme ich die verschiedenen Gerüche ein. Ein Hauch ihres Deos, der Duft ihres Waschmittels und das abgestandene Aroma von etwas Gebratenem. Mein erster Blick gilt dem Schlüsselbund an dem Haus- und Autoschlüssel miteinander verbunden sind. Ich habe nicht mehr die Kraft, mir irgendwelche logischen Gründe einfallen zu lassen, warum sie beim Verlassen der Wohnung die Schlüssel nicht mitgenommen haben könnte. Die Tür zum Gäste Bad ist geschlossen, ich belasse es dabei und werfe einen Blick in das angrenzende Badezimmer. Ich finde nichts Ungewöhnliches in dem Raum und gehe weiter zur Küche. Eine benutzte Bratpfanne sowie Pfannenwender befinden sich neben dem, mit kleinen Fettspritzern beschmutzten Herd. Frauke hätte es niemals über sich gebracht, die Küche so für den nächsten Tag zu hinterlassen. Mit einem dicken Kloß im Hals gehe ich die wenigen Schritte weiter zum Schlafzimmer.

Obwohl meine Mutter bereits kontrolliert hat, dass Frauke nicht in der Wohnung ist, benötige ich einen Moment, bevor ich die Tür öffne. Ich sehe auch in diesem Raum nichts Außergewöhnliches. Nichts, was darauf schließen lässt, warum meine Freundin nicht mehr da ist. Ich bemerke mein T-Shirt auf ihrer Seite und die Gewissheit, dass sie bis letzte Nacht darin geschlafen hat, entlockt mir ein verkrampftes Lächeln. Die Ermahnung meiner Mutter, so wenig wie möglich anzufassen und alles wieder so zu hinterlassen wie ich es vorgefunden habe, ist vergessen als mir Fraukes Duft in die Nase steigt. Ich setze mich auf die Bettseite, auf der die Frau schläft, die ich so liebe, wie noch nie einen Menschen vor ihr. Mit zittrigen Händen greife ich mir das Kissen und vergrabe mein Gesicht darin. Ich weiß, dass ich sie verloren habe. Wenn ich sie überhaupt wiedersehen werde, dann… nicht mehr lebend. Der Verlust bricht mir das Herz. Bittere Tränen versinken in dem weichen Stoff. Bei jeder kleinsten Erinnerung an Frauke, ausgelöst nur durch den Geruch ihres Kissens, zerbreche ich weiter.

Eine große Hand, die mir fest über den Rücken streicht, holt mich zurück in das Schlafzimmer, in dem Frauke und ich, in den vergangenen zwei Wochen eine unglaublich schöne Zeit hatten.

„Gib die Hoffnung nicht auf, Alexander. Wir werden sie finden." Einmal noch inhaliere ich tief das geliebte Aroma, dann sehe ich zu meinem Vater hoch. Dankbar nicke ich für seine tröstenden Worte, selbst wenn ich ihnen keinen Glauben schenken kann.

„Ist dir in der Wohnung etwas aufgefallen?", fragt der Polizist in ihm. Zutiefst verzweifelt schüttle ich nur den Kopf.

„Ich habe noch nicht ins Wohnzimmer geschaut." Mit einem letzten Seufzer erhebe ich mich und verlasse das Schlafzimmer. Der Essbereich vom Wohnzimmer lässt mich augenblicklich stutzen. Der Teller steht am falschen Platz. Frauke hat schon immer am Platz gegenüber gesessen und ich neben ihr. Ich werfe einen Blick ins Wohnzimmer, der nichts Besonderes zeigt, bevor ich näher an den Esstisch trete. Mein Blick fällt auf die Gabel, die neben dem leeren Teller liegt. Ungläubig sehe ich zu meinem Vater, der ebenfalls das Besteck fixiert.

„Das muss ein Zufall sein", murmelt er.

DREIUNDSIEBZIG

Frauke

Ich verstehe immer noch nicht, warum ich hier bin. Laut Thomas Logik ist das die einzige Möglichkeit, mich von Alexander zu trennen; nur so kann er seinen Bruder vor mir schützen. Ich befürchte allerdings, er hat mich hier her gebracht, weil er seine Spuren verwischen will.

Nachdem er sich den Einlass in meine Wohnung mit einem liebenswürdigen Lächeln und der Aussicht, eine Überraschung für Alexander zu haben, erschlichen hatte, war schnell klar, dass ich in Schwierigkeiten steckte. Kaum schloss ich die Tür hinter ihm, war Schluss mit nett und freundlich.

„Erstaunlich, dass Alexander sich in so einer kleinen Bude wohlfühlen soll", ließ er seinen unpassenden Gedanken freien Lauf. Ich zwang mir ein Lächeln ab und zuckte nur mit den Schultern. Mein Freund hatte Thomas nur zwei drei Mal erwähnt. Vielleicht war das die Art von Humor, auf den der Mann vor mir stand. Natürlich stotterte ich bei dem Angebot eines Getränks. Als Antwort bekam ich nur ein ungläubiges Kopfschütteln. Ich bat ihn ins Wohnzimmer, wo wir hoffentlich schnell zum Thema kommen und er wieder gehen würde. Erneut überkamen mich Zweifel. Waren das die Bewohner in Alexanders Welt? Nie und nimmer wollte ich mit denen etwas zu tun haben. Anstatt es sich auf dem Sofa bequem zu machen, wenn das seiner Ansicht nach überhaupt möglich war, platzierte er sich am Esstisch.

„Bratkartoffeln", bemerkte gering schätzend. Erneut versah er mich mit diesem abfälligen Blick. Schon immer war mir klar, dass ich nicht in das Milieu der Reichen und Schönen gehörte, dennoch musste ich mich nicht von diesem Blödmann in meiner *Bude* runtermachen lassen.

Gerade wollte ich die Reste meines Abendbrotes in die Küche bringen, da zog er sich den Teller inklusive der Gabel zu sich. Wortlos sah ich zu, wie er ruckzuck den Teufelsfraß vertilgte.

„Ich hoffe, du weißt, das Models so was nicht essen sollten", erklärte er.

„A-aber dir h-hat es geschmeckt?", fragte ich sarkastisch. Statt einer Antwort bekam ich die Aufforderung mich zu setzen. Doch mittlerweile war es mir egal ob der Kerl Alexanders bester Freund war oder nicht. Ich wollte nur noch, dass er geht.

„Ich d-denke, wir b-beenden das hier. B-besser du wendest dich an jemand a-anderes." Genervt von dem Mann und meinem verdammten Gestotter, nickte ich Richtung Haustür. Auffordernd blickte ich ihn an. Deshalb verpasste ich auch nicht den Moment, in dem er in seine Manteltasche griff und eine kleine Pistole auf den Tisch legte.

„S-setz d-dich!", äffte er mich nach. Ich zögerte, konnte nicht begreifen was gerade passierte. Erst als er die Aufforderung leise, bedrohlich wiederholte nahm ich Platz.

„Wie hast du es geschafft, dass Alexander den Vertrag für Amerika absagt?" Wie vor den Kopf gestoßen sah ich Thomas an. Alexander hatte Atlanta abgesagt? Wegen mir? Der richtige Zeitpunkt um vor Erleichterung und Liebe auf einem Bein zu hüpfen war nicht gegeben. Dennoch hätte ich es am liebsten getan.

„Tu nicht so, als wüsstest du es nicht", drohte er mir. Seine Hand um die Waffe verspannte sich deutlich. „Du denkst, du hättest dein Ziel erreicht? Wir werden sehen, ob er weiterhin so kurzsichtige Entscheidungen trifft, wenn du erst einmal weg bist."

„A-Aber", ich zwang mich, noch einmal tief durchzuatmen. „Ich w-wusste es wirklich nicht. Wir h-hatten noch gar nicht über Atlanta gesprochen", presste ich mehr schlecht als recht heraus. „Er wohnt doch nur hier, weil er nach dem Ü-Überfall auf ihn nicht mehr die W-Wohnung betreten konnte."

Er senkte den Blick, deutlich trat sein angespannter Kiefer hervor. Etwas in seiner Haltung veränderte sich. Nur kurz, doch lang und klar genug um mir das Offensichtliche dar zu legen.

„Du hast ihm das a-angetan?", fragte ich bestürzt. „Er ist dein b-bester Freund, d-dein Bruder, wie du behauptest, und dann tust du ihm so etwas an? Weißt du, wie sehr er seit dem Übergriff…"

„Sei still", brüllte er und gleichzeitig durchbrach ein lauter Knall die Spannung. Ich glaube, ich schrie vor Schreck kurz auf. Erst Sekunden später kam er, der Schmerz.

Thomas begriff schneller, was passiert war. Während ich noch fassungslos an mein schmerzendes, blutendes Ohr griff, stand er schon mit einem Küchentuch neben mir und drückte es an meine linke Kopfseite.

„Du bist für das alles verantwortlich. Nur du!", knurrte er und setzte sich wieder auf seinen Stuhl. Viel zu schockiert, um etwas zu sagen, starrte ich ihn nur ungläubig an.

„Und jetzt will ich genau wissen wie du es geschafft hast, mir meinen Bruder zu nehmen. Du erzählst mir alles", forderte er mich mit einem überheblichen Grinsen auf, „Isabella."

Mein Herz setzte vor Bestürzung kurz aus. Was hatte Alexander ihm über mich erzählt? Woher wusste er meinen richtigen Namen? Ganz sicher würde ich nicht, mit diesem kranken Idioten, über meine Vergangenheit reden. Ich sah ihn an, wie er da saß, mit der Waffe in der Hand und diesem abwartenden, lauernden Ausdruck auf seinem Gesicht. Der Schmerz an meinem Ohr lenkte mich zu der Frage, was mir noch alles bevorstand. Ob er mich, um Alexander zu schützen, wirklich umbringen würde? Meine Gedanken kamen zum Stillstand, als mir alles klar wurde. Die Gewissheit hinterließ den Geschmack bitterer Galle in meinem Mund.

„Du hast E-Emma umgebracht." Meine Stimme war nur ein Flüstern gewesen.

„Nein!" Er war kein so guter Schauspieler, wie er dachte. Seine brüskierte Miene überzeugte mich kein bisschen. Schockiert starrte ich ihn weiter an. Was zur Hölle ging in seinem Kopf vor?

„Ich wollte das nicht", gestand er schließlich.

„Du wolltest es nicht?" Wut überkam mich. Das Tuch an meinem Ohr, welches mittlerweile von meinem Blut klebte, war keine ausreichende Warnung. „Du wolltest dieses arme Mädchen nicht totschlagen? Ist es ausversehen passiert? Du bist ja wahnsinnig."

„Sei endlich still", flehte er mich an. Doch wenn er hoffte, ich würde mich von seiner, um Mitleid heischenden Mimik, beeindrucken lassen, kannte er mich nicht.

„Emma war gerade achtzehn Jahre geworden. Sie war blind. Unwahrscheinlich, dass sie sich groß wehren konnte." Ich glaube, ich schrie ihm noch „Mieses Schwein" entgegen, als ich vom Stuhl sprang, das blutige Tuch fallen ließ und so fest wie möglich gegen den Tisch stieß. Den überraschten Ausdruck auf seinem Gesicht während er mit dem Stuhl hintenüber kippte, genieße ich jetzt noch.

Ich hatte schon die Zimmertür erreicht, da fiel der nächste Schuss. Der unfassbare Schmerz in der Schulter, sowie der Aufprall meines Kopfes gegen den Türrahmen, waren der Grund für meine anschließende Auszeit.

Panisch schrecke ich hoch. Schon wieder. Verzweifelt versuche ich genug Luft in meine Lungen zu bekommen. Es gelingt mir genauso effektiv, wie die Schreie herauszulassen, die mich nach jeder Ohnmacht erneut quälen. Gefesselt an einen Stuhl und mit einem breiten Streifen Klebeband über meinem Mund hat Thomas dafür gesorgt, dass meine Aufschreie fast geräuschlos verklingen. Keine Ahnung, wie lange ich hier schon sitze. Die unglaublichen Schmerzen in meiner verletzten Schulter und die üblen Kopfschmerzen, lassen mein Bewusstsein immer wieder auf Reisen gehen. Jedes Mal sucht dieses schreckliche Erlebnis meiner Kindheit mich heim

Gefühlt das hundertste Mal geht mein jüngeres Ich die Kellertreppen unseres Hauses herunter. In jedem Fall flehe ich das Kind an, nicht die alten, rot gestrichenen Holzstufen hinab zu steigen. Doch nie lässt sie von dem Vorhaben ab. Das leise Knarzen und Ächzen, das bei jedem ihrer Tritte entsteht, ist genauso in meinem Gedächtnis eingebrannt, wie der Anblick meiner Mama. Mit aller Macht versuche ich die Gestalt aus meiner Erinnerung zu verdrängen die dort, statt des Boxsacks meines Papas, von der Decke hängt. Ich sehe das Mädchen, das vor ihrer leblosen Mutter steht. Spüre im hier und jetzt das Zittern, den Schock, als sie in das von Pein verzerrte, tote Gesicht ihrer Mama blickt. Ich will Isabella in den Arm nehmen, sie wegführen, sie beschützen vor dem Schaden, den sie hier gerade nimmt. Stattdessen starre ich ebenfalls in die blutunterlaufenen Augen und auf die dick geschwollene, herausgepresste Zunge, die das frühere Antlitz unserer Mama vernichtet.

Alexander. Alexander. Alexander. Still bete ich den Namen vor mich hin. Er soll mich von der Welt der Vergangenheit fernhalten.

VIERUNDSIEBZIG

Thomas

So eine manipulative, scheinheilige Kuh. Jetzt verstehe ich, warum mein Bruder auf diese Hexe hereingefallen ist. Versucht ihre Schuld an mich abzuwälzen. Das kann sie schön vergessen. Hätte sie mich nicht so provoziert, wäre ihr Ohr noch komplett. Nur blöd, dass ich mich von ihr hab so überrumpeln lassen. Na, zumindest ist sie nicht entkommen. Richtig ärgerlich ist nur, dass ich den schweigsamen Till anrufen musste. Ich hatte gehofft, nichts mehr mit diesem Psychopathen zu tun haben zu müssen.

Noch am gleichen Nachmittag von Hannahs Jubiläumsfeier, hatte ich meinen *Berater* angerufen und der bekam einiges von mir zu hören. Von wegen, dieses Miststück würde ab sofort die Finger von meinem Bruder lassen. Fünftausend Euro für nichts und wieder nichts. „Ich bin sehr unzufrieden mit der erbrachten Leistung", schnauzte ich ihn schließlich an. Für den Abend beorderte er mich das zweite Mal in diesen blöden Park.

„Das ist der schweigsame Till", stellte Bernd mir anscheinend ein jüngeres Familienmitglied vor. Beide hatten die gleiche hagere Figur, selbst Größe und auch die Haarfarbe stimmten überein. Der schweigsame Till? Echt jetzt? Ich dachte zuerst, er wollte mich veraschen. Till war höchsten achtzehn Jahre und trug offensichtlich vorzugsweise Armani. Anzughose, Schuhe und Mantel waren von dem bekannten Modemacher. Er lächelte mich bei seiner Vorstellung kurz an, um dann die Nacht mit seinen Blicken zu durchbohren. Offensichtlich wurde mein ungläubiger Blick bemerkt.

„Hey, das ist mein bester Mann", pries Bernd den Kerl neben sich an. „Er wird sich der Angelegenheit jetzt annehmen. Du brauchst dir keine Gedanken mehr zu machen", versprach er.

Und damit nahm das Unheil seinen Lauf.

Schon einen Tag später bekam ich die zweite *Rechnung* von Bernd, fünfzehntausend Euro für eine *Abfallbeseitigung*. Meine Hände zitterten und kurz überkam mich Übelkeit bei dem Gedanken, was das bedeutete. Zum Schluss siegte aber Erleichterung über meinen aufkommenden Skrupel. Ein Blick auf mein Handy zeigte mir, dass Alexander in Paris war. Kurzerhand buchte ich einen Flug, um endlich wieder Zeit mit meinem Freund zu verbringen.

Wir saßen im Taxi auf dem Weg zur Fashion Week, als mich Alexanders freudiger Ausruf zusammenzucken ließ. „Sie hat Ja gesagt!" Ungläubig und verwirrt hörte ich mir sein Gebrabbel an. Sollten die fünfzehntausend, entgegen unserer Abmachung, eine Vorauszahlung sein? Ich hatte die erstbeste Möglichkeit genutzt und Bernd angerufen. Auf meine Frage trat beunruhigendes Schweigen ein. Mit einem geknurrten „Ich melde mich gleich wieder", beendete er das Gespräch.

Eine gute Stunde später erklärte mir Bernd, es habe nur eine kleine Verwechslung gegeben. Kein Grund zur Beunruhigung. Damals dachte ich, die Verwechslung hätte etwas mit der Abrechnung zu tun. Zwei Tage später wurde mir erneut eine Zahlungsaufforderung übermittelt. Ich hatte keinen Zweifel, dass Alexander und ich nun endlich befreit waren von diesem Weibsbild, denn kurz nach Bernds Nachricht, bat mein Bruder mich um ein Treffen in unserer Lieblingskneipe. Nicht einmal der niedergeschlagene Eindruck meines besten Freundes ließ Reue in mir aufkommen. Es war zu seinem Besten, auch wenn er es jetzt vielleicht noch nicht so sah. Doch dann erwähnte er Emma. Und Miriam. Und ich dachte nur an Till den Schweigsamen.

Seit ich vor einer halben Stunde, nach einer etwas unruhigen Nacht, erneut in meiner neuen Wohnung eingetroffen bin, wandere ich von

Raum zu Raum. Bis auf die Küche und den HWR sind sämtliche Zimmer leer. Ich hatte angenommen, wenn Alexander wieder bei Verstand ist, würde er seine Kurzschlusshandlung, seine geliebte Wohnung verkauft zu haben, bereuen. Doch was, wenn die Schlampe recht hat und Alexander, dank Bernds überzogenen *Denkzettel,* seine unüberwindbare Abneigung gegen die bescheidene Hütte beibehält? Mittlerweile rassle ich ununterbrochen eine Liste von Dingen herunter, die Stotterliese kaputtgemacht hat.

Ich schüttle über mich selbst den Kopf. Warum habe ich diesem Idioten Till nicht erlaubt, endlich die Richtige kalt zu machen? *Kalt zu machen.* Mein Gott, ich denke schon wie ein Gangster. Wenigstens ist Bernds *bester Mann* seinem Beinamen gerecht geworden. Trotz unserer mühseligen Arbeit, Frauke zuerst in einige Plastiksäcke, damit sie nicht noch mehr voll blutete und dann in mein Auto zu verfrachten, schwieg Till. Die ganze Zeit war ich so kurz davor diesen Idioten zu fragen, was aus Miriam geworden war. Doch mir fehlte der Mut. Emmas tragischer Tod hatte mich widererwartend etwas mitgenommen, obwohl ich natürlich keine Schuld daran trug. Mit Miriams Schicksal wollte ich mich nicht auch noch belasten. Stattdessen forderte ich diesen Psycho mehrmals auf, die Blutspuren in der Wohnung gründlich zu beseitigen.

Vielleicht sollte ich mal nach dem Grund allen Übels sehen? Seit beinahe zwölf Stunden sitzt sie, immer noch in blauen Müllsäcken verpackt, gefesselt und mit einem Klebestreifen über ihrem Schandmaul, im Hauswirtschaftsraum. Wenn sie hin ist, muss ich den Kerl erneut kontaktieren. Fünfzehntausend Euro bekommen die Chaosbrüder jedenfalls nicht von mir.

Das Geräusch der Türklingel lässt mich innehalten. Wer kann das sein? Niemand weiß, dass ich hier bin. Schweiß bricht mir aus und mein Herz rast wie verrückt. Polizei? Quatsch! Warum sollten die nach mir suchen? Vielleicht wurde Till erwischt und er hat einen Deal gemacht. Mit schnellen Schritten bin ich an dem Fenster, durch welches man die Straße sieht. Keine Polizeifahrzeuge auszumachen. Erneut läutet es. Ein Nachbar? Beinahe bekomme ich einen Herzinfarkt, als das Handy in meiner Gesäßtasche vibriert. Herrgott

Thomas, reiß dich zusammen! Mit zittrigen Fingern gebe ich den Entsperrungscode ein. Eine WhatsApp von Alexander.

Als die Wohnung noch mir gehörte, habe ich dich nie vor der Tür stehen lassen. Den Abschluss bildet ein zwinkerndes Emoji.

Ich stehe da, wie vom Donner gerührt. Alexander ist hier. Was will er? Woher weiß er, dass ich mich hier aufhalte? Hat er etwa ebenso eine verdammte Ortung für mein Handy?

Mein Blick fliegt entsetzt zum Hauswirtschaftsraum. Schon wieder läutet es. Eine Sekunde später die nächste Nachricht: *Mach endlich auf!* Und ein lachender Emoji. Warum zögere ich? Ich wollte doch, dass Alexander wieder zu mir kommt. Natürlich ist der Zeitpunkt jetzt nicht optimal. Er muss jedoch gerade erst von den Dreharbeiten zurück sein und sein erster Weg führt ihn zu mir. Bevor ich lächelnd zur Wohnungstür eile, werfe ich einen kurzen Blick in den Wirtschaftsraum. Frauke sitzt immer noch gut verschnürt und offensichtlich schlafend auf dem Stuhl. Schnell ziehe ich die Tür wieder zu, verschließe sie und stecke den Schlüssel ein.

Zuversichtlich, dass unsere Beziehung wieder so sein wird wie vor Frauke, stehe ich an der offenen Wohnungstür und sehe zu, wie sich die Fahrstuhltür öffnet.

FÜNFUNDSIEBZIG

Alexander

Da steht er. Der Mann, der schon lange zu meinem Leben, zu meiner Familie gehört. Thomas, dem ich seit vielen Jahren vertraue. Der dank unseres innigen Verhältnisses, so wichtig für mich ist. Mit dem ich über alles reden kann und seine Kritik mich nie verletzt hat.

Dessen Ehrlichkeit und Beschützerinstinkt wie ein Fels in der Brandung ist. Er ist mein bester Freund.

Noch immer bin ich nicht vom Gegenteil überzeugt. Ja, ich habe Zweifel. Doch ich bin hier, damit Thomas sie aus der Welt schafft.

Seine gute Laune ist wie immer ansteckend und es entlockt mir, trotz der Sorge um Frauke und dem unguten Gefühl, das mir die Wohnung vermittelt, zumindest ein kleines Grinsen.

„Woher wusstest du, dass ich hier bin?", fragt er nach einer festen Umarmung.

„Von deinem Dad. Er lässt dir übrigens ausrichten, dass du dich mal wieder blicken lassen sollst", erkläre ich und begebe mich mit den mitgebrachten Salaten Richtung Küche.

„Mein Vater wusste, dass ich hier bin?", wundert er sich, während ich schweigend das Essen auf dem Tresen auspacke. Mit einem Schulterzucken übergehe ich seine Frage. Schließlich habe ich seinem Dad, dem ich auf der Suche nach seinem Sohn als Letztes kontaktiert habe, versprochen, Thomas nichts von der Überwachung seines Porsches zu erzählen. Es gibt so viele Fragen, die ich ihm am liebsten sofort stellen möchte, doch ich denke an die Worte meiner Eltern: „Bleib ruhig. Du triffst dich nur mit deinem Freund."

„Warum hast du mir nicht erzählt, dass du meine Wohnung gekauft hast?", kann ich mich schließlich nicht zurückhalten, nachdem wir die ersten Bisse genommen haben.

„Warum hast du mir nicht erzählt, dass du planst sie zu verkaufen?" Ein leichter Vorwurf schwingt in seiner Gegenfrage mit. Zerknirscht, weil er recht hat, nicke ich und lege die Plastikgabel beiseite.

„Es ist etwas passiert. Hier, in dieser Wohnung." Ich starre weiter auf die Schale vor mir. Nicht mal ansatzweise kann ich zum Wohnbereich sehen. Mein einsetzendes Herzrasen zeigt mir, dass ich sicher noch eine ganze Zeit brauche, um das Geschehene zu verarbeiten.

„Du bist überfallen worden, ich weiß. Es tut mir schrecklich leid." Verständnisvoll legt er seine Hand auf meinen Arm. „Aber warum bist du nicht zu mir gekommen?"

„Woher wusstest du von dem Überfall?", frage ich erstaunt.

„Susanne hat so etwas durchblicken lassen." Die Antwort ist so wage, dass ich nicht sicher bin, ob es wahr oder gelogen ist. Vielleicht hat meine Mutter oder meine Tante, die ja beide Susanne heißen, etwas erwähnt. Schließlich gehört Thomas praktisch zur Familie. Nickend akzeptiere ich seine Antwort.

„Wahrscheinlich wäre ich sogar bei dir gelandet", gebe ich grinsend zu. „Doch jemand anderes hat sich meiner angenommen." Bei dem Gedanken an Frauke entflammt erneut Sorge um sie. Vorsichtig beobachte ich die Reaktion meines Gegenübers. Nur schlecht kann er seine Verärgerung verbergen. Er legt seine Gabel beiseite, offensichtlich ist ihm ebenfalls der Appetit vergangen. Mit beiden Händen reibt er über sein Gesicht. Ich kenne die Geste nur zu gut, er versucht, wieder runter zu kommen, die Kontrolle nicht zu verlieren. Und während er offensichtlich scheitert, wächst mein Zweifel. Mit einer schnellen Bewegung rutscht er von dem Hocker und wendet sich dem Balkon zu. Seine Schultern heben sich unter den tiefen Atemzügen, die ihn beruhigen sollen. Normalerweise lasse ich ihn seine Technik zu Ende bringen, heute jedoch will ich nicht, dass er sich hinter seinen schauspielerischen Fähigkeiten verstecken kann.

„Hey, was ist denn los? Sei doch froh, dass ich dir nicht die Ohren voll geheult habe." Mit einem Ruck dreht er sich zu mir um.

„Darum geht es doch gar nicht", erklärt er einen Tick zu laut.

„Worum denn dann? Ich versteh deine Reaktion nicht", gebe ich zu.

„Du begreifst überhaupt nichts mehr." Enttäuschung, Wut und Verzweiflung spiegeln sich in seinem Blick, bevor er sich wieder umdreht. „Gar nichts mehr", flüstert er leise.

„Thomas", beschwöre ich ihn, „was ist los?"

„Du hast Atlanta abgesagt", stellt er tonlos fest.

„Sag mal, hast du mich verwanzt?", frage ich spöttisch. Die Sekunden vergehen, ohne dass ich eine Antwort bekomme. Er wird doch nicht wirklich …? Nein, warum sollte er mich derart überwachen? Situationen fallen mir plötzlich ein. Köln, als er unerwartet nach Drehschluss da stand, um mich abzuholen. Paris, wo er mich in dem Hotelzimmer überraschte. Quatsch. Er wusste sowieso, wo ich war. Er weiß doch alles über mich. Fast alles. Frauke kennt er nicht und von meinen Gefühlen zu ihr kann er nicht einmal etwas erahnen.

„Wir hätten zuerst darüber reden müssen, bevor du den Vertrag platzen lässt", sagt er vorwurfsvoll und kommt wieder zu mir an den Küchentresen. Irritiert sehe ich meinen Freund an.

„Wie, denkst du, habe ich mich gefühlt, als mich Berit anrief und mich bat, dir noch einmal wegen Atlanta ins Gewissen zu reden?" Wenn sie es noch nicht ist, werde ich gleich morgen dafür sorgen, dass diese blöde Kuh gefeuert wird. Doch viel schlimmer als der Ärger über meine frühere Managerin ist das schlechte Gewissen, welches an mir nagt. Thomas hat jedes Recht verletzt zu sein. Schon seit Wochen habe ich den Kontakt mit ihm schleifen lassen. Seine Anfragen um Treffen oder Telefonaten habe ich bestenfalls abgewimmelt meistens jedoch ignoriert. Das hatte er wahrlich nicht verdient.

„Wegen so einem bescheuerten Weibsbild gibst du deine Karriere auf?" Seine anklagende Frage lässt mich ihn perplex anstarren. „Versteh mich nicht falsch, ich habe nichts gegen eine feste Freundin, doch eine, die unseren Aufstieg derart torpediert, ist inakzeptabel." Ungläubig und sprachlos sehe ich, wie er mich kopfschüttelnd und mit diesem mitleidigen Blick ansieht, der mich schon immer gestört hat. „Und ganz ehrlich Alexander, was fandst du an ihr? Sie war nicht einmal hübsch. Außerdem raubte einem dieses Stottern Zeit und Nerven." Er kennt sie. Das ist so sicher wie das Amen in der Kirche. Was mich allerdings bis ins Mark erschüttert, ist, dass der Mann hier, nicht der ist, den ich schon seit Jahren zu kennen glaubte.

„Ich dachte, du wärst mein Freund", presse ich resigniert hervor.

„Aber das bin ich!", stößt er mit großen Augen hervor. „Wir sind Brüder, wir sind Familie."

„Nein, ganz sicher nicht", widerspreche ich kopfschüttelnd. Der Verlust unserer Beziehung, die vor kurzem noch existenziell für mich war, raubt mir die Stimme.

„Doch, natürlich!", hält er dagegen. „Deshalb habe ich alles in meiner Macht stehende getan, damit es wieder wie früher werden kann." Bei seiner großspurigen Versicherung beginnen meine Gedanken zu rasen. *Fand? War? Raubte? „Wo ist Frauke, was hast du getan?"*, brülle ich ihm in meinem Kopf entgegen. Schreckliche Bilder drängen sich mir auf. Nein! Niemals kann er sie …

Ich wende den Blick von Thomas ab, dessen psychotisches Gerede mir eine Gänsehaut beschert. Umständlich verschließe ich die Verpackung des Salates.

„Wieso kannst du dich nicht für mich freuen? Ich meine, ich war noch nie verliebt und Frauke macht mich wirklich glücklich", flehe ich ihn fast an auch wenn ich nur ein übertriebenes Augenrollen ernte. „Ich benötige weder Schmerz-, noch Schlafmittel mehr. Meine Arbeit macht mir wieder Spaß", versuche ich es mit Gründen der Vernunft.

Mit kummervollem Blick schüttelt er den Kopf. „Du hast doch nur die Droge gewechselt. Siehst du nicht, wie abhängig du von ihr bist? Du hast Atlanta abgesagt! Seit Jahren war das unser Ziel und ohne nachzudenken, ohne mit mir darüber zu reden, wirfst du es weg. Was wäre als Nächstes gekommen? Kein Modeln mehr, weil die Dame des Hauses dich nicht mit anderen, schöneren Frauen sehen will?" Er macht einen Schritt auf mich zu und wenn ich es nicht besser wüsste, wäre ich überzeugt, mein bester Freund Thomas würde vor mir stehen. „Alexander, ich bin für dich da, wie immer. Wir werden was Schönes unternehmen, ein paar Klubs besuchen und morgen rufst bei Wolf an und machst die Absage rückgängig."

Mir bricht das Herz. Nicht einmal Wut oder Angst verspüre ich in diesem Moment. Seine blauen Augen strahlen mich aus einem selbstlos lächelnden Gesicht an. Er ist sicher, dass alles wieder wie zuvor werden wird. Vor Frauke. Dass es weiter einträchtige Barbesuche geben wird; wir möglichst oft zusammen vor der Kamera stehen werden. Er denkt, dass wir weiter beste Freunde, Brüder, sind.

Wann ist er zu diesem manipulativen, von mir besessenen Menschen geworden? Im Geiste gehe ich einige Etappen unserer gemeinsamen Zeit zurück, um nach Anzeichen zu suchen.

Nachdem seine Eltern, aufgrund des Zwischenfalls mit Mario, dem Fotografen, seine Karriere als Model beendeten, begann unsere Freundschaft. Jedes Wochenende hingen wir zusammen ab. Er begleitete mich zu meinen Shootings, gab mir Tipps, forderte mich zu mehr auf. Bessere Mimik, bessere Haltung, bessere Aufträge. Er machte Pläne für unsere Zukunft. Mädchen mit denen ich mich treffen wollte, wurden erst einmal nach ihren eventuellen Auswirkungen auf unsere Karrieren, geprüft. Ich nahm dieses Verhalten nicht ernst, führte es auf den Verlust seiner eigenen Model Laufbahn und den Übergriff von Mario zurück. Gelegentlich, wenn mir seine Zensur zu viel wurde, und ich versuchte ein wenig auf Abstand zu gehen, erzählte er mir von seinen Albträumen. Fast jede Nacht sah er sich in Marios Büro, für seinen beruflichen Erfolg zu Dingen genötigt, die er nicht aussprechen konnte. Einmal gestand er mir, er würde lieber weiterhin mit Mario arbeiten, um wieder vor der Kamera zu stehen. Wie sehr ihm das Posen fehlte und die Anerkennung seiner Mitschüler. Modeln sei immer sein Traum gewesen und wie glücklich ich mich schätzen könnte, so großen Erfolg zu haben. Er tat mir leid, deshalb ließ ich ihn weiter an meiner Karriere teilhaben.

Als er mit der Schauspielerei begann, freute ich mich sehr für ihn. Richtig gehend euphorisch, da er wieder vor der Kamera stehen konnte, ließ er mich täglich durch Telefonate, Fotos und Nachrichten an seinem neuen, aufregenden Leben als Schauspieler teilhaben. Immer wieder schlug er vor, dass ich ebenfalls in das Business einsteigen sollte. Für eine gemeinsame, erfolgreiche Zukunft. Trotz seiner neuen Aufgabe behielt Thomas mich weiter gut im Blick. Mein Freund wusste besser über meine Termine und den Menschen in meinem Umfeld Bescheid, als ich selbst.

Zwei Jahre nachdem ich das Modeln beruflich ausübte, fingen die Muskelschmerzen und die Schlaflosigkeit an. Ich hatte deswegen schon ein paar Shootings vermasselt, was die Symptome nur noch verstärkte. Obwohl ich, durch die vielen Termine, nur noch selten zuhause war, entging meinen Eltern meine Verfassung dennoch nicht. Wahrscheinlich wurden sie auch von der Agentur benachrichtigt. Sie befürchteten ein Burn-out und baten mich, eine Pause einzulegen. Ich war wenig begeistert und befürchtete, dass ein Neueinstieg nach einem halben Jahr schwierig werden dürfte. Thomas, der nichts von der Diagnose wissen wollte, besorgte umgehend die passenden Schmerz, - und Schlafmittel, sodass ich in kürzester Zeit wieder einsatzbereit war. Mein Freund hat mich immer unterstützt, gepusht und mich vor Fehlern bewahrt. Meinen Erfolg verdanke ich wahrscheinlich ihm. Sein fragwürdiges Verhalten in den letzten

Monaten, wie zum Beispiel ebenfalls etwas mit Anna und Yvonne anzufangen, ist offensichtlich seiner Kontrollsucht und seinem Fanatismus geschuldet.

„Also, was sagst du?", holt mich Thomas aus meinen Gedanken.

„Es wird kein Atlanta für mich geben", stelle ich mit einem Seufzer fest. „Die Wochen in Amerika haben gezeigt, dass ich dort in meinem Job nur erfolgreich sein kann, wenn ich weiter Medikamente nehme. Jedoch bin ich nicht länger bereit, meine Gesundheit leichtfertig aufs Spiel zu setzen."

„Alexander", wie sehr ich diese überhebliche Art verachte, „ich werde in Atlanta auf dich aufpassen. Wie immer." Es ist ein wenig beängstigend, wie unnachgiebig er an seinem Plan festhält. Mit einem großmütigen, milden Lächeln sieht er mich an.

„Nein." Ich rutsche vom Hocker und räume die mitgebrachten Verpackungen zusammen. „Du hast dir gerade eine schöne Wohnung gekauft, die solltest du nutzen."

„Ich habe sie für dich gekauft, damit du hier wieder einziehen kannst." Irritiert sehe ich in sein makelloses Gesicht.

„Thomas, ich will diese Wohnung nicht mehr. Es hat mich viel Überwindung gekostet, überhaupt hier her zu kommen." Trocken schlucke ich die aufkeimende Erinnerung hinunter.

„Ja, ich weiß, es ist schrecklich, was dir passiert ist", sagt er zerknirscht, „aber du kommst darüber hinweg."

„Du hast keine Ahnung, was mir passiert ist", erkläre ich leise und stopfe die Salatschachteln in die Tüte.

„Doch, ich weiß es und es hätte dir nie widerfahren dürfen", gesteht er. „Du hättest danach zu mir kommen sollen. Wir hätten darüber reden können. Das können wir immer noch."

„Woher weißt du es? Wer hat es dir erzählt?", fordere ich ungläubig.

„Das ist doch egal. Wichtig ist nur, dass alles wieder so wird, wie es war und unsere gemeinsame Zukunft weiter vorangeht." Was ist nur los mit ihm? Er hört mir überhaupt nicht zu.

„Atlanta ist vom Tisch und ganz sicher, werde ich nicht nochmals in diese verdammte Wohnung einziehen", kläre ich ihn mit fester Stimme auf. „Es ist *mein* Leben und dieses werde ich so gestalten wie ich es für richtig halte. Und in *meiner* Zukunft steht Frauke im Mittelpunkt." Das hoffe ich zumindest, denn mein Zweifel, dass Thomas mit ihrem Verschwinden zu tun hat, verliert sich nämlich immer schneller.

Offensichtlich sind meine Worte endlich zu ihm durchgedrungen, denn selten habe ich ihn so wütend gesehen.

„Sie ist tot", presst er hervor. Und als ich ihn nur ansehe, weil ich erstarre, brüllt er die drei Worte erneut. „Sie. Ist. Tot." Hektisch greift er hinter sich und zieht unter seinem Pullover etwas hervor. Eine Sekunde später hält er eine Pistole in der Hand. „Hiermit habe ich sie getötet, sie abgeknallt, umgebracht, kalt gemacht. Verstehst du es jetzt? Es gibt keine Frauke mehr." Er macht einen Schritt auf mich zu und der Hass in seinen blauen Augen trifft mich bis ins Mark. „Du hast mich dazu gezwungen, mich genötigt, weil du ein ignorantes Arschloch bist. Was denkst du denn, wie weit du noch kommst ohne mich, du erbärmliche Lusche?" Speicheltröpfchen treffen mein Gesicht, doch das nehme ich kaum war. „Seit Jahren bekommst du nichts alleine geschissen. Ich reiße mir für dich den Hintern auf. Kümmere mich um deine Karriere, besorg die Frauen und Medikamente, damit du glücklich und zufrieden bist. Und was machst du? Kommst mit *ihr* an. Eine hässliche, stotternde Mechanikerin…" Weiter kommt er nicht, denn meine Hand trifft derart fest sein Gesicht, dass er das Gleichgewicht verliert und nur mit Mühe auf den Beinen bleibt.

Fassungslos starre ich auf meinen Handabdruck der, gut sichtbar, auf Thomas Wange erscheint. Ich finde keine Worte, weil blankes Entsetzen mir den Hals zuschnürt. In meinem Kopf hallt nur seine Rede wieder und am Ende verstehe ich nur: Sie ist tot.

Thomas legt die Waffe auf den Tresen, wendet sich ab und bleibt vor den deckenhohen Fenstern stehen. Ich will hier weg. Fort von diesem Menschen, den ich nicht kenne und der mir alles genommen hat. Doch ich funktioniere nicht. Wie festgewachsen bleiben meine Füße an ihrem Platz.

SECHSUNDSIEBZIG

Thomas

Er versteht es nicht. Wird er wahrscheinlich auch nie, so wie er mich ansieht. Wenn Alexander nicht vor mir stehen würde, hätte ich den Verdacht, er wäre tot. Sein Gesicht ist nicht nur weiß, sondern grau und noch nie habe ich seine Augen so gebrochen gesehen.

Als seine Schwester Hannah damals die Diagnose bekam, dass sie den Rest ihres Lebens im Rollstuhl verbringen musste, da war es ähnlich. Jedoch hatte ihr Bruder nur Angst, sie würde sich etwas antun. Jetzt geht er davon aus, dass Frauke bereits tot ist. Ich kann den Anblick nicht länger ertragen und wende mich dem Fenster zu. Alexanders Ohrfeige brennt wie Feuer auf meinem Gesicht. Ich sehe hinunter auf die vertraute Straße, dennoch kommt es mir vor, als hätte ich mich verirrt. Meine Gedanken und Gefühle drehen sich wie ein Tornado.

Mein Ausrasten war völlig unnötig. Meine Vorwürfe sind gerechtfertigt und hätten, in Ruhe vorgebracht, nicht zu diesem Eklat geführt. Ich befürchte, ich bin in meiner Besorgnis um Alexander zu weit gegangen. Was, wenn ich ihn nun wirklich verliere? Er ist die einzig echte Familie, die ich habe. Meine Mutter ist verstorben und mein Vater trauert immer noch um sie. Was aus mir wird, interessiert ihn schon lange nicht mehr. Alexander ist mein einziger Freund und ich will nicht allein sein. Ich horche in mich hinein und als Antwort kommt die Stimme der Schuld.

Doch was soll ich tun? Das Naheliegendste wäre ihm zu sagen, dass seine Freundin nur einige Meter von ihm entfernt ist und lebt. Möglicherweise hilft eine Entschuldigung. Noch einmal atme ich tief durch und dann drehe ich mich zu ihm um. Immer noch bewegungslos steht er da, seine Augen jedoch sprechen von Verachtung und Verzweiflung.

„Es tut mir leid, ich hätte nicht so die Nerven verlieren dürfen", gebe ich zu. Selbst nach ein paar langen Sekunden bleibt er still.

„Tut es dir auch *leid*, dass du Frauke getötet hast?", krächzt er schließlich ungläubig. Gerade will ich meiner, im Zorn ausgesprochene Täuschung widersprechen, da werden mir die Folgen meines Handels so deutlich klar, dass es mir beinahe den Boden unter den Füßen zieht. Ich werde ins Gefängnis kommen. Wie gelähmt wende ich mich wieder dem Fenster zu, stütze meine Hände an die kalte Scheibe und weigere mich, einen Blick auf mein Spiegelbild zu werfen.

„Ich habe das alles nicht gewollt Alexander, das musst du mir glauben. Der Überfall auf dich… Ich wollte doch nur…" Ja, was wollte ich noch mal? Richtig! Dass er wie ein geprügelter Hund zu mir kommt und ich ihn wieder auf den richtigen Weg bringen kann. Thorsten, der Bekannte aus dem Club, der mir Bernds verdammte Visitenkarte gegeben hat, ist schuld an dem ganzen Debakel.

Nein, nein, nein. Ich bin verantwortlich.

„Der Überfall auf mich?" Alexanders verwirrte Stimme unterbricht meinen inneren Disput. Ich hebe den Kopf und da ist es, mein Spiegelbild. Ein farbloses, durchscheinendes, substanzloses Abbild. Genau so fühle ich mich, seit ich befürchten muss, meinen Freund verloren zu haben, unscheinbar, nicht existent. Angewidert von meiner erbärmlichen Spiegelung, wende ich mich erneut Alexander zu.

„Ja, ich habe den Übergriff auf dich in Auftrag gegeben." Komisch, dass es irgendwie erleichternd wirkt es zuzugeben.

„Aber… Warum? Was habe ich dir getan?" Ich gehe nicht auf die entgeistert gestellten Fragen ein.

„Emma und Miriam habe ich ebenfalls auf dem Gewissen." Zum ersten Mal spreche ich die Verantwortung laut aus. Während ich mich noch über meine innere Ruhe wundere, bricht mein Bruder vor mir zusammen. Seine Beine geben unter ihm nach, Tränen laufen über sein perfektes Gesicht, für das ich immer nur das Beste wollte. Er sieht auf seine offenen Händen, als wenn statt an meinen, das vergossene Blut an seinen klebt. Es gibt nur noch eines, was ich für ihn tun kann. Ich gehe zu ihm und halte ihm den Schlüssel hin.

„Frauke lebt. Sie ist im Hauswirtschaftsraum."

SIEBENUNDSIEBZIG

Alexander

Bevor der uniformierte Mann die Tür öffnet, wische ich mir zum wiederholten Male die schweißnassen Hände an meiner Jeans ab. Er hebt fragend die Augenbrauen und ich nicke. Wie in Zeitlupe wird der Raum Stück für Stück sichtbar. Bei dem Anblick des blonden Mannes, der mit Handschellen an dem Tisch gefesselt ist, schnürt es mir den Hals zu.

„Alexander", Thomas Stimme klingt so freudig, als träfen wir uns hier nicht in einem Verhörraum. Zögerlich, weil ich nur seiner ausdrücklichen Bitte nachkomme, nehme ich ihm gegenüber Platz. Mein Blick bleibt fest auf den kleinen Fleck an der Wand über Thomas rechter Schulter gerichtet. Ich kann mich nicht überwinden, ihn anzusehen.

„Mein Gott, du siehst echt schrecklich aus", stellt er nach einem Moment der Begutachtung bekümmert fest. Kein Wort kommt über meine Lippen, stattdessen ballen meine Hände sich unter dem Tisch zu Fäusten. „Du musst dir keine Sorgen machen", raunt er mir zu, „ich habe der Polizei alles von Bernd und Till erzählt. Ich glaube, die sind schon verhaftet." Ja, ich weiß Bescheid. Gerade wurde ich von dem zuständigen Beamten über jedes noch so kleine Detail, welches sich Thomas in den letzten Wochen ausgedacht und mit Unterstützung von Schwerverbrechern umgesetzt hat, aufgeklärt. Augenscheinlich hatte er die Morde an Emma und Miriam, die mittlerweile mit einem

Kopfschuss auf einem Schrottplatz gefunden wurde, nicht in Auftrag gegeben. Für mich allerdings, ist die Schuldfrage noch längst nicht beantwortet. „Mein Vater hat mir einen Anwalt besorgt", erzählt er mit einem Augenrollen. „Der Spinner geht davon aus, dass ich acht, bis zehn Jahre bekomme. So ein Quatsch, ich habe doch nichts gemacht." Jetzt sehe ich doch in sein Gesicht, denn das kann nur ein geschmackloser Scherz von ihm sein.

„Du hast Aufträge erteilt. Du hast für die Bedrohung von Frauke nach dem Brand gesorgt. Auf deine Anordnung hin wurde ich brutal überfallen."

„Das habe ich …", will er mich unterbrechen.

„Wegen deiner krankhaften Einbildungen, einer perfekten Freundschaft, sind jetzt Emma und Miriam tot."

„Das ist nicht wahr", kontert er eindringlich.

„Du hast mit eigenen Händen zwei Mal auf Frauke geschossen", klage ich ihn weiter an.

„Das war ein Versehen. Sie hat mich provoziert", verteidigt er sich. Auf seiner Miene ist die Hoffnung, dass ich seine Unschuld erkennen möge, überdeutlich. Die Übelkeit in mir wird immer größer.

„Ich habe der Polizei und Staatsanwaltschaft alles erklärt", führt er weiter aus. „Wahrscheinlich komme ich mit einer Bewährungs-, und Geldstrafe in ein paar Wochen hier raus und dann geht es ab nach Atlanta." Was bin ich für ein oberflächlicher Mensch, dass mir seine pathologische Verdrängung nie aufgefallen ist? Nein, die Schuldfrage ist noch nicht geklärt.

Ich kann nicht länger hierbleiben. Ohne ein weiteres Wort erhebe ich mich vom Stuhl, um den Raum zu verlassen.

„Woher wusstest du es?", stoppt er mich an der Tür.

„Woher wusste ich was?"

„Das ich deine Freundin hatte." Tief atme ich durch. Soll ich mir überhaupt noch die Zeit nehmen, um ihn auf eine weitere seiner Angewohnheit zu stoßen?

„Erinnerst du dich? Als du noch zu meiner Familie gehörtest, hat meine Mutter immer mit dir gemotzt, weil du die Gabel so hingelegt hast, dass die Zinken auf der Tischdecke lagen."

„Die Bratkartoffeln", erinnert er sich.

„Ich glaubte nicht eine Sekunde, dass du Frauke entführt hattest, doch du warst nicht erreichbar. Ich rief deinen Vater an und er konnte mir sagen, wo du dich aufhieltest. Auf dem Weg zu dem Loft telefonierte ich mit meinem Immobilienmakler und erfuhr, dass du es gekauft hast. Entgegen der Annahme meiner Eltern, die schon eine Ahnung hatten, konnte ich mir nicht vorstellen, dass du zu so etwas fähig wärst." Verbittert schnaufe ich auf. Nein, die Schuldfrage war noch nicht geklärt.

„Kommst du mich morgen wieder besuchen?", fragt er panisch, als ich schon fast durch die Tür bin.

„Alexander!", höre ich Thomas noch einige Male rufen. Diesmal bleibe ich nicht stehen. Es gibt nichts mehr zu sagen. Ich will nur zurück ins Krankenhaus zu Frauke.

Alexander

Ein wunderschöner See, umgeben von Bäumen in den Farben des Indian Summers, eine luxuriöse Jagdhütte und meine Schwester Hannah nur einige Kilometer entfernt.

Ich frage mich, warum Frauke und ich nicht schon viel eher hergekommen sind? Denn auch wenn selbst dieser magische Ort schon durch Gewalt gegen meine Familie beschmutzt wurde, verspricht er immer noch Heilung.

Vielleicht wäre ich schon jetzt von den Schuldgefühlen befreit, die mich in den Wochen nach Thomas Anschlag auf Frauke und seinem Geständnis zutiefst belasteten.

Der überraschende Freitod meines ehemals besten Freundes, spaltete meine bereits heilende Seele erneut auf. Nach dem Gerichtsurteil, das ihm, wie von seinem Rechtsanwalt vermutet, einen fast achtjährigen Gefängnisaufenthalt eingebracht hatte, erhielt ich erneut einen Brief von ihm. Wie alle Schreiben zuvor, wanderte er ungelesen in den Müll. Ich wollte und konnte mich mit den kranken Ansichten und Plänen dieses Mannes nicht mehr auseinandersetzten. Eine Woche später informierte mich Thomas Vater über die Selbsttötung seines Sohnes. Der gebrochene Mann brauchte mir nicht die Schuld an diesem Schicksalsschlag zu geben, das tat ich schon selbst. Bei der kleinen anonymen Beerdigung bat ich Thomas im Stillen und seinen Vater mit klaren Worten immer wieder um Verzeihung. Dessen Beschwörung, Thomas Entscheidung aus dem Leben zu gehen, habe nichts mit mir zu tun, schenkte ich kein Gehör. Stattdessen mussten meine Familie, eine großartige Psychologin und Frauke mich davon überzeugen, dass ich nicht infolge meines Versagens, Thomas der Freund zu sein den er so dringend brauchte, für die Folgen daraus verantwortlich war.

Möglicherweise wäre auch für Frauke die Entfernung von gut siebentausend Kilometern von zu Hause hilfreich gewesen ihr Kindheitstrauma, erneut ausgelöst durch die Gewalt meines ehemaligen Freundes, schon vor Monaten hilfreicher gewesen.

Das wütende Gekreische von Elstern lenkt meine Aufmerksamkeit auf eine Stelle in einiger Entfernung von uns. Einige Augenblicke später lässt sich ein Schwarzbär in das ruhige Wasser gleiten und genießt offensichtlich das kühle Nass. Die Frau, die mit dem Rücken zu mir zwischen meinen Beinen sitzt, flüstert ein beeindrucktes: „Wahnsinn" Einen Moment drücke ich sie noch fester an mich und hauche einen Kuss auf ihre Wange.

„Du bist der Wahnsinn", erkläre ich leise und ernte ein liebevolles Streicheln über meine Arme. Gemeinsam beobachten wir, wie das große Tier langsam zum anderen Ufer schwimmt. Wenn die letzten anderthalb Jahre doch nur annähernd so idyllisch gewesen wären, wie dieser Augenblick jetzt. Es gab sehr viele Momente, da ging es zwischen Frauke und mir alles andere als harmonisch zu. Wir haben uns angebrüllt, angeschwiegen und zusammen jede Menge Tränen vergossen. Nur von Trennung war nie die Rede. Denn am Ende eines jeden Streites hielten wir einander und es hieß immer: „Ich liebe dich."

In ein paar Wochen, wenn wir zurück in Deutschland sind, werde ich erneut in die Glitzerwelt eintauchen. Vor unserer Abreise nach Kanada meldete ich mich bei meiner Agentur ab Juli wieder einsatzbereit. Ich war soweit. Endlich. Mit der Gewissheit, dass Frauke, zwar weiterhin nur im Hintergrund fest an meiner Seite stand, freute ich mich noch mehr auf die Arbeit. Dankbar und gerührt nahm ich Steffanie Wolfs persönliche Worte: „Wir freuen uns, dich wieder an Bord begrüßen zu können" auf. Zwei Tage später warf ich einen zögerlichen Blick auf meinen digitalen Terminkalender und stellte erleichtert fest, dass ich bis weit ins nächste Jahr als Model und Schauspieler gebucht war.

„An diesem See gibt es eine Tradition für meine Familie", kläre ich sie bedeutend auf. Ihre blonden Haare kitzeln mich am Kinn, als sie ihren Kopf zu mir dreht.

„Du wirst mich doch jetzt nicht ins Wasser werfen?", fragt sie mit zusammengedrückten Augen.

Ich schnaube lächelnd und drücke ihr meine trockenen Lippen auf den Mund.

„Nein, ich werde dich nicht ins Wasser werfen", beruhige ich sie, als sie sich wieder dem See zuwendet. Während wir den Bären dabei beobachten wie er ans Ufer stapft und durch heftiges Schütteln eine wahre Fontäne glitzernde Wassertropfen entstehen lässt, krame ich mit zittrigen Händen das kleine Etui aus meiner Jacke hervor.

Schon seit Wochen vor unserer Abreise nach Clinton trage ich es mit mir herum. Seit ich den schlicht wirkenden Ring habe, warte ich auf den richtigen Moment, ihn der Frau zu überreichen, mit der ich den Rest meines Lebens verbringen will. Einige Male war ich so kurz davor, doch dann waren die schönen, ehrlichen Worte, mit denen ich ihr versichern wollte wie viel sie mir bedeutet, einfach weg. Unglaublich, dass ich seitenweise Text für meine Filmrollen auswendig lerne, doch bei der Liebe meines Lebens einen Black out hatte. Doch jetzt ist der richtige Zeitpunkt gekommen.

Umfangen von meinen Armen beobachtet sie, wie ich die samtige Box vor ihr öffne.

„Alexander", haucht sie, als sie den Ring erblickt. Vorsichtig zupfe ich das Edelmetall aus dem Kästchen. Unsicher hole ich Luft um meinen romantischen Heiratsantrag, den ich in meinem Kopf habe, herauszulassen.

„Willst du meine Frau werden?"

ENDE